청춘의 착란

다자이오사무
청춘의 착란
다자이 오사무 | 박현석 옮김
사과나무

일러두기

- 원본 텍스트는 《사랑과 고뇌의 편지》(가도카와 문고, 초판 1962년, 1983년 32판)를 번역 원본으로 삼고, 관련 문헌을 참고하였다.
- 외래어 표기는 국립국어연구원의 규정을 따르되, 부분 변칙으로 우리에게 익숙한 단어들은 한자어 그대로 표기했다.
- 작품집은 《 》로, 작품은 < >로 표시했다.
- 같은 인물에게 보내는 편지라도, 상황에 따라 경어체와 낮춤말이 혼재하는데, 원본 그대로 살렸다.
- 본문 중에 고딕체로 표시된 것은, 작가가 강조하여 쓴 부분이고, 본문 중에서 굵은체로 표시된 것은 작가가 방점을 찍은 것이다.
- 문장 안에 쉼표(,)가 많이 사용되고 있는데, 작가의 내면을 드러내고 있는 듯해서 그대로 살렸다.

죄가 깊은 자는 사랑도 깊다.

—다자이 오사무

옮긴이의 말

방심한 맨얼굴, 체온이 그대로 전달되는…

다자이 오사무는 1909년 6월 19일, 혼슈 북쪽 끝 아오모리현 쓰가루의 대부호의 열한 명 아이 중 열 번째이자 여섯째 아들로 태어났다. 존재감 없는 자신의 위치 때문에 어릴 적부터 소외된 존재라는 의식을 갖게 되었고, 게다가 대지주의 아들이라는 것이 숙명적인 죄의식으로 작용했다. 고등학교 3학년 때 처음 자살을 시도했으나 미수에 그치고, 도쿄 제국대학 불문과에 입학하여 좌익 활동에 가담하기도 했다.

그러나 정치활동에서도 절망을 느끼고, 긴자 여급과 동반 자살 시도에서 혼자 살아남아 자살방조죄로 심문을 받기도 했다. 이러한 일련의 상황으로 다자이는 절망에 빠져들었고, 유서를 남기는 심정으로 소설을 쓰기 시작했다.

1935년 <역행>으로 아쿠타가와상 차석에 머무르자, 심사 결과에 불만을 품고 심사위원이었던 가와바타 야스나리에게 항의하는 공개서한을 발표했다.

그 일로 실망이 컸던 듯, 지인에게 보내는 편지에서 다자이는

"아쿠타가와 상의 타격, 영문을 몰라, 문의중이네. 참을 수 없는 일이야. 뜨뜻미지근한 문단사람, 미워졌네"라고 적고 있다.

같은 해, 맹장염을 심하게 앓아, 이때 복용한 진통제 파비날에 중독되어 정신착란적인 문체를 보이기도 했다. 주위 사람들이 결핵 치료라고 속여 그를 정신병원에 강제 수용했는데, 이때 평생 치유할 수 없는 상처를 입게 된다. 더구나 입원해 있는 동안, 고교시절부터 사랑하여 게이샤를 그만두게 하고 결혼했던 오야마 하쓰요小山初代가 다른 사람과 정을 통한 사실을 알게 되고, 모든 것에 절망하고 폐인과 같은 상태가 된다. 하쓰요와 함께 미나카미 온천에서 정사情死를 시도하지만 실패로 돌아간다.

1945년 패전 후, 새로운 사상의 출현을 기대했지만 사회는 조금도 변하지 않았다. 다자이는 허무에 빠지게 되었고, 이윽고 '무뢰파' 선언을 하고 자유사상가로서의 입장을 밝혔다. '기존의 가치와 도덕에 대한 반역'을 모토로 한 그의 소설들은 당시 패배감에 빠져 있던 젊은이들에게 열광적인 지지를 얻었고, 다자이를 일약 유명 작가의 반열에 올려놓았다.

1947년 다자이는 최고의 걸작 <사양斜陽>을 발표하고, 이듬해 결핵이 깊어져 자신의 생명이 얼마 남지 않았음을 예감한 듯 자전적 소설 <인간실격>을 발표했다. 아무리 몸부림쳐도 세상과 타협할 수 없었던 사내, '인간은 결코 인간에게 복종하지 않는다'고 외치며, 자신의 진실에 충실하려 했지만 결국은 광인 취급을 받아 정신병원에 강제로 입원당하는 사내의 일생은 다자이의 일생과 오버랩된다.

자신의 깊은 상처를 드러내는 듯한 그의 소설에서 독자들은 소설속 인물에 투영된 작가의 모습을 발견할 수 있다. 그리고 최후까지 인간에 대한 사랑과 신뢰를 버리지 않으려고 몸무림치며, 세상사람들과 고투하며 살아온 작가에게 동화되어간다.

"죽고 싶어 견딜 수가 없다"던 그의 말대로 다자이는 네 번의 시도 끝에 결국 자살로써 생을 마감한다. 1948년 6월 13일 밤, 야마자키 도미에와 함께 다마가와 상수玉川上水에 몸을 던진 후, 19일에 시체가 발견되었다. 39세의 짧은 생애였다.

그의 소설들이 굵은 씨줄이었다면, 나머지 공간을 메우는 것이 내면의 고백이랄 수 있는 일기나 편지일 것이다.

그러나 다자이 오사무는 일기를 남기지 않았다. 그처럼 글쓰기를 좋아하는 사람이 일기를 쓰지 않았다는 것은 의아한 일이다. 그러나 다자이는 일기에 대해 나름의 견해를 갖고 있었던 듯하다.

"나는 지금까지 일기라는 것을 써 본 적이 없다. 쓸 수가 없다. 게다가 일기라는 것은, 미리 사람들에게 읽혀질 것을 염두에 두고 써야 하는 것인지, 신과 자신 둘만의 세계에서 적어야 하는 것인지 그 마음가짐도 어렵다"라고 밝혔다.

다자이는 '신과 자신 둘만의 세계'라는 심정으로 작품을 썼다. 작품이 전부다, 라는 다자이의 말이 행간에서부터 들려오는 것 같다.

일기와 편지 모두, 특수한 경우가 아니고는 공개를 예상하지 않고 쓴다는 점은 같다. 다자이는 작가의 일기나 서간집을 출판하는 것을 부정적으로 생각한 듯하다. 다자이는 <서간집>이라는 제목의 수필에서 다음과 같이 쓰고 있다.

어라? 당신은 당신의 창작집보다 서간집에 더 신경을 쓰고 계십니다. 작가는 힘없이 고개를 끄덕이며 대답했다. 네, 저는 지금까지 상당히 많은 숫자의 어리석은 편지를 곳곳에 흩뿌려 왔습니다. (깊은 한숨을 내쉰 뒤) 대작가가 되지 못할 것입니다. (…)

독자는 어쩌면, 작가의 서간집을 읽고 거기서 작가의 부주의하기 짝이 없는 맨얼굴을 발견했다며 득의양양해 할지도 모르겠다. 하지만 독자들이 거기서 간파해 낸 것은 이 작가도 역시 하루에 세 번 밥을 먹는다, 저 작가도 역시 섹스를 즐겼다, 하는 등의 평범하고 속된 생활기록에 지나지 않는다. 그야말로 말하기조차 멋쩍은 이야기다. 그럼에도 불구하고 독자는 일단 잡은 도깨비의 목을 놓으려 하지도 않는다. 괴테는 아무래도 매독인 듯하다, 프루스트 역시 출판사에는 머리 숙이지 않았는가. 그러면서 작가의 혼이 담긴 작품은 문학의 초보적인 것이라며 그것을 가벼이 여기고 오로지 일기나 서간집만을 뒤지며 돌아다닌다.

작가라는 사람들 역시 이와 같은 현상을 묵시하지 못하고, 작품은 제쳐두고 오로지 자신의 서간집 작성에만 분주하여, 10년이나 사귄 친구에게 보낼 편지를 쓸 때도 옷깃을 바로하고 부채를 들고 한 글자, 한 구절 활자가 되었을 때의 글자 모양의 효과를 고려하며, 다른 사람이 읽어봐도 알 수 있도록 글에 일일이 불필요한 주석을 단다. 그 번거로움 때문에 작품다운 작품 하나 쓰지 못해 헛되이 편지만 잘 쓰기로 유명한, 그런 사람까지 나오는 것은 아닐지.

서간집에 쓸 돈이 있다면 작품집을 더욱 멋지게 장정하는 편이 좋을 것이다. 발표할 것을 예상하고 있는 듯, 혹은 예상하고 있지 않은 듯한 애매한 서간집 및 일기. 개구리를 쥐고 있는 것 같아 기분이 좋지 않다.

27세 때, 다자이가 문단에 나온 직후에 쓴 글이다. 스스로 경계하려는 의미가 포함되어 있는 것이 아닐까 여겨진다.

다자이의 편지는 지금까지 640여 통에 이른다고 알려져 있다. 물론 세상에 공개되지 않은 것도 많을 것이다. 일기를 쓰지 않았던 다자이의 내면을 가장 잘 이해하는 방법은 그가 남긴 편지를 읽는 것이다. 다자이의 편지 중에는 나중에 세상에 알려질 것을 예상하고 쓴 편지는 없다. 극단적으로 내밀한 것들뿐이며, 남들에게 보이고 싶지 않은 치부를 드러내는 내용도 있다. 조금도 긴장하거나, 그럴 생각도 없다. 체온이 직접 전해지는 것 같은 느낌이다.

다자이 오사무의 편지들은 ≪다자이 오사무 전집≫(지쿠마 쇼보 발행), ≪다자이 오사무의 편지≫(고야마 기요시 엮음) 등과 같은 책으로 출판되었다. 그후 가메이 가쓰이치로가 엮은 ≪사랑과 고뇌의 편지≫(1962년, 가도카와 문고)가 출판되었는데, 이 번역본은 가도카와 문고를 텍스트로 하였다.

이 책에서는 편년체와 주소지에 따른 분류 방식을 사용했는데, 1년 동안에도 주소가 여러 곳으로 바뀌고, 같은 주소에서 연도가 바뀌는 등 복잡한 면도 있지만 그것을 조금이라도 정리하기 위한 하나의 시도였던 듯하다. 주소에 따른 분류로, 후나바시 이전, 후나바시 시절, 아마누마 시절, 미사카토우게 시절, 고후 시절, 미타카 시절로 나누었다.

실제로 주소지에 따른 분류를 세분화하면 30곳 이상이 된다. 주거지를 자주 바꿨다는 것도 다자이의 특색 중 하나라고 할 수 있겠다. 다자이는 이사에 대해 다음과 같이 회고했다.

나는 나의 가정생활을 차례차례로 파괴했다. 파괴하려는 의지가 없어도 차례차례로 붕괴되어 갔다. 내가 1930년에 히로사키 고등학교를 졸업하고 대학에 들어가 도쿄에 살게 되면서부터 지금까지, 대체 몇 번이나 이사를 했을까? 그 이사도 결코 평범한 것은 아니었다. 나는 대부분 전부를 잃고 간신히 몸만 도망치듯 떠났으며 새로이 다른 지방에서 다시 생활에 필요한 것들을 조금씩 마련하는 형편이었다. 도쓰카, 혼조, 가마쿠라의 병실, 고탄다, 도보초, 이즈미초, 가시와기, 신도미초, 핫초보리, 시로가네산코초. 이 시로가네산코초의 커다란 빈 집의 별채 중 한 방에서 나는 <추억> 등을 썼다. 아마누마 3번가, 아마누마 1번가, 아사가야의 병실, 교도의 병실, 지바 현 후나바시, 이타바시의 병실, 아마누마의 아파트, 아마누마의 하숙, 고슈 미사카토우게, 고후 시의 하숙, 고후 시 교외의 집, 도쿄도 시모미타카초, 고후 스이몬초, 고후 신야나기마치, 쓰가루….

잊어버린 곳이 있을지도 모르겠지만 이것만 해도 벌써 25번 이사를 했다. 아니 25번의 파산이다. 나는 1년에 두 번씩 파산을 했다가 다시 출발하여 살아온 셈이다. 그리고 앞으로 나의 가정생활이 어떻게 될지는 전혀 감도 잡지 못하겠다.

이상 열거한 25군데 중에서 나는 지바 후나바시에 가장 깊은 애착을 가지고 있었다. 나는 거기서 <다스 게마이네>와 <허구의 봄>을 썼다. 더 이상 그 집에서 머물 수 없게 되었을 때 나는, 부탁입니다! 하룻밤만 더 이 집에서 자게 해 주십시오. 협죽도夾竹桃도 제가 심은 것입니다, 정원의 벽오동도 제가 심은 것입니다, 라고 어떤 사람에게 부탁하며 엉엉 울었던 것을 잊지 않고 있다.

— 수필 <15년간> 중에서

이것은 다자이가 도쿄의 공습을 피해 가족과 함께 쓰가루의 생가로 갔을 때인 1946년 37세 때 쓴 것으로, 불안한 심리가 고스란히 드러나 있다.

이 책 속에는 생활고 때문에 돈을 빌려달라는 비루한 편지글, 빨리 죽고 싶어 견딜 수 없다는 고백, 자신의 자의식 과잉을 못견뎌하며 밤새 소리내어 우는 작가의 생생한 육성이 그대로 담겨 있다.

우리가 어렴풋이 짐작은 했지만, 미처 발견하지 못했던 다자이 오사무의 처절한 삶의 분투가 여과없이 드러난다. 방심한 맨얼굴, 체온이 고스란히 전달되는 느낌이랄까.

다자이 오사무의 서간집을 국내 최초로 소개하며, 다자이를 좋아하는 독자들에게 그의 내면을 조금이나마 전달할 수 있어서 기쁜 마음이다.

2010년 4월,

옮긴이

| 차례 |

23세
(1932년)

아마누마 시절 이전

다자이 오사무(太宰治)는 1909년 6월 19일, 아오모리(青森) 현 기타쓰가루(北津輕) 군 가나기마치(金木町)의 대지주 쓰시마(津島) 가의 6남으로 태어났다. 본명은 쓰시마 슈지(津島修治). 히로사키(弘前) 고등학교를 졸업하고 도쿄 제국대학 불문과생이 되어 상경한 것은 1930년의 일이었다. 이듬해인 1931년, 히로사키 고등학교 시절의 애인이었던 오야마 하쓰요(小山初代)와 살림을 차렸지만 당시 불법이었던 좌익운동에 가담, 여기저기로 주거를 옮겨 다녔다. 학교에도 가지 않았다고 한다. 상경 이후부터 이부세 마스지(井伏鱒二)에게 사사했다.

1932년 7월, 니혼바시 8번가에 있던 은거지에서 고향인 아오모리 경찰서까지 찾아가 자수, 이후부터는 운동에서 손을 뗐다. 그간의 경위와 심경의 변화에 대해서 본인이 평생 한마디도 하지 않았기 때문에 아직도 수수께끼로 남아 있다. 8월에는 하쓰요와 함께 누마즈(沼津)에서 생활하며 <추억>의 일부를 집필, 지역 청년들에게 낭독해주기도 했다(오사무는 자신의 작품을 낭독하는 것을 좋아했다). 누마즈에서 돌아온 뒤부터는, 원래 오토리 게이스케(大鳥圭介)가 살던 시바시로가네산코초(芝白金三光町)의 커다란 집의 별채에서 생활하며 <추억>을 계속해서 집필했다. 유서 대신으로 쓴 것이라고 한다.

1

6월 7일

도쿄 시모나카노마치(下中野町) 고타키(小瀧) 48번지 가와사키 소코(川崎想子) 씨 댁 긴키치(銀吉)*가

도쿄 미모도요타마(下豊多摩) 군 노가타마치(野方町) 아라이(新井) 336번지 구도 나가조(工藤永藏)**에게

오늘(6월 7일) 편지(5월 25일자)를 받아 봤습니다. 건강하신 듯하여 무엇보다도 다행입니다. 한동안 연락을 드리지 못했습니다. 제게도 이런 저런 사건이 있었기에 그만 실례를 범하고 말았습니다. 제가 약간 **멍청한 짓**을 해서, 집에서 송금을 끊은 상태입니다. 어떻게 해야 좋을지 모르겠습니다. 형님은 화가 많이 나셨고 저는 있는 대로 혼쭐이 났습니다. 억울해서 눈물이 났습니다. 그 사건에 대해서 자세히 말씀드릴 수는 없지만 앞으로 어떻게 될지 전혀 알 수가 없습니다. 저희는 그래도 여전히 건강하니 염려 마십시오. 굶어 죽기야 하겠습니까? 집에서도 설마, 이대로, 저희를 내버려두지는 않을 겁니다. '냉정하게 그리고 충분한 비굴성'을 가지고 해보았지만, 결국 뜻대로 되지는 않았습니다. 그러나 저희는 낙관하고 있습니다. 하지만 선배님께 송금은*** 무슨 일이 있어도 계속해 드릴 테니,

* 가공의 주소와 가명. '가와사키 소코 씨 댁'이라고 한 것은 다자이가 가와사키 시의 한 여자의 집에서 임시로 거처하고 있었으며, 당시 가와사키의 공장들에서 쟁의가 연달아 일어났기에 지어낸 이름. 가와사키 소코는 다자이의 애인 하쓰요의 가명. 긴키치는 다자이의 고등학교 시절 필명 중 하나

** 아오모리 중학, 히로사키 고등학교 선배. 당시 치안유지법 위반으로 수감중이었다.

*** 구도 나가조가 옥중에 있는 동안 다자이는 매달 5엔씩 차입금(差入金)을 넣어주었다.

염려마시고 건강하게 지내시기 바랍니다.

사모님들은 5월 초순에 시코쿠四國로 내려갔습니다. "1년이나 2년 경험을 위해 다녀오는 것은 상관없지만, 너무 오래 있지는 말라"고 모두가 말했습니다. 도비 씨* 댁에서 송별회를 열었습니다. 저와 사모님과 히라오카 씨**와 오카와 씨 이렇게 다섯이었는데 **회비**는 50센錢이었습니다.

밤새 마셨습니다. 도비 씨와 오카와 씨는 낮 동안의 피로 때문에 일찍 잠들었지만, 나머지 세 사람은 새벽까지 마셨습니다. 술(15홉)이 떨어졌는데 제가 도비 씨의 부엌을 뒤져서 맥주 반 다스(6개)를 발견했기에 세 사람은 만세를 불렀고, 그것을 날름 먹어 치웠습니다. 크게 감격했습니다. 저도 노래를 불렀습니다.

시라테이 씨는 낙제를 했습니다. 논문이 좋지 않았다고 합니다. 지난 봄방학 때 집에 갔다가, 도쿄로 돌아올 때 집에서 5만 엔을 훔쳐 오려고 했는데 들켜서 부자지간의 의가 끊겼다고, 거들먹거리고 있습니다. 거짓말인지 진짜인지 알 수가 없습니다. 지금은 집에서 송금이 끊겨, 친구 신세를 지고 있다고도 말했습니다.

그 사람은 정말 기이하기 짝이 없습니다.

후지노 씨***는 무사히 졸업해서 귀향했습니다. 도쿄의 한 찻집 아가씨와 얘기를 해서, 그 아가씨와 결혼할 생각이었고 후지노 씨의 어머니도 승낙, 아버지도 승낙해서, 이번에는 그 아가씨의

* 도비시마 데이조(飛島定城). 다자이의 셋째 형 게이지(圭治)의 친구. 히로사키 고등학교의 선배. 1932년~1935년에 다자이와 한 집에서 생활

** 히라오카 도시오(平岡敏男). 히로사키 고등학교의 선배

*** 후지노 게이시(藤野敬止) 씨. 히로사키 고등학교의 선배

부모님과 중매를 하러 갔는데, (그 중매인으로 나선 것은 도비 씨) 좀처럼 만족스러운 대답을 해주지 않았습니다. 도비 씨는 일부러 회사를 쉬어 가면서까지 그 아가씨의 부모님이 계신 미토水戶 산골을 찾았지만 뜻을 이루지 못한 듯했습니다. 부모님은, 후지노 씨 집의 재산 등을 조사해보고, 별로 마음에 들지 않았기 때문에 딸을 주지 않겠다고 하고 있는 듯합니다. 그 아가씨도 후지노 씨에게 편지 한 장 보내지 않는다고 하는데, 후지노 씨의 어머니가 도비 씨에게 편지를 보내 "다시 한 번 미토로 가 주십시오"라고 부탁했습니다. 도비 씨는 일이 아무래도 틀어진 것 같다고 말했습니다. 아가씨는 그렇게 미인도 아니고, 단지 얌전해 보이는 사람입니다.

이토 씨는 머지않아 다타니 씨와 결혼해서 도비 씨와 공동생활을 할 생각입니다. 기쿠 씨*는 마쓰타케松竹 영화사에 들어갔습니다. 오랜 소망을 이룬 셈입니다. 마쓰타케 리뷰의 각본부입니다. 기쿠 씨의 작품은 얼마 전, 라디오에서 방송되었고, 원작료로 50엔을 받았다고 합니다.

그 외에 특별히 변한 일은 없습니다. 나카테이 씨**는 연극으로 눈코 뜰 새 없이 바쁜 문학청년이 되었습니다. 대단한 열정입니다. 최근 다모와는 왕래하고 있지 않지만, 들리는 말에 의하면 댄서와 함께 살고 있다고 합니다. 어쩔 생각인지. 러시아어와 에스페란토를 공부하고 있다고 하는데, 거부감이 들 정도입니다. 저희도 열심히 공부하겠습니다. 저희에 대해서는 걱정 마십시오. 필요하신 것이

*기쿠타니 사카에(菊谷榮)

**나카무라 데이지로(中村貞次郎). 아오모리 중학교의 동기

있으시면 언제든지 말씀해 주십시오. 어떻게든 마련해서 보내드릴 테니. 돈도, 얼마 뒤부터는, 정기적으로 보내겠습니다. 그럼 이만.

2

12월 25일
도쿄 시바(芝) 구 시로가네산코초 276번지, 다카기(高木) 씨 댁에서
도쿄 스기나미(杉並) 구 고엔지(高円寺) 612번지 곤 간이치(今官一)에게

편지 보았네.

이부세 씨 방문은 3일에 하기로 하세. 3일 오전 중에 귀형의 집으로 내가 찾아가겠네. 악기에 대해서 고민하고 있다고 들었는데, 내 마음까지 아주 든든해졌네. 이부세 씨의 편지에도 "곤 간이치는 자네의 좋은 친구다"라는 말이 있었네. 그런 말을 한 이유도 필경 자네의 그 신음에 있는 것이 아닐까 하는 것이 나의 어리석은 생각일세.

힘내게.

나는 성격이 급한 사람이라, 빨리 자네 악기의 선율에 감동을 하고 싶어 견딜 수가 없다네. 나를 감동시켜주게.

하지만 서두를 필요도 없을 것 같네. 올해는 아직 5일 정도 남아 있네. 닭의 해 좋은 날이 희붐하게 밝아 올 무렵 엄숙하게 펜을 놓는 것도 또한 좋지 않겠는가?

나도 역시 꽃 만들기에 고심하고 있다네.

"이 꽃을 봐라, 이 꽃을 봐라…"라고 중얼거리며.

자네는 악기를 연주하고, 나의 이 꽃을 바쳐, 세상의 눈 어두운 무리들을 위로하세.

(나는 진심으로 하는 말일세.)

넘쳐나는 생각에 이후는 생략한 채.

이만 총총.

쓰시마 슈지

곤 간이치 님.

24세
(1933년)

아마누마 시절 I (1)

다자이가 아마누마에서 거주했던 기간은 전기와 후기로 나눌 수 있다. 전기는 1932년부터 산코초에서 동거하고 있던 고향 선배로 ＜도쿄 일일 신문사＞ 기자였던 도비시마 데이조 일가와 함께 1933년 2월에 스기나미구 아마누마 3번가 741번지로 옮긴 이후부터 1935년 7월에 후나바시로 옮기기까지의 2년여에 걸친 기간이다. 후기는 1936년 11월 12일, 아파트 쇼잔소(昭山莊), 헤키운소(碧雲莊)를 거쳐 하숙집인 가마다키(鎌瀧) 씨 집으로 홀로 들어갔다가 1938년 9월에 야마나시 현 미나미쓰루(南都留)군 가와구치무라 미사카토우게의 '천하 다실'로 옮기기까지의 2년 가까이에 걸친 기간이다. 이 두 기간의 사이에 질풍노도기라고 할 수 있는 후나바시 시절이 있었다. 후나바시 시절을 노도의 정점으로 하여 그 전후로 상당한 흔들림이 있었다. 하지만 그 5년 정도 되는 기간 동안 다자이 문학의 기조가 형성되었다.

1933년 2월에 처음으로 '다자이 오사무'라는 필명을 사용하여 ＜열차＞를 발표했으며, 동인지 ≪물범(海豹)≫에 ＜교후쿠키(魚腹記)＞, ＜추억＞을 실었다. 이부세 마스지에게 사사하고 후루야 쓰나타케(古谷綱武), 단 가즈오(壇一雄), 나카무라 지헤이(中村地平), 이마 하루베(伊馬鵜平), 곤 간이치, 구보 류이치로(久保隆一朗) 등과 친하게 지냈다. 5월에 도비시마의 가족과 함께 2번가 136번지로 옮겼다.

3

1월 18일
도쿄 시바(芝) 구 시로가네산코초 276번지 다카기 씨 댁에서
도쿄 스기나미 구 시미즈마치(清水町) 24번지 이부세 마스지에게

배계拝啓.

그간 연락을 드리지 못했습니다. 어제 <불사조> 30매를 완성했습니다. <꽃>이라는 16매짜리 단편을 정초에 탈고했지만, 아무래도 보여드릴 만한 것이 아닌 듯하여, 그대로 창고에 넣어 버렸습니다. <불사조> 오늘 보냈습니다. 수일 내로 곧 간이치와 함께 찾아뵙도록 하겠습니다. 그때 감상을 들려주셨으면 합니다. 그럼 나머지는 그때, 천천히.

슈지 올림

빌려주신 책은 그날 가져가도록 하겠습니다.

4

3월 1일
도쿄 스기나미 구 아마누마 3번가 741번지 도비시마 씨 댁에서,
도쿄 스기나미 구 마바시(馬橋) 4번가 440번지 기야마 쇼헤이(木山捷平)에게

<이즈시(出石, 효고현 북동부에 있는 지명 _옮긴이)>* 방금 막 읽었습니다.

4일 동인회*에서 감상을 얘기해도 상관은 없지만, 저는 말주변이 없기 때문에 편지로 실례를 하겠습니다.

처음 시작 부분부터, 4페이지의 '꽃'에 대한 문답이 나오는 곳까지는, 저는 완전히 편안하게 읽었습니다. 한 치의 과장도 없이 마음이 시원해지는 느낌이었습니다.

'꽃' 문답을 지나면서부터 점점 불안해지기 시작했습니다. '느슨함' 때문이 아닙니다. 귀형의 이 소설을 누군가가 '느슨하다'는 이유로 험담을 한다면 그 사람은 멍청이라고 생각합니다. 애초부터 '느슨함'이라는 것 자체도, 배척받을 만한 아무런 이유도 없는 것이라고 생각합니다. 옛날 문학자는, 언제나 냉정한 눈을 가지고 있다는 사실을 자랑으로 여겼으며, 어떤 일에도 놀라지 않겠다는 것을 자신의 신조로 삼아 왔습니다. 그리고 인생의 '아름다운' 박제를 벽에 걸어 놓고는 그것을 기뻐했습니다. 크게 생각해보면, 이런 태도야말로 좋지 않은 의미에서의 커다란 느슨함입니다. 그렇게 생각지 않으십니까?

제가 귀형의 작품에 대해서 품었던 불안은, 귀형의 작품에서 '느슨함'이 드러나기 시작했기 때문이 아니었습니다. '꽃 문답'까지의 그 고취된 진실을, 귀형이 그대로 내버리지나 않을까, 하는 불안이었습니다.

다 읽고 나서, 이 불안은 반은 적중하고, 절반은 없어졌다는

* 기야마 쇼헤이 씨의 작품. ≪물범≫(1933년 3월호)에 게재
* '물범'의 동인회. 1933년 3월, 다자이는 간베 유이치(神戶雄一), 기야마 쇼헤이, 후루야 쓰나타케, 곤 간이치, 오시카 다쿠(大鹿卓), 신조 요시아키라(新庄嘉章) 등과 함께 동인잡지 ≪물범≫을 창간했다. 동인회는 후루야 쓰나타케 씨의 집에서 열렸다.

생각이 들었습니다.

제가 4페이지 이전을 읽고 추측했던 것보다 작가의 의도는 훨씬 더 컸습니다. 이 점은 크게 안심.

이처럼 겸양 속에서 서술되는 야심적인 의도를 저는 좋아합니다. 좋아하는 것은 저뿐만이 아니라고 생각합니다.

그렇다면 귀형의 의도는 잘 표현이 되었는지, 어떤지, 저는 그것에 대해서 지금 생각하고 있습니다. 남겨진 절반의 불안이 바로 거기에 있는 것입니다.

이미 읽으셨을 줄로 알고 있지만, 고골리의 <이반 누구누구와 이반 누구누구가 싸움을 한 이야기>라는 것도, 역시 작가가 추억의 장소를 10년 후에 찾게 되는데, 그 겨우 두어 페이지의 문장이 <… 싸움을 한 이야기>를 얼마나 멋지게 살리고 있는지요. 저는 그 두어 페이지에서 작가의 위대한 모습을 발견한 듯했고, 또 이른바 '악마까지도 우울하게 만드는' 인생의 진면목을 본 듯하다는 생각이 들었습니다. 솔직하게 말씀드리면, 저는 <이즈시>에서는, 그와 같은 비약하는 감정을 맛볼 수 없었습니다. 왜일까, 하는 점을 저는 생각해보았습니다. 결론은, 이렇게 나왔습니다.

작가가 의식적으로, 너무 탄탄하게 틀을 짜 놓았기 때문이 아닐까요. 작가의 의도에 대해서, 너무 지나치게 조바심을 냈기 때문이 아닐까요. 어차피 단편으로 20~30매 정도의 작품이니, 작가가 첫부분을 생각함과 동시에, 전체의 구성도 탄탄하게 짜 놓았을 것이며, 또 그 결론 역시 준비해 놓았을 것입니다. 물론 그것을 탓하려는 것은 아니지만, 그 결과에 이르는 과정에서 작가가 조금이라도 방심을 하면 엄청난 결과를 초래하게 되는 것이 아닐까요?

여기서 잠깐 저의 ＜교후쿠키魚腹記＞에 대해서 말씀드리도록 하겠습니다. 그것은 역시, 일을 시작하기 전부터, 마지막 한 구절을 생각하고 쓴 작품이었습니다. "3일 만에 보기에도 끔찍한 스와의 시체가 마을에 걸려 있는 다리의 난간에 표착漂着했다"라는 한 구절이었습니다. 그것을 나중에야 빼 버렸습니다. 제 힘으로는, 그처럼 어마어마한 진실까지 도저히 비약시킬 수 없음에 절망했기 때문입니다. 저는 교활했던 것입니다. 깊은 산 속의 거친 독수리를 쏘아 맞히지 못할 바에는 처마 끝의 참새를 쏘아 맞혀라, 라는 식으로, 그 한 구절을 빼 버리면 작품의 구성이 비교적 무난해질 것이라는 생각이 들었기에, 그 때문에 작품의 맛이 훨씬 훨씬 더 작아진다는 사실을 알면서도 남몰래 삭제해 버린 것이었습니다. 이 태도는 좋지 않았습니다. 설령, 그 때문에, 작품의 구성이 깨져서, 이른바 비평가들로부터 형편없는 작품이라는 말을 듣는다 할지라도, 작가의 의도는, 목소리가 갈라져도 힘이 다해도 끝까지 주장해야만 할 것이었습니다. 저는 깊이 후회하고 있습니다.

＜이즈시＞에서의 파탄도, 이렇게 생각해보니, 그것은 결코 불명예스러운 파탄이 아니라, 의미 깊은 파탄이라는 생각까지 듭니다.

만약 그렇게 해서, 10년 뒤의 ＜이즈시＞가 작가의 의식과는 거의 아무런 상관도 없이, '희붐하게' 떠오른다면, 그 작품은 걸작입니다. 그러기 위해서는 작가가, 10년 전의 ＜이즈시＞를 '꽃 문답' 이후까지도, 더욱 정열적으로 써 나갔으면 좋았을 것을 하는 아쉬움이 남습니다. 10년 후의 ＜이즈시＞는, 한두 줄만으로도 충분하지 않을까, 하는 생각도 해봤습니다.

단편을 읽을 때의 독자는, 제목과 처음의 두어 줄에서 이미 한편을 정리하려는 듯하니, 단편에서는 독자에 대한 염려는, 그렇게 많이 하지 않아도 좋을 것 같습니다.

조금 더 조금 더 쓰고 싶지만, 언젠가 함께 술잔이라도 기울이면서 이야기를 나누고 싶습니다. 맨정신일 때는, 저는 어눌하기 짝이 없지만, 그래도 취하면 조금은 말을 할 줄 알게 되니 말입니다.

망언다사妄言多謝. 이렇게 많은 말을 적어 놓고, 저는, 나중이면 꼭 부끄럽다는 생각을 하지만, 잡지가 나왔다는 기쁨에, 그만 말이 많아지고 말았습니다. 죄송합니다.

저의 <교후쿠키>에 대한 감상도 듣고 싶습니다. 서로, 기탄없는 비판을 해서, 좋은 소설을 쓸 수 있도록 하고 싶습니다.

오사무

기야마 형.

5

5월 3일
도쿄 스기나미 구 아마누마 3번가 741번지 도비시마 씨 댁에서
도쿄 스기나미 구 마바시 4번가 440번지 기야마 쇼헤이에게

<수취>* 지금 막 읽음. 곧바로 편지.

<이즈시>에 비해서, 굉장히 잘 **다듬어져** 있다고 감히 말씀드립

* 기야마 쇼헤이의 작품. ≪물범≫(1933년 5월호)에 게재

니다. 글뿐만 아니라, 귀형의 창작에 대한 정신이, 말입니다.

마지막 1페이지는 물론, 있는 편이 좋다고 생각합니다. 단, 그 굵고 검은 선은 없는 것이 좋을 듯합니다. 한 행 띄우는 것으로 족하지 않을까요?

게다가, 그 수취는, ……해를 거듭할수록 부담을 더하고 고통을 가중시킬 뿐이다.

저라면, 여기서 끝을 맺고 싶었을 것입니다.

이상, 읽고 난 직후 황망히 쓴 내용입니다.

저는, 아직 몸져누울 때도 있고 기운을 차려 일어날 때도 있습니다. 아직도 가끔 귀가 아픕니다. 괴로운 나날을 보내고 있습니다. 어쩌면 이번 동인회에 참석하지 못할는지도 모르겠습니다. 동인 여러분께도 언짢게 생각지 마시라고, 귀형께서 잘 좀 말해주시기 바랍니다.

6

7월 12일
도쿄 스기나미 구 아마누마 1번가 136번지 도비시마 씨 댁에서
나가노(長野) 현 시모타카이(下高井) 군 호나미무라(穗波村) 가쿠마(角間) 온천 에치고야(越後屋) 내 구보 류이치로에게

구보 군.

두 번의 엽서 고맙네. 엽서를 통해서 자네의 여정旅情을 조금이나마 엿볼 수 있었네. 굉장히 좋은 곳인 듯하던데.

푸시킨의 단편집을 읽은 듯하니, 경의를 표하네. 사기꾼 토마를 읽었네. 감상은 후일.

오늘의 단가短歌 4수, 그럭저럭 괜찮네.

짐승들 무덤의 얕은 둔덕이 약간 마음에 드네. '물범'은 어수선하네. 나는, 그만둘 생각이라네. 꼴 보기 싫은 일들뿐이야. 여행을 떠나고 싶어 견딜 수가 없네.

소설을 쓰고 있나? 기대하고 있겠네. 역작을 써 가지고 귀경해서 우리들을 깜짝 놀라게 해주게나.

<추억>은 완결했네. 따로 보내겠네. 귀한 의견을 부탁.

어제도 곤 간이치와 함께 자네 얘기를 했네.

7

9월 11일
도쿄 스기나미 구 아마누마 1번가 136번지 도비시마 씨 댁에서
도쿄 스기나미 구 마바시 4번가 440번지 기야마 쇼헤이에게

한동안 연락드리지 못했습니다. 찾아뵙지도 못하고 실례가 많습니다. 머지않아 꼭 찾아봬야겠다 생각하고 있습니다.

≪물범≫ 9월호, 그저께, 고이케小池* 씨에게서 받았습니다. 귀

* 고이케 아키라(小池旻). '물범'의 동인

형의 작품을 읽었습니다.

다른 사람들은 뭐라고 했는지 모르겠지만, 저는, 그것으로 좋다고 생각했습니다. 훌륭하다고 생각했습니다.

<이즈시>, <수취>를 거쳐 온 귀형의 발자취가 드디어 정상에 달했다는 생각이 들었습니다. 하나의 산을 정복한 귀형께서, 곧바로 다시, 눈앞에 있는 보다 높은 산을 목표로 삼으시리라 믿습니다. 또, 그렇기 때문에 <자식에게 보내는 편지>*가 소중한 것이라고 생각합니다.

시오쓰키** 형의 작품도, 아주 좋았다고 감히 말씀드립니다. 그가 마주하고 있는 산은, 굉장히 큰 것 같아 호의를 품고 있습니다. 완고하게, 집요하게, 하나의 산에 몰두하고 있습니다. 그 산을 정복한다는 것은, 굉장한 일이라고 생각합니다. 이번 달 작품은, 어설프게 줄거리 따위 만들지 말고, 오로지 그 여자의 정열만을 따라갔다면, 훨씬 더 커다란 성공을 거둘 수 있었을지 않을까, 생각합니다.

저도 조금씩 공부를 하고 있습니다. 좋은 작품을 쓰고 싶습니다. 또 남들이 쓴 좋은 작품에도 접하고 싶습니다. 좋은 작품을 쓰고 싶고, 또 읽고 싶습니다. 저는 니헤이 씨***의 지난 달 작품에 흥미를 갖고 있습니다. 머지않아 좋은 작품을 쓸 것이라 기대하고 있는데, 어떨지요. 지난 달 작품은 완성도가 그다지 높은 것 같지는 않지만, 집요한 맛이 있어서, 강한 힘을 느낄 수 있었습니다.

* 기야마 쇼헤이의 작품. ≪물범≫에 게재

** 시오쓰키 다다시(塩月糾). '물범'의 동인. 다자이의 작품 <가일(佳日)>은 시오쓰키를 모델로 삼은 것

*** 니헤이 미쓰구(二瓶貢). '물범'의 동인

조만간 제가 찾아뵙겠지만, 귀형도 시간이 된다면 놀러 오시기 바랍니다.

앞서는 부끄러운 우견愚見을 말씀드려, 실례가 많았습니다.

시오쓰키 형에게도 안부 전해 주십시오.

다자이 오사무

기야마 쇼헤이 형.

8

12월 17일
도쿄 스기나미 구 아마누마 1번가 136번지 도비시마 씨 댁에서
도쿄 나카노 구 가미타카다(上高田) 267번지 야마노우치 쓰토무(山之內努) 씨 댁 구보 류이치로에게 (엽서)

감기에 걸렸다고 하던데, 몸조리 잘하십시오. 저희 집에는 억지로 오시지 않으셔도 상관없습니다.

천천히 몸을 보살피기 바랍니다. 12일까지는 완치가 돼서, 모임에 나오기를 빌겠습니다.

답시를 줘야겠다고 몇 시간을 깊이 생각.

"날갯짓 소리, 생각지 않네, 옛날은, 자네."

25세
(1934년)

아마누마 시절 I (2)

이 시기 다자이는 신변에 별 문제가 없어 창작에 전념할 수 있었다. 동인지 ≪쇠물닭(鷭)≫에 ＜잎＞ ＜원면관자(猿面冠者)＞를 실었으며, 도노무라 시게루(外村繁), 나카타니 다카오(中谷孝雄), 오자키 가즈오(尾崎一雄) 등과의 동인지 ≪세기≫에도 작품을 실었고, ≪쇠물닭≫ 해산 이후에는 곤 간이치, 쓰무라 노부오(津村信夫), 이마 하루베, 고야마 유시(小山祐士), 기야마 쇼헤이, 기타무라 겐지로(北村謙次郎), 단 이치오, 야마기시 가이시(山岸外史), 나카하라 주야(中原中也) 등과 함께 동인지 ≪파란 꽃≫을 창간하고 ＜로마네스크＞를 발표했다. ＜로마네스크＞는 이해 8월, 시즈오카 현 미시마의 사카베 다케오(坂部武郎) 씨 댁에 머물며 쓴 것이었다. ≪파란 꽃≫은 제1호만을 내고 휴간하게 되었다. 뒤이어 이듬해 봄에는 사토 하루오(佐藤春夫), 하기와라 사쿠타로(萩原作太郎), 가메이 가쓰이치로(龜井勝一郞), 야스다 요주로(安田与重郞), 나카타니 다가오, 도노무라 시게루, 진보 고타로(神保光太郞) 등의 '일본낭만파'에 합류했다. 재미있는 것은 이해에 이부세 마스지의 이름으로 대필한 작품이 2개 있다는 점이다. 학교(도쿄 제국대학 불문과)에는 여전히 가지 않은 듯하다.

9

9월 13일

도쿄 스기나미 구 아마누마 1번가 136번지 도비시마 씨 댁에서

아이치(愛知) 현 우와지마(宇和島) 시 오우테도오리(追手通)의 구보 류이치로에게

구보 형.

요즘은 어떻게 지내십니까. 저는 지난 달 말에 미시마에서 돌아왔습니다. 귀형은 언제쯤 돌아오십니까? 가능한 한 빨리 돌아와 주십시오.

사실은 우리 모임이 중심이 돼서, 이번 가을부터, 역사적인 문학운동을 일으킬 생각인데, 귀형도 꼭 참가해 주셨으면 하니, 서둘러 귀경하시기 바랍니다. 아직 비밀에 부치고 있습니다. 잡지의 이름은 ≪파란 꽃≫. 틀림없이 문학사에 남을 만한 운동을 하겠습니다.

되는지 안 되는지 해볼 생각입니다. 지헤이, 곤 간이치 모두 열광하고 있습니다. 자세한 얘기는 직접 뵙고. 어설픈 짓은 하지 않을 생각.

하루라도 빨리 귀경할 날을 기다림.

10

11월 2일

도쿄 스기나미 구 아마누마 1번가 136번지 도비시마 씨 댁에서

도쿄 혼고(本鄕) 구 고마고메 센다기마치 50번지 야마기시 가이시에게 (엽서)

오늘 아침 편지 받았네. 부족한 돈 6센 냈다네. 하지만 6센 이상의 가치가 있는 글이었기에, 특별히 6센이 아깝다고는 생각지 않았네. 등대에 대한 이야기가 가장 재미있었다네. 다자이 오사무를 연구하는 것은 내게 맡겨 두게나. 산문의 논문은, 틀림없이 통독했으니, 안심하게. 조만간에, 다시 한 번 읽어도 좋겠다고 생각했네. 조금 전, 보들레르의 댄디즘에 대한 에세이를 읽기 시작하다, 귀형에게 엽서를 쓰고 싶어졌다네.

11

11월 5일
도쿄 스기나미 구 아마누마 1번가 136번지 도비시마 씨 댁에서
도쿄 도요시마(豊島) 구 이케부쿠로(池袋) 2번가 도키와도오리 에비하라(海老原) 씨 댁 나카무라 데이지로에게

나카무라 군.

그립던 소식 편지로 잘 읽었네. 마음을 삭일 수 없어, 화가 나는 일은, 그건 매일같이 있는 것 아닌가. 오십보백보, 나도 매일, 재미없는 나날을 보내고 있네. 재미없는 사람이 몇 만 명이나 있다네. 모두 모여서 좌담회라도 열어, 서로 위로한다. 한심하기 짝이 없는 일일세. 미제라블이기까지 하네. 그러나 달리 방법이 없지… 라고 말할 수밖에 달리 방법이 없는 일일세. (농담이 아닐세) '운이 없다'고도, 할 수 있지. 틀림없이 우리는 운이 없었네. 신은 우리에게 아무런

도움도 주지 않았네. 하지만, 생각해보면, 우리는, 이 세상에 대해 오산한 셈일세. 너무 만만하게 얕잡아 봤었어. 이제 와서, 주위를 둘러보면, 눈앞의 사실은 스무 살 무렵에 생각하고 있던 것과 전부, 완전히 달라져 있네. 분명히, 이런 게 아니었는데.

우리의 오산— 이것도 우리 불운의 근원일세.

슈지

나카무라 데이지로 님.

12

11월 16일
도쿄 스기나미 구 아마누마 1번가 136번지 도비시마 씨 댁에서
도쿄 혼고 구 고마고메 센다기마치 50번지 야마기시 가이시에게 (엽서)

그런 말 하지 말고 써 주는 게, 어떻겠나?

18일까지, 괜찮다고 하네. 하나 쓰게!!

쓰무라 노부오 군에게도, 시만이라도 좋으니, 보내라고 전화를 해주게.

부탁하네.

가엾은, 다자이 오사무를 그런 굴욕에서….

13

12월 18일

도쿄 스기나미 구 아마누마 1번가 136번지 도비시마 씨 댁에서

오카야마(岡山) 현 오다(小田) 군 니이야마무라(新山村) 기야마 쇼헤이에게

한동안 연락드리지 못했습니다. 잡지는, 여러 가지로 실수가 있어 생각 외로 좋지 않아, 죄송하게 됐습니다. 다음 달부터는, 페이지도 늘리고, 종이도 좋은 것을 쓰고, 어쨌든 꾸밈도 일본 최고의 것으로 만들 생각입니다.

무슨 일이 있어도 ≪파란 꽃≫을 계속 만들어 나갈 생각입니다. 2호의 원고 마감일은, 12월 31일입니다. 걸작을 써서 보내 주시기 바랍니다. 아무리 길어도 상관없습니다. 여러 가지 평판, 곧 하나로 정리해서 보내드리도록 하겠습니다. 어쨌든, 일본 제일의 잡지임을 믿어 의심치 않습니다. 조만간 기다란 소식, 꼭 보내드리겠습니다. ＜파란 꽃에 대한 감상＞*은 대호평.

* 기야마 쇼헤이의 작품. ≪파란 꽃≫ 1호에 게재

26세
(1935년)

아마누마 시절 I (3) ~ 후바나시 시절

다자이는 26세이던 1935년 미야코 신문사의 입사시험에 떨어져, 본가에 있는 형(어렸을 때 아버지가 돌아가셨기 때문에 큰형이 집안의 가장 노릇을 했다) 때문에라도 이 해에 졸업을 해야 했다. 하지만 전혀 희망이 없는 상태였고, 게다가 문학상에 대한 번민도 있어서였는지 3월 16일에 가마쿠라(鎌倉) 하치만구(八幡宮) 가까이에 있는 산속에서 목매 죽을 계획을 세웠다. 다행히 가지가 부러져, 미수에 그쳤다. 두 번째 자살 시도였다.(1930년에 우연히 알게 된 긴자의 여급과 함께 에노시마 소데가우라로 가서 투신했는데 여자만 사망, 자살방조 혐의를 받은 적이 있었다.) 그 직전에 외형적으로는 본가로부터 분가를 했다. (외형적이라고 한 이유는 암암리에 매달 약 100엔 정도의 돈을 받고 있었기 때문이다.) 4월에 급성 맹장염으로 아사가야의 시노하라 병원에 입원, 복막염으로까지 발전해 한때 중태에 빠졌었다. 그 치료를 받던 중 파비날 중독증에 걸려, 이후 약 1년 반 정도는 광란의 시대를 맞게 된다. 5월에 교도 병원으로 옮겼고, 7월 1일에 다시 후나바시마치(船橋町) 이쓰카이치 혼주쿠(五日市本宿) 1928번지로 옮겼다. 8월 <역행>이 제1회 아쿠타가와 상에서 차석을 차지함으로써 이른바 문단에 나오게 됐다고 할 수 있을 것이다. 사토 하루오로부터의 지지를 얻은 것도 이 해였다.

14

2월 12일

도쿄 스기나미 구 아마누마 1번가 136번지 도비시마 씨 댁에서

도쿄 세타가야 구 기타자와(北澤) 3번가 935번지 곤 간이치에게 (엽서)

곤 간이치 형.

오늘 아내의 옷, 정말 고마웠네. 부인께도 고맙다는 인사 전해주게나. 건강하게 정진하고 있는 듯하니, 이보다 더 좋은 일도 없을 듯하네. 견실하게 해주게나. 잡지에 관한 일로, 이런저런 여러 가지, 우습고 재미있는 이야기도 있고 해서, 이야기를 들려주기 위해, 한번 가야지 가야지 조바심을 내면서도, 좀처럼 기회가 생기지 않아, 오늘까지 지내 온 점, 용서해주기 바라네. ≪파란 꽃≫은 2개월 정도 휴간하기로 했네. 그래도, 가끔은 모두가 함께 모여서, 왁자지껄 의욕을 북돋을 생각일세. 조만간 내가, 자네를 찾아가도록 하겠네. 중앙선中央線 부근은 그다지 변한 일은 없네. 나 자신이, 재미있는 실수를 저질렀는데, 그것은 큰 뉴스로, 모두가 손뼉을 치고 웃으며 즐거워하고 있다네. 그건 비밀이니, 만나서 조용히 가르쳐주도록 하겠네.

15

6월 3일

도쿄 세타가야 구 교도초(経堂町) 교도 병원에서

도쿄 혼고 구 고마고메 센다기마치 50번지 야마기시 가이시에게

편지, 지금 읽었네. 좋은 친구를 두었다고 생각했네. 일생의 기념이 될 걸세. 이럴 때는 한심한 말밖에 나오지 않는 법 아닌가? 환희를 느낄 때의 모습은, 지식인도 문맹인도 다를 바가 없네. "만세!" 이걸세.

자네는 내 말을 믿을 수 있겠는가? 글자 그대로 믿어 주기 바라네. 알겠나? '고맙네.'

사토 하루오 씨에게 보내는 편지는, 이삼일 안에 써서 보내겠네, '위대한 친구'를 얻은 기쁨을 적어 보낼 생각일세. 사실은 이삼일 전에 오가타 씨*에게, 환희의 첫 번째 꽃다발을 바치고 난 직후이기 때문에, 아무래도 쓰기가 쉽지 않네. (같은 글이 될 것 같아서.)

이삼일쯤 뒤에, 쓰기로 하겠네.

도공이 진흙을 반죽하며, 방문객과 날씨에 대한 이야기를 나누고 있네. 내 문학담은, 날씨에 대한 그 도공의 이야기와 크게 다를 바가 없네. 하는 말과는 전혀 다른 생각을 하면서, 일을 위해 진흙을 반죽하고 있네. '자유의 자식'이라기보다는 '괴팍한 사람'이라 하는 편이 자유의 자식을 보다 정확하게 전달할 수 있네.

16

7월 31일

지바(千葉) 현 후나바시마치 이쓰카이치 혼주쿠 1928번지에서

아오모리 시 나미우치 620번지 고다테 젠시로(善四郎)에게

* 오가타 다카시(緒方隆士). '일본낭만파' 동인

요즘은, 어떻게 지내나. 불멸의 예술가라는 자부심을, 언제나 잊어서는 안 되네. 그저 고개만 빳빳하게 높이 치켜들라는 말이 아닐세. 죽을 만큼 공부를 하라는 뜻일세. and then 사람들의 모욕을 한 치라도 용납해서는 안 되네. 자신에게 한 치 반의 힘이 있다면, 그것을 인정할 때까지 한 발짝도 물러나서는 안 되네. 나, 아쿠타가와 상인 듯하네. 신문의 하마평下馬評이니 그다지 믿을 만한 것은 못 되지만, 어쨌든, 올해 안에 ≪문예춘추≫에 작품이 실릴 걸세. 어머님께도 안부 전해 주게나. 나는 자네 집 식구 중에서 어머님을 가장 좋아하네, 어머님은 좋은 분이야.

17

8월 5일
지바 현 후나바시마치 이쓰카이치 혼주쿠 1928번지에서
도쿄 이타바시(板橋) 구 시모샤쿠지이(下石神井) 2번가 1497번지 스즈키(鈴木) 씨 댁 나카무라 데이지로에게

나카무라 군.

일부러 편지까지 보내 주고 고맙네. <광대의 꽃>에 대한 비평은, 정말 고맙네. 꼼꼼하게 읽어 줬을 걸로 믿고 있네. 그건 67번이나 처음부터 다시 쓴 것으로, 굉장히 고생을 한 작품일세. 자네가 알아준 듯하니, 이보다 더 기쁜 일도 없네.

지금, 매일 한 장씩 쓰고 있다네. 한 장 이상은 아무래도 쓸 수가 없네. 병 때문이 아닐까 생각하고 있네.

매일, 일 때문에 피곤한 줄 알고는 있지만, 곧 좋은 일이 있을 걸세. 그렇게라도 생각하지 않으면 살아갈 수 없으니까. 연애라도 해보면, 어떨까? 농담으로 하는 소리가 아닐세. 나, 요즘 아무런 부끄러움도 없이, Love is Best 등과 같은 일에 대해서, 생각하고 있네. 어쨌든, 가까운 시일 안에 만나서, 천천히.

오사무

18

8월 8일
지바 현 후나바시마치 이쓰카이치 혼주쿠 1928번지에서
도쿄 혼고 구 고마고메 센다기마치 50번지 야마기시 가이시에게 (엽서)

야마기시 군.

오늘 저녁의 자네의 편지, 지금 다시 한 번 읽어보고, 굴욕, 억울함을 달랠 길 없어 어찌할 바를 모르겠네. 나는 모욕당했다네. 그것도 전에는 맛본 적이 없었을 정도의 모욕을.

하지만 나는 자네의 친구일세. 이렇게 되면, 더욱이 절친한 친구와 헤어질 수 없게 되네. 자네도 같은 심정일 것이라 생각하네.

솔로몬의 꿈이 깨져서 한 마리의 개미.

지금은 밤 1시쯤일세.

토요일쯤에, 다시 만나 이야기하고 싶네만.

나는, 오늘부터 다시 서생이 되기로 했네. 지금까지의 나는 아마도 '작가'였던 듯하네. 7일 오전에 씀.

나는 하지만, 환자가 아닐세. 절대로 미치지 않았네. 8일 아침에 씀.

세 봉지의 약과 석 대의 주사 때문에 어질어질하네. 어젯밤 한숨도 자지 못했네. 8일 아침에 씀.

19

8월 8일
지바 현 후나바시마치 이쓰카이치 혼주쿠 1928번지에서
도쿄 혼고 구 고마고메 센다기마치 50번지 야마기시 가이시에게 (엽서)

'지금 다시 채비하여 치열함을 **구함**.' 이것이 우울함의 **근원**이었네. 나, '치열함'이라는 점에서는 귀형에게도 뒤지지 않는다고 생각하네.

누가 뭐래도, 지금도, 그렇게 확신하고 있네.

토요일 밤에 오게나. 또 배를 타세.

20

8월 13일
지바 현 후나바시마치 이쓰카이치 혼주쿠 1928번지에서
아오모리 시 나미우치 620번지 고다테 젠시로에게 (엽서)

아쿠타가와상 떨어진 건 안타까운 일일세. '완전 무명'이 방침인 듯하네. ≪문예춘추≫로부터 10월호에 대한 주문이 왔네. ≪문예≫

로부터도 10월호에 싣겠다는 뜻의 편지가 왔네. 나는 유명하기 때문에 아쿠타가와 상 같은 건 앞으로도 절대 불가. 이상한 2류, 3류의 너저분한 후보자들과 어깨를 나란히 했다는 점만이, 견딜 수 없이 불쾌하네.

20일 지나서 사토 하루오를 찾아갈 생각이네. 조금은 기대가 되네.

이번 달 ≪행동≫을 사다가 교와 그 외 사람들에게도 읽으라고 적극적으로 권하도록 하게. 지헤이의 소설. 이건 틀림없이 실행하도록 하게.

21

8월 21일

지바 현 후나바시마치 이쓰카이치 혼주쿠 1928번지에서

아오모리 시 나미우치 620번지 고다테 젠시로에게 (엽서)

내일, 사토 하루오를 만날 걸세. 도쿄의 거리를 반년 만에 걷게 되는 셈일세.

(엽서가 이래서 실례.)

이번의 자네 편지는, 매우 좋았네. 이런 상태로, 이런 상태로 하며 혼자 기뻐했네.

자네와 나 사이에는, 이미 자의식 과잉이 움직임을 멈추고 차갑게 굳어서, 엄숙이라는 형태를 취해가고 있는 듯하네. 스스로의 엄숙함(훌륭함)에 밤새도록 소리 내어 울었네. 자네는 지금, 사랑의 고백을

하려하고 있네. 생각을 전부 말하도록 하게. 다시 만났을 때는, 서로가 모르는 척해도 상관없네. 생각을 전부 말하도록 하게.

산 너머 하늘 밑 행복이 산다고 사람들이 말하네…… 칼 부세.

어려운 책을 힘들여 읽을 것.

22

8월 31일
지바 현 후나바시마치 이쓰카이치 혼주쿠 1928번지에서
도쿄 세타가야 구 기타자와 3번가 935번지 곤 간이치에게

배계拜啓.

사토 하루오 씨가 내게, 내 작품*에 대해서, 정성스러운 편지를 주셨고, 또, 이번 아쿠타가와 상에 관한 일로도, 최선을 다해 주신 듯하며, 이번 달 21일, 그쪽에서 부름도 있었기에, 나를 믿어준 데 대해 깊이 감사할 생각으로 상경했었다네.

반년 만에 도쿄의 거리를 걸었네. 사토 씨는 여전히 당당했다네. 나도 거듭 무책임한 말을 내뱉어, 식사 등을 대접받고 돌아왔는데, 돌아왔더니, 역시 몸이 좋질 않네.

폐는 이미 완전하게 나았지만, 술을 끊고, 담배를 끊고, 하루 종일 등나무 의자에 기대 있으니, 자네, 히스테리에 걸리는 것도 당연한 일 아니겠나? 안 그런가?

장편소설을 낸다고? 시기가 중요하지 않을까? 나도, 물론 은근히

* <광대의 꽃>

선전을 해 둘 생각이지만, 그에 앞서 ≪작품≫이나 그런 잡지에 문제작을 게재하고, 그런 다음에 곧바로 장편을 발간하는 게 좋지 않을까? 자네가 나를 책사策士라고 했다고, 사토 다스쿠佐藤佐라는 청년이 떠벌이고 다니며, 뿐만 아니라 내 험담까지도 섞어서 여기저기 떠들어대고 있다는 얘기 들었네. 설령, 자네가 그런 말을 했다 할지라도, 나는 자네의 진심을 믿고 있네. 자네가 나에게 애정을 느끼고 있는 것처럼.

점점 나이를 먹어 갈수록 오랜 친구를 소중하게 여기고 싶은 마음이 더욱 커져 가네. 자네, 책사가 어쨌다는 등 하는 말은 신경 쓰지 말게나. 그런 말에, 우리의 예술은 상처를 받지 않는다네. 그런 싸구려 예술은 아니었을 터. 사토 다스쿠(나와는 아직 진지하게 얘기를 나눈 적이 없네)를 만나면, 자네가 잘 좀 타이르게나. (종이가 떨어져서 어찌할 바를 몰라 하고 있는 중이라네.) 다른 종이를 사용할 테니, 용서해 주게.

다음 달 10월호에는 ≪문예춘추≫≪문예≫≪문예통신≫ 이렇게 세 군데에 글을 썼네. ≪문예통신≫에 보낸 것은 ＜가와바타 야스나리에게＞라는 제목인데 "어설픈 거짓말은 서로 하지 말도록 합시다"라는 등 상당히 퍼부었기에, 어쩌면 그대로 반송되어 올지도 모르겠네. 나는, 단지 가와바타 야스나리의 옳지 않음을 바로잡은 것일 뿐인데, 어쩌면 그대로 묻혀 버릴지도 모르겠네.

≪문예≫에 보낸 것*은, 자네, 전에 읽은 적이 있는 원고이고,

* ＜음화(陰火)＞ 이 작품은 그후 ≪문예≫가 돌려보내와 ≪문예잡지(文芸雜誌)≫ 1936년 4월호에 발표되었다.

≪문예춘추≫에 보낸 것은, 새로 쓴 것일세. 40매라고 했는데 60매를 써서 보냈네. ＜비속에 대해서＞라는 제목으로, 이건, 꼭 읽어 주기 바라네.

내가 먼저 앞서 나가다가, 먼저 지쳐 버릴 걸세. 각오하고 있네.

후나바시의 거리는, 따분하다네. 나의 자의식 과잉도 요즘에는 움직임을 멈추고 차갑게 굳어 버려, 점점 엄숙함이라는 형태를 취해가고 있는 듯하네. 엄숙함이라는 형태는 곧 '멍청함'이라는 형태로 변해 버렸네. 나는 지금 거기에 잠시, 정착해 있네.

의사는 내가 뇌매독腦梅毒에 걸린 게 아니냐며, 내게 "한심한 녀석"이라고 고함을 쳤다네. 나는 멀쩡하네. 때때로, 강한 히스테리에 휩싸일 뿐이니, 안심하게. 그것도 날이 점점 시원해지면서 안정을 되찾기 시작했네. 얼마 전 후루야가 왔을 때는, 나, 약간 난폭해져서 실례를 범했네.

격언.

1. 우리는, 남자와 남자 사이의 애정 고백을 당당하게 해야만 하네.

1. 비너스 좇는 일을 잠시 그만두게. 나는 비너스일세. 메디치의 비너스 상처럼 풍만한 육체와 단정한 얼굴을 가지고 있네. 하지만, 내 육체를, 조금이라도 엿본 자가 있다면, 사슴으로 만들어 버리겠네!

1. 브루투스, 너마저도 역시!

1. 클레오파트라가 되고 싶네. 시저가 되기는, 싫다네.

좀 더 재미있는 편지를 쓸 생각이었는데, 머릿속 상태가 좋질 않아서, 미안하네. 화 내지 말게나. 이 **가짜** 미치광이에게 답장을 보내지는 말게나. 얼마 전, 아마기시 가이시가 내 편지를 비평했기에, 둘다 모두 못 볼 꼴을 보고 말았다네. 나를 가만히 내버려 두게나. 남몰래 가만히 애무해 준다면, 더욱, 고맙겠네.

요즘, 자주 우네.

나는 지금, 글을 쓰고 있는 것이 아닐세. 얘기를 하고 있는 걸세. 입가에 하얀 거품이 생기도록, 재잘재잘, 혼자서 떠들어댔다네.

천 마디 말 중에서, 자네, 하나의 진실을 발견해 준다면, 죽을 만큼 기쁠 걸세. 나는 자네를 사랑하고 있네. 자네도, 내게 지지 않을 정도로 나를 사랑해 주게.

필요한 것은, 예지도 아니었다네. 사색도 아니었다네. 학구學究도 아니었다네. 포즈도 아니었다네. 애정이라네. 창공보다도 깊은 애정.

이만 실례하겠네. 답장은 반드시 반드시 필요 없네. 나를 가만히 내버려두게나.

오사무 올림

중요한 얘기를 깜빡했네. ≪일본낭만파≫ 5월호와 7, 8월호, 갖고 있는 것만 보냈네. 나머지는 인쇄소에 말해 두겠네. 나는 아직 동인회에 한 번도 나간 적이 없어서, 동인, 잘 모르네.

23

9월 2일
지바 현 후나바시마치 이쓰카이치 혼주쿠 1928번지에서
도쿄 세타가야 구 기타자와 3번가 934번지 곤 간이치에게

오늘 아침, 누운 채로 편지를 읽다, 벌떡 일어났다네. 뭔가, 자네, 잘 알고 있지 않은가? 좋아, 좋아.

그저께, 자네에게 편지를 쓸 때, 니체의 "인간은 칭찬하고, 혹은, 비방할 수는 있지만, 영원히 이해할 수는 없다"라는 슬픈 중얼거림을 떠올리기도 하는 등, 하면서, 그래도 열심히 (나는, 요즘 몰두할 수 있게 되었네. 넋을 놓고 있을 때도 가끔 있다네. 그런 상태가 내게는 그립게 느껴져, 소중히 여기고 있다네) 편지를 썼다네. 역시, 쓰고 났더니, 좋았네.

니체의 에피그램은 니체가 중얼거린 순간에만 진실이었고, 나와 자네의 경우에는, 광대에 지나지 않았네.

몸이 좋아지면, 나는, 가끔 도쿄로 나가야 하네. 내 작품 및 이름이, 어느 정도인지, 그런 하찮은 것까지도, 나는, 분명하게 알아두어야 하니.

후나바시에서 달랑 혼자, 그것도 아내에게 아직도 완전히 환자 취급을 받고 있는 형편이다 보니, 실제로, 도쿄에서의 일이 감이 잡히질 않네. 나는 지바 현 주민이 되고 싶지는 않네. (요즘에는 찾아오는 친구도 없고, 연락도, 하나도, 없네.) 자네의 말을 빌리자면, 죽고 싶을 만큼 따분하다네. 31일에는, 억울한 일이 있어서 목

놓아 울었다네. 열이 났었다네. 나는, 지난 오륙일, 완전히, 풀이 죽어 있었지, 하지만 나는 자신감이 생겼다네. 나는 비너스라네. 비너스, 슬슬, 곧 간이치 선전을 시작해야지, 라고 생각하고 서둘러 시작했네. 조만간 날씨 좋은 날을 골라서 상경할 생각이라네.

24

9월 22일
지바 현 후나바시마치 이쓰카이치 혼주쿠 1928번지에서
도쿄 혼고 구 고마고메 센다기마치 50번지 야마기시 가이시에게 (엽서)

지금부터 내가 하는 말을 그대로 믿어 주게나.

나는 객관적으로 냉정하게까지 말할 수 있다네.

(문예춘추 10월호*)

기누마키, 다카미 씨에게는 안 된 일일세. 컨디션이 좋지 않았던 모양이야. 도노무라 씨의 작품은 재미있게 읽었네. 이 사람의 작품에는 중량감이 있네. 하지만 내 작품을 천천히 천천히 읽어보게나. 역사적으로 봐도 빼어난 작품일세. 내 스스로 이런 말을 하는 것은, 태어나서 처음일세. 나는 혼자서 감격하고 있네. 이것만은 한 발짝도 양보하지 않겠네.

깊은 밤 홀로 일어나, 소식을 전하고 있네. 빠른 시일 안에 놀러 오게나. 꼭.

* 제1회 아쿠타가와 상 후보자인 다자이 오사무, 기누마키 세이조(衣卷省三), 다카미 준(高見順), 도노무라 시게루 등 4인이 ≪문예춘추≫로부터 의뢰를 받아 10월호에 동시에 소설 <비속에 대해서>를 발표했다.

25

9월 23일
지바 현 후나바시마치 이쓰카이치 혼주쿠 1928번지에서
도쿄 나카노 구 시로야마(城山) 53번지 간베 유이치에게 (엽서 2장 연속)

1.

간베 씨.

'당신은 절대, 부끄러워해서는 안 됩니다.' 이것은 금언입니다. 뒷문으로, 들어가지 말고, 당당하게 정문으로 들어갑시다. 당신에게는 그만큼의 가치가 있습니다.

'일종의 진풍경' 같은 말, 앞으로는 쓰지 말도록 하십시오. 저는, 사람들에게서 손가락질 받을 만한 짓은 하지 않았습니다. 각자, 최선을 다하고 있습니다. 오해일 겁니다. 저는 당신을 존경까지 하고 있습니다. 저는, 앞으로 이삼 년 더, 여기에 머물 것입니다. 꼭 한번 와주시기 바랍니다. (다음 엽서에 이어서.)

2.

'오차노미즈(お茶の水)'에서 30분(35센)

이야기를 나눠 보면, 이해할 수 있는 일입니다. 확신합니다.

<가와바타 야스나리에게>는, 평범한 기사였는데, 그런 식으로 취급을 받게 되었습니다.

'골육상잔'이라는 말에는, 깜짝 놀랐습니다. 하지만 그것은, 그렇게 신경질적인 작품이 아닙니다. 오탈자가 많으니, 그 때문이 아닐까

요?

＜비속에 대해서＞ 문예춘추사에서도 그렇게 할 수밖에, 없었던 것 아닐까요?

26

9월 30일

지바 현 후나바시마치 이쓰카이치 혼주쿠 1928번지에서

도쿄 시모코가네이무라신덴(下小金井村新田) 464번지 히레사키 준(鰭崎潤)에게

"신명나는 기쁨으로 이 글 쓰기를 마쳤습니다"라는 당신의 말을, 그대로, 글자 그대로, 순수하게, 읽었습니다.

책의 곁줄 같은 건, 지엽枝葉에 지나지 않습니다. 저는, 좀 더 자연스러운 눈으로, 당신을 보고 있었다고 생각합니다.

편지, 아주 잘 알겠습니다. 제 자신이 하루가 한 달같이 길게 느껴지는 경험도 해왔으며, 지금도 여전히, 그렇습니다.

'이런, 모두, 똑같은 말들만 해대고 있네.'

그저께, 여러 문예잡지들을 읽다, 문득, 이런 혼돈스러움에 가까운 판단을 내리고, 나중에, 혼자서 웃었습니다.

그런데, 지금 당신의 편지를 읽으면서, 다소나마, 그런 마음이 든 듯합니다.

안다는 것은 최고의 영예가 아닙니다. 누구나, 모든 사람들이 알고 있습니다.

중요한 것은, 목재를 운반하고, 벽을 칠하고, 대리석을 깎는 '육체

노동'이라고 생각했습니다.

"보들레르도 별거 아니었다. 멋을 아는, 게으름뱅이였을 뿐이다" 라는 말을 듣는다 할지라도, 저는 달리 할 말이 없습니다.

죽기 전에, 온힘을 쏟아서, 땀을 흘려 보고 싶습니다.

그날그날을 힘껏 살아가는 것.

옛날, 중국에 죽림칠현이라 해서, 최상의 깨달음을 얻고, 결국에는 대숲 속으로 들어가, 하루하루, 술에 빠져서, 손뼉을 치며 웃고, 그러다 굶어 죽은 사람들이 있었다고 하지 않습니까. 현인도, 대숲에 들어가 버리면, 그것으로 끝입니다.

계획은 세워졌다. (주사위는 던져졌다!) 저는 강을 건너, 산을 넘어, 우리의 길을 걸어갈 뿐입니다.

자살을 해도 좋고, 백 년 장수를 누려도 좋고, 사람마다 제각각, 자신의 길을 끝까지 살아가는 것, 자신의 탑을 쌓아 **올리는** 것, 이것 외에는 없다고 생각합니다.

난필에다, 생각을 제대로 전달하지는 못했지만, 헤아려 읽어 주시기 바랍니다.

조만간, 또 놀러 오시기 바랍니다.

어제는 '가을 바다'를 가만히 바라보며 지냈습니다. 해수욕장의, **버려진** 바다를.

오사무 올림

히레사키 준 님.

27

10월 4일
지바 현 후나바시마치 이쓰카이치 혼주쿠 1928번지에서
도쿄 나카노 구 시로야마 53번지 간베 유이치에게

배계.

오늘 ≪문예통신≫에서 귀형의 글을 읽고, 언제나 변하지 않는 형의 지지에, 반드시 보답해야겠다고, 마음속으로 맹세했습니다.

반드시, 반드시 어떤 식으로든 보답하겠다. '그런 건 저속한 일이다'라고 말하는 사람이 있다면, 저는 이렇게 답하겠습니다.

"참된 예술이라는 것은, 야비한 모습을 취할 수밖에 없을 때, 그 본연의 아름다움을 발하는 법이다"라고.

좋은 소식도 없고, 멀리서 찾아오는 친구도 없고. 또, 당분간, 혼자 있고 싶습니다. 들뜬 나를 외롭게 만들어라. 외롭고 괴로운 한 마리 새. 혼자서, 밥을 먹고 있습니다. 하루 종일, 등나무 의자에 누워서, 책을 읽고 있습니다. 폐는 99퍼센트 나았지만, 병 이후의 신경쇠약 때문에, 술도 마시지 못하고, 담배도 피우지 못해, 참으로 견디기 어렵습니다.

가을의 싸늘함, 오장육부까지 저며듭니다. 마음을 가누기 어렵습니다. 넋두리가 될 듯하니, 실례하겠습니다.

비만 오지 않았어도!

진정, 따뜻한 마음으로 감사의 인사 올립니다.

오사무 올림

간베 유이치 님.

답장, 반드시 필요 없습니다.

28

10월 20일
지바 현 후나바시마치 이쓰카이치 혼주쿠 1928번지에서
도쿄 혼고 구 고마고메 센다기마치 50번지 야마기시 가이시에게 (엽서)

글쟁이, 노래를 받으면, 답을 하는 것이, natural한 정이라 알고 있음. 아래에.

푸른 오동 줄기째 움직인다
우주의 흔들림이네

29

10월 30일
지바 현 후나바시마치 이쓰카이치 혼주쿠 1928번지에서
도쿄 혼고 구 고마고메 센다기마치 50번지 야마기시 가이시에게 (엽서)

자네는, 이런 연극을 본 적이 있는가? <출진出陣>. 어린 아들이 안쪽 방에서 붉은 끈으로 미늘을 얽어맨 갑옷을 입고, 조용히 나오네. 그때까지 윗자리에 앉아 있던 어머니는, 아랫자리로 내려가고, 첫 출진하는 아들을, 서둘러 윗자리에 앉히네. 어린 아들, 의젓하게

자리에 앉네. 어머니, 아랫자리에서 그 모습을 올려다보며, "오오, 훌륭합니다. 훌륭해, 눈부신 수훈을 세우시기 바랍니다."

(위의 상황, 순수하게 미소 지으며 받아들이기 바라네.)

베를렌, 그 세 번째(?) 시집에 '**말 없는** 로망스'라는 이름을 붙였네.

병후의 요양을 위해, 와주기 바라네. 후략.

30

10월 31일
지바 현 후나바시마치 이쓰카이치 혼주쿠 1928번지에서
도쿄 스기나미 구 시미즈마치 24번지 이부세 마스지에게

배계.

오늘은 31일로, 월말에 처리해야 할 일들의 괴로움 때문에, 고생을 했습니다. 저희 집에서는, 점점 송금을 줄이고 있어서, 오늘은, 여기저기 전화를 걸기도 하고, 편지를 쓰기도 하고, 길을 걷다가 눈물이 나더니, 집에 돌아오자마자, 엉엉 소리 내어 울었습니다.

너무나도 억울해서, 이젠, 병이 더쳐도, 상관없다며, 맥주를 마시고, 오후 4시 무렵에 잠들어 버렸습니다. 월말의 괴로움 때문에 몸이 아주 좋지 않습니다. 이런 날이, 열흘만 계속 돼도 병이 더칠 것이라는 사실을 잘 알고 있습니다. 지금도, 저, 약간 열이 있는 듯, 상태가 좋지 않습니다. 고향의 형님도, 올 한해 정도는, 한가로이 요양을 할 수 있도록 해주려나, 하고 저는, 지레짐작하고, 그렇다면,

소설도, 천천히 가다듬어, 좋은 것을 만들자, 고 생각하고 있었는데, 틀렸습니다. 이대로라면, 저, 다시, 방침을 바꿔야만 합니다. 문득, 눈을 뜨고 보니, 밤 10시였습니다. 그때까지, 억지로라도 잠을 잤던 것입니다. 아내에게 물어보니, 여기저기 지불해야 할 돈은, 잠시 미루기로 했다고, 일어나서 혼자, **밥**을 먹고 났더니, 문득, 이부세 씨와 이부세 씨의 부인 두 분이 계셨으면 좋았을 텐데, 하며 의미 없는 중얼거림이 입에서 새어나와, 또, 울었습니다.

후나바시는 너무 조용합니다. 벌레 소리와 전차 소리.

오늘은, 가슴 졸이는 괴로움을, 맛보았습니다. 이부세 씨. 가끔 (두 달에 한 번 정도면 족하니) 기운을 북돋아 주시기 바랍니다. 그렇게라도 해주시지 않는다면, 저는 죽을 것 같습니다.

이게 아니었는데 하며, 괴로움이 오히려 신기하게 느껴질 정도입니다.

사모님께도 안부 전해 주십시오.

아내가 "늘 사모님에 대한 생각이, 머릿속에서 떠나지 않는다"라고 말하기에, 저도, 그건 아주 좋은 일이라고, 칭찬해 주었습니다.

살아 있는 동안은, 비루해지기 싫습니다. 어떻게 해서든 이 난관을 혼자서 극복할 생각이니, 안심하시기 바랍니다.

31일 심야, 오사무 올림

이부세 마스지 님.

사모님.

31

11월 13일
지바 현 후나바시마치 이쓰카이치 혼주쿠 1928번지에서
도쿄 혼고 구 고마고메 센다기마치 50번지 야마기시 가이시에게 (엽서)

＜신성한 병＞이라는 제목으로,

갓난아기가
앙앙 우는 밤
차가운 달과 나

갓난아기는 버려진 아이.

32

11월 18일
지바 현 후나바시마치 이쓰카이치 혼주쿠 1928번지에서
도쿄 시타야(下谷) 구 우에노사쿠라기초(上野櫻木町) 27번지 ≪문예잡지≫ 발행소 스나고야 출판사 아사미 후카시(淺見淵)에게

오늘 밤 편지 쓸 준비를 해 놓았는데, 그때부터 갑자기 추워져서, 지금까지, 불을 피우고, 술을 마셔서, 간신히 따뜻해졌습니다.

저, 귀형과 이번 달 안에, 꼭 만나고 싶습니다. 그래서 책에 대해서도, 미리 방향을 잡아 놓고, 일이 잘 마무리되면 (저, 특별히 억지를

부릴 생각은 없습니다) 저, 귀사의 잡지에 34매짜리 에세이를, 제게는, 하늘에 한점 부끄러움이 없는 에세이를, 고료 없이 쓸 생각입니다. (창간호에. 2호는 싫습니다.) 저, 철저한 상업 잡지, 혹은, 신문에는, 에세이 1매 3엔, 소설 1매 5엔을 요구했습니다. 하지만, 지금은, 사정이 다릅니다. <에로센코와 집오리>의 작가의 말은, 저, 충분히, 경의를 품고 들을 생각입니다. 아무쪼록, 하루라도 빨리, 와주시기 바랍니다.

≪문예잡지≫ 창간호에도, 목숨을 건 원고 드리겠습니다. '댄디즘'에 대해서 쓸 생각입니다.

술에 취해도 본성은 변하지 않는다. 위의 제 말 그대로, 받아들이시기 바랍니다.

경구敬具

아사미 후카시 님.

33

11월 (날짜 미상)
지바 현 후나바시마치 이쓰카이치 혼주쿠 1928번지에서
도쿄 교바시(京橋) 구 고비키초(木挽町) 2번가 4번지 다케다(竹田) 빌딩 사카이 마사토(酒井眞人)*에게

근계謹啓.

≪신초新潮≫ 정월호에 실린, 제 창작, <장님 초지草紙>를 읽어

* 당시 ≪문학방담(文學放談)≫ 경영, 편집에 종사

보시기 바랍니다. (12월호 것이 아님.) 잠꼬대 같은 저의 독백을 다른 사람에게 받아 적도록 하고 있던 중에, 당신이 보낸, 아름다운 의분義奮으로 넘쳐 나는 편지가 도착했습니다.

당시 저는, 글자 그대로, 심신, 물먹은 솜처럼 지쳐 있었습니다. 한 달 동안 진정주사 68회, 수면제 10엔 돌파, 술집의 청구서에는 20 몇 엔이라는 글자가 적혀 있었습니다. 1개월 동안, 찾아온 친구 딱 두 명. 그 중 한 명은, 저, 얼토당토 않는 이유로, 면전에다 대고 욕을 해, 빗속에 돌아가게 했습니다. 저는 목소리를 있는 힘껏 높여서, 구술口述에 힘쓰고 있었습니다. 만 하루 만에 목소리가 잠겼습니다. 그런 상태에 있을 때, 당신에게서 편지가 왔습니다. 저, 쓸 바에는, 당당하게 제 이름을 걸고, 구석구석까지, 빈틈없이, 써야만 합니다. 그것은, 제가 짊어지고 태어난 업보입니다. 저는, 거절했습니다. 도저히 쓸 수 없다고 말했습니다. 그 말 그대로였습니다.

지금 와서 생각해보니, 당신도 역시, 한두 편의 뛰어난 작품을 쓴 사람임에 틀림없다고, 생각되는 근거가 있습니다. (편지의 글만으로, 그렇게 생각했습니다.) 그런데도, 지금은, ≪문예방담≫을 운영하고 계십니다. 돌고 도는, 인생. 물의 흐름입니다. 사람의 의지로는, 도저히 움직일 수 없는 것이, 이 세상에는 있는 것입니다. 옷깃만 스쳐도 전생의 인연이라는 말이 있습니다. 저는, 당신에게서 슬픈 인연을 느낍니다.

'태어난 것 자체가, 이미 실수의 근원이었다.'

저, 지난 이삼일 동안, 당신이라는 물이 흘러가는 모습을 되풀이 생각해보았습니다.

지금은 건강을 회복해서, 전부터 약속했던 정월의 원고, 조금씩 쓰고 있습니다. 그곳의 정월호에, 여백이 있다면, 제가 글을 쓰도록 하겠습니다. 건강해지면 쓰겠다고, 약속했으니, 꼭, 쓰도록 하겠습니다. 사례는 결코 받지 않겠습니다. 깊이 헤아려 주시기 바랍니다.

졸고, 34매 정도의 에세이입니다. 가장 좋은 것을, 당신이 잡지에 발표하도록 하십시오.* 한 글자 한 문장, 모두 책임을 질 수 있도록 심혈을 기울여 쓰겠습니다.

단, 이번 한 번뿐입니다. 저는, 좋아하는 남자일수록, 시시덕거리며 사귀는 것이 싫습니다. 당신도, 그렇겠지요?

서로, 남자입니다.

사카이 마사토 님.

추신. 그쪽의 상황, 간단하게 엽서로, 바로, 보내 주시기 바랍니다. 저, 그에 따라서, 곧 작업 준비를 할 테니.

그리고, 정중한 편지는 조금도 필요치 않습니다. 저, 한가한 사람이기에 편지도 길어지는 것입니다. 실무에 힘 쏟고 계신 당신, 대답은 두어 마디면 충분합니다.

* ≪문예방담≫은 1935년 11월호를 마지막으로 폐간되었다. 사카이는 ≪문예함대≫를 창간하고 거기에 이 에세이를 실으려 했지만, 자금난 때문에 실현되지 못했으며, 마침 놀러 온 후배에게 원고를 빌려줬는데 그 사람과의 소식이 두절되어 원고는 분실되었다.

34

12월 4일
지바 현 후나바시마치 이쓰카이치 혼주쿠 1928번지에서
아오모리 시 나미우치 620번지 고다테 젠시로에게

근계.

지난번의 일로, 남자 중에서 슬픔이 가장 깊었던 것은, 나였다.

이렇게 쓰고 있는 동안에도 눈물이 흘러, 어찌할 줄 모르겠네.

무엇보다도 어머니의 **기운**을 북돋아 드릴 것. 이것은 자네의 의무일세.

순수한 슬픔을 슬퍼하게나.

오늘, 다모쓰保 씨로부터 편지를 받았는데, 내게 다모쓰 씨는, 무서운 사람이 되었네.

이번에, 내 ≪만년晩年≫이 출간되게 되었네. 프루스트의 그 희고 커다란 책*과 같은 장정으로 했네.

다모쓰 씨에게는, "받았습니다"라고만 전해 주게.

자네의 친구는, 어머님밖에 남지 않았네.

경구

젠시로 님.

우리의 슬픔을 비웃는 사람은, 죽여 버리겠네. 어지러운 채로 우편함에 투함投函.

* 요도노 류조(淀野隆三), 사토 마사아키(佐藤正彰) 공역 ≪스완네 집 쪽으로≫

35

12월 17일
지바 현 후나바시마치 이쓰카이치 혼주쿠 1928번지에서
도쿄 스기나미 구 오기쿠보(荻窪) 3번가 202번지 게이산보(慶山房) 아파트 고다테 젠시로에게 (엽서)

우선, 육친의 피를 빠는 것인 줄도 모르는 탐욕스러운 자신을 알라! 이쓰로逸郎의 손에 이끌려, 가진 돈 50엔, 벽안의 승려, 탁발의 여행에 나서네. 초라한 여행일세. 늦어도 23일까지는, 돌아올 생각일세. (돈이 없기 때문에.) 나는 점점, 장님 행세를 하고 있는데, 자네는, 점점, 눈을 떠가는군. '자네, 자신을 사랑하게.' 문제는, 거기서부터.

천 명 중에 999명이 하나같이 하는 말을 믿지 말고, 나머지, 초라한, 한 사내의 말을 믿겠네.

하쓰요가 도비시마의 집에 없으면, 나, 집에 있는 줄로 알게.

36

12월 23일
지바 현 후나바시마치 이쓰카이치 혼주쿠 1928번지에서
도쿄 스기나미 구 시미즈마치 24번지 이부세 마스지에게 (엽서)

이부세 씨.

어젯밤, 돌아왔습니다. 무엇인가에 쫓기듯 돌아다녔습니다. 온천

에서 감기에 걸려 버렸습니다. 여행에 병들어 꿈은 마른 들판을 뛰어다닌다, 여행에 병들어 꿈은 마른 들판을 뛰어다닌다, 여행에 병들어 꿈은 마른 들판을 뛰어다닌다……, 오로지, 이 말만을 중얼거렸습니다. 마음도, 몸도, 엉망진창입니다. 오늘 아침, 굉장히 나쁜 꿈을 꿨는데, 이불 속에서 울어서, 아내의 웃음거리가 되고 말았습니다. 정월에도, 갈 수 없게 되었습니다. 용서해 주십시오. 여러 가지 사정이 있습니다. 정월은 누워서 보내야 합니다.

저는, 지금, 감옥에 들어갈 것을 알면서도, 엄숙한 어떤 소설 30매를 쓰려 하고 있습니다.

37

1935년 무렵
지바 현 후나바시마치 이쓰카이치 혼주쿠 1928번지에서
도쿄 혼고 구 고마고메 센다기마치 50번지 야마기시 가이시에게

'건배! 내게도 행복했던 때가 있었습니다. (박수!) 내가 한 살이었을 무렵.' 어젯밤, 이런 문장을 생각해내고, 잠들지 못해, 감기에 걸렸네.

조금씩 이상해져가고 있네. 장렬한 일이라 생각하고 있어.

38

1935년 무렵

지바 현 후나바시마치 이쓰카이치 혼주쿠 1928번지에서

도쿄 세타가야 구 기타자와 3번가 935번지 곤 간이치에게

몇 자 실례하겠네.

곤 씨는, 아주, 좋은 사람이야, 라고 오늘 하루 종일, 헤아릴 수도 없이 중얼거렸다네.

귀형의 위로, 말 그대로, 아니 아니, 이면의 깊은 뜻까지도 포착했다네.

형 한 사람을 위해서라도, 오래 살자, 그리고, 나, 은혜를 입은 다정한 사람들에게, 도움이 되도록 하겠네. 견마犬馬의 노력을 다하겠네.

오늘은 돌아가신 아버지의 기일, 자네와 둘이서, 삼가 맹세, 다시 한 번, 용서하게, 곤은, 좋은 사람이다, 선善을 쌓은 집안에 영화 있으라, 머지않아, 기대해도 좋네.

내 소녀 같은 짓궂음, 좋은 소식, 그날까지, 비밀비밀비밀.

오사무 올림

곤 군 만세.

39

1935년 무렵
지바 현 후나바시마치 이쓰카이치 혼주쿠 1928번지에서
도쿄 시모키치조지(下吉祥寺) 2808번지 수양사(修養社) 오노 마사후미(小野正文)*에게

편지, 한 글자 한 글자, 액면 그대로 순수하게 정중히 읽었다네.

자네가 나에 대해서 생각할 때면, 언제나, 나도 자네에 대해서 생각했을지도 모르네.

나는 자네의 재능에 경의를 품고 있네. 언젠가, 다시, 어떤 기회가 있으면 행동을 같이할 사람이라 여기고 있네.

매일 매 시간 뒤죽박죽으로 변화해서 뭐가 뭔지, 나 자신도 종잡을 수가 없어서, 부끄럽다네.

용서해주기 바라네.

이번 달, 소설 다섯 편, 약속을 해 놓았는데, 이대로 가다가는, 한 편도 쓰지 못할 것 같아, 마음에 걸리네.

놀러 와 주게나.

조만간에 또 쓰겠네. 수염을 깎지 않아 1치 정도 자랐다네. 누군가 친구에게 보인 다음 깎을 생각인데, 아무도 오질 않네.

오사무 올림

* 아오모리 중학, 히로사키 고등학교의 후배. '파란 꽃' 동인

27세
(1936년)

후나바시 시절~아마누마 시절 II (1)

이 시기의 오사무는 파비날 중독이 더욱 심해져, 그 치료를 위해 시바 구 아카바네마치에 있는 사이세이카이(濟生會) 병원에 입원했다. 그때가 2월 10일의 일이었는데, 2주일 후에 완치되지 않은 채로 퇴원해 버렸다. 그로부터 며칠 뒤에 도쿄에서 이른바 2・26사건(젊은 장교들이 천황 친정하의 개혁을 목표로 일으킨 쿠데타, 실패로 돌아감_옮긴이)이 일어났다. '나는, 화가 치밀었다. 어쩌란 말인가? 어떻게 하란 말인가? 정말로 불쾌했다. 바보 같은 녀석이라고 생각했다. 격노와도 같은 기분이 들었다'라고 다자이는 후에 기술했다. 이해 여름에는 홀로 다니가와 온천에서 요양했지만 호전되지 않아, 2년 정도 예정으로 결핵 요양소에서 생활할 계획을 세우기도 했다(폐병도 앓고 있었다). 10월에 이부세 마스지 및 그 외 사람들의 간곡한 권유로 이타바시 구 에코다에 있는 무사시노 병원에 입원했다가 11월 12일에 드디어 중독증을 완치하고 퇴원, 병원에서 스기나미 구 아마누마 쇼잔소로 옮겼다가 뒤이어 15일에 헤키운소(碧雲莊)로 이주했다. 첫 창작집인 ≪만년≫이 출판되었으며, 7월 11일에 우에노 세이요켄(精養軒)에서 그 출판 기념회가 열렸다.

40

1월 24일

지바 현 후나바시마치 이쓰카이치 혼주쿠 1928번지에서

도쿄 혼고 구 고마고메 센다기마치 50번지 야마기시 가이시에게 (엽서, 가로쓰기)

귀형의 편지 잘 읽었네.

잠을 못 잔 탓인지, 얼굴이 퉁퉁 부어 불쾌하기 짝이 없네. 별도 보이지 않고. 매화꽃도 멀었고. 밤마다, 환청에 시달리네.

영원한 어둠의

장님인 채로

학의 새끼

자라는 듯

그것은 살찌지*

웃음.

41

2월 10일

도쿄 시바 구 아카바네마치 1번지 사이세이카이시바 병원** 신병동에서

* 패전 후에 집필한 장편 <사양(斜陽)>의 나오지(直治)의 수기 속에 이 노래의 첫 행이 '연년'으로 바뀌어 삽입되어 있다.

** 다자이는 시노하라 병원에 입원해 있을 때 통증을 진정시키기 위해 파비날을 사용했는데, 그후 중독에 시달리다 이 무렵에 증상이 악화되어 사토 하루오 씨의 도움으로 사이세이카이 병원에 입원했다.

도쿄 시타야(下谷) 구 야나카자카마치(谷中坂町) 41번지 아사미 후카시에게 (엽서)

근계.

갑작스럽게, 앞의 주소에 입원했습니다. 고향의 형님께 알릴 틈도 없었기에, 돈이 하나도 없습니다. 2월 안에 완치될 예정인데, 병원에서도, 소설을 쓸 수 있으니, 20엔 정도 급히 빌려주실 수는 없으실지. 야마기시 씨에게 청해주시길, 부탁합니다. 40매 정도의 소설, 반드시, 쓰겠습니다. 우선 급한 대로, 간절하게 부탁합니다. (병원으로 보내 주시기 바랍니다.) (나 같은 것, 원고료의 가불 따위, 시건방진 부탁할 처지가 못 된다는 사실 잘 알고 있기는 하지만, 달리 방법이 없기에, 실례를 무릅쓰고.)

42

4월 7일

지바 현 후나바시마치 이쓰카이치 혼주쿠 1928번지에서

도쿄 스기나미 구 고엔지 2번가 71번지 세이산소(淸山莊) 아파트 나카타니 다카오에게 (엽서)

편지 잘 읽었습니다. 재미있었습니다.

잡지, 피곤하시면, 한 달이고 두 달이고 쉬는 게 어떻겠습니까? 마음 가는 대로 하셔도 좋을 듯합니다. 고리타분하게 생각하지 말고, 여유를 갖고 놉시다.

소나무 꽃을 생각하면 눈물이 납니다. 불쌍한 꽃입니다. 연기 같은 노란 꽃가루를, 조심스럽게 하늘에 뿌립니다. 거친 껍질을

가지고 있지만, 원래는 슬픈 나무입니다. 지난 오륙일, 목메어 우는 듯 절절하게 소나무를 스치는 바람소리가 들려와, 밤에도 잠들지 못했습니다. 나카타니 씨. 당신은 소나무입니다.

43

4월 17일
지바 현 후나바시마치 이쓰카이치 혼주쿠 1928번지에서
교토 후시미(伏見) 구 오테스지(大手筋) 요도노 류조에게

한동안 연락드리지 못했습니다.

틀림없이, 권태, 황량한 나날을, 보내고 계실 것이라 생각하고 있습니다.

생애에는 여러 가지 일들이 있습니다. 저도 어떻게든 귀형의 도움이 되도록, 되고 싶어서, 죽고 싶은, 죽고 싶은 마음을 채찍질해 가며, 하루하루를 살아가고 있습니다.

갑작스러워서, 식은땀이 날 지경이지만, 20엔, 이번 달 안으로 빌려주시기 바랍니다.

많은 말 하지 않겠습니다. 살아가기 위해서, 꼭 필요한 것, 입니다.

5월 중에는, 반드시 반드시, 돌려 드리겠습니다. 5월에는, 꽤, 돈이 들어올 겁니다.

저를 믿어 주십시오.

거절하지 말아 주십시오.

하루라도 빠르면, 빠를수록, 도움이 되겠습니다.

진심으로 부탁드립니다.

별봉別封으로, 발레리의 괴테론, 보냈습니다.

저의 《만년》도, 다음 달 초에, 나올 예정입니다. 나오는 대로, 보내드리겠습니다.

멋진 책이 될 것, 같습니다.

무엇보다도, 평소의 소원함을 사과하고, 진심으로 청합니다.

부탁드리겠습니다.

오사무

요도노 류조 학형學兄.

엉뚱한 데 쓰려는 돈이 아닙니다. 부탁드리겠습니다.

44

4월 23일

지바 현 후나바시마치 이쓰카이치 혼주쿠 1928번지에서

교도 후시미 구 오테스지 요도노 류조에게

저의, 목숨을 위해서, 부탁드린 것, 이었습니다.

맹세합니다, 평생에, 한 번뿐인 부탁입니다.

수많은 밤 한탄하고 번뇌를 거듭한 끝에, 부탁을 드린 것입니다.

다음 달에는 《신초》와 《문예춘추》에 글을 싣습니다.

괴로움도, 다음 달뿐일 듯합니다. 다른 친구들도, 힘들고, 귀형도 편하지는 않을 줄로 알고 있지만, 아무쪼록, 한 목숨 도와주시기 바랍니다.

많은 말을 하지는 않겠습니다.

하루라도 빨리, 부탁드리겠습니다. 다음 달에 틀림없이, 돌려드리겠습니다.

절박한 사정이 있기, 때문입니다.

거부하지 말아 주십시오. 도와주십시오.

오사무

요도노 학형.

하루라도 빨리, 엎드려 간청합니다.

45

4월 27일
지바 현 후나바시마치 이쓰카이치 혼주쿠 1928번지에서
교토 후시미 구 오테스지 요도노 류조에게

요도노 씨.

이번 일은, 참으로 고맙습니다. 반드시 보답하도록 하겠습니다. 저는, **믿어 주셨다**는 생각에, 기뻐서 견딜 수가 없습니다. 오늘의 이 기쁨을 표현할 수 있는 말은 없습니다. 저는 자랑스러운 친구를 뒀습니다. 하늘에라도 오를 것 같은 기분입니다. 귀형에 대한 저의 성실함을 이해해주셨기에, 만세가, 바로 목구멍까지 기어오릅니다. 고향의 일 때문에, 우울한 마음을 갖지 않은 것이, 기뻐서 견딜 수가 없습니다. 힘든 일도, 굉장히, 많을 줄로 아는데, 그 괴로움을 한마디도 입에 담지 않는 귀형의 태도를, 더없이, 속 깊은 행동이라

생각하고 있습니다.

훌륭한 예술가에게는, 충실한 홈 라이프가 있을 터입니다. 한 권의 책을 읽고는, 곧 독서 여록. 3일간 여행을 하고는, 여행기. 감기로 하루 눕고 난 뒤에는, 병상한어病床閑語. 이래서는, 안 됩니다. 사람답게, 생활해야 한다고 생각합니다. 눈에, 불을 켜고, 작품만을 생각하는 사람은, 틀림없이 괴로울 것입니다. 작품은, 서두르지 않아도, 풍성한 홈 라이프를 간절히 바라는 법입니다.

풋내기, 건방진 말을 한 것을, 용서해주시기 바랍니다.

충심으로 감사를.

오사무 올림

요도노 류조 님.

46

6월 4일
지바 현 후나바시마치 이쓰카이치 혼주쿠 1928번지에서
도쿄 시타야 구 야나카자카마치 41번지 아사미 후카시에게 (엽서)

'당신을 보내고 떠오르는 것이 있어 모기장에서 울다.'

시키子規의 글. 연애편지가 아닙니다. 예술가가 예술가에게 신성하고 엄숙한 감사의 뜻을 담아, 바람에 의탁한 나뭇잎 하나.

반드시 보답하겠습니다.

요즘에는, 하루라도 빨리, 제 책을 읽고 싶으니, 15일 무렵까지, 부탁드리겠습니다.

의식적으로, 방자함, 어리광 발휘하고 있습니다. 오래 사귀고 싶기 때문에.

47

6월 21일
지바 현 후나바시마치 이쓰카이치 혼주쿠 1928번지에서
도쿄 스기나미 구 시미즈마치 24번지 이부세 마스지에게 (엽서)

이부세 님.

단편집 ≪만년≫ 지금 막 보내드렸습니다. 여러 가지로 실례를 범했으나 용서해주시기 바랍니다.

무단으로, 고귀한 글을 빌려 쓴 점*, 죄 깊은 일이라 여기고 있으니 오늘 내일 중으로, 일을 일단락 지은 후에, 다시 한 번, 사과의 말씀을 드리도록 하겠습니다. 이부세 씨에게 흠이 될 만한 일은 절대로 없을 것이라 믿고 있습니다.

지난 오륙일, 죽을 만큼 바쁨, 용서해 주십시오.

* 단행본 ≪만년≫의 띠지 광고 문안에, 이부세 씨가 다자이에게 보낸 편지를 사용한 것을 말함

48

6월 23일

지바 현 후나바시마치 이쓰카이치 혼주쿠 1928번지에서

도쿄 세타가야 구 기타자와 3번가 935번지 곤 간이치에게 (엽서)

곤 군.

엽서 받았으면서도, 오늘까지, 답장 보내지 못한 점에 대해서는, 한 점의 나쁜 뜻이 없다네. 몸이 굉장히 피곤했고 그리고 지난 오륙일, 몸을 너무 혹사해서, 결국에는 탈이 나고 말았다네, 이것이 원인.

작품에 대한 말, 전부 수긍하고 있다네. 자네의 '다자이론'에 대해서는 신뢰를 하고 있다네. 자네 자신이, 다자이이니.

<허구의 봄> 전부를 고쳐 쓰지 않는다면, 작품도 그 무엇도 아닐세.

≪반년≫ 따로 보냈다네. 한번쯤, 고견을 꼭 좀 듣고 싶네.

◎ 격찬의 광고문(3매 정도) 써 주게나. 신문 광고에 필요.

49

6월 27일

지바 현 후나바시마치 이쓰카이치 혼주쿠 1928번지에서

도쿄 혼고 구 고마고메 센다기마치 50번지 야마기시 가이시에게 (엽서)

데이다이帝大 신문에 커다랗게 ≪만년≫의 광고를 싣는다네.

추천의 말 2매 정도, 황급히 서둘러 속달로, 시타야 구 우에노사쿠라기초 27번지의 스나고야 출판사 앞으로, 부탁하네. '천재' 정도의 말, 막힘없이 자연스럽게 써 주기 바라네. 형의 사내다운 애정을 기대하겠네. 후일 감사 인사를 위해 방문.

50

6월 28일
지바 현 후나바시마치 이쓰카이치 혼주쿠 1928번지에서
아오모리 현 고쇼가와라마치(五所川原町) 아사히초(旭町) 나카바타케 게이키치(中畑慶吉)*에게 (엽서 4장 연속)

① 오늘 따로이 포장하여, 일전에 약속한, 창작집** 보내드렸습니다. 출판사에서 30부밖에 받지 못했기에, 이래저래 부족해서, 그렇게 지저분한 것을 드리게 되어서, 죄송하기 짝이 없습니다. 나중에, 부인 앞으로 틀림없이, 깨끗한 책을 보내드릴 테니, 용서해주시기 바랍니다.

② 다음 달 상순, 제국 호텔, 혹은 우에노 세이요켄에서 출판기념회 열릴 듯. 안내장을 보내드릴 테니, 괜찮으시다면, 참석해 주십시오. 굉장한 대가들 여럿 참석할 예정입니다.

③ 리에*** 누님에게도 반드시 보내겠으며, 오늘 보내드린 것은,

* 다자이의 아버지 쓰시마 겐에몬(津島源右衛門)에게 신세를 졌던 사람. 당시 포목점 운영. <귀거래><고향><쓰가루> 등에 나카바타케 씨에 대한 얘기가 적혀 있다.

** ≪만년≫

*** 쓰시마 리에. 다자이의 사촌누이

말하자면 견본으로, 지에* 부인, 사방팔방 선전 잘 좀 부탁드립니다. 갖고 싶다고 하신다면, 어떻게든 마련해서, 사인해서, 보내드리도록 조치하겠습니다.

④ 도요다 님**에게도, 나중에, 틀림없이, 보내드리겠습니다. 지에 부인의 선전 여하에 따라서는, 당장이라도 마련해서, 보기 좋게 사인하고 슬픈 노래를 덧붙여서, 한 권 다시 보내드릴 수도 있습니다.

51

6월 30일

지바 현 후나바시마치 이쓰카이치 혼주쿠 1928번지에서

도쿄 스기나미 구 오기쿠보 3번가 202번지 게이산보 아파트 고다테 젠시로에게

(엽서 3장 연속, 그 중 1장은 육탄 3용사 중 한 명을 연기하고 있는 15대 이치무라 우자에몬(市村羽左衛門)의 무대 사진 엽서)

① **6월**, 한 달, 하루도 쉬지 않고, 상경, 언쟁, 심야, 귀가, 갑자기 악화, 베개에서 머리를 드는 것조차, 용납되지 않음.

② 이제, 몸, 위험은 없음, 안심할 것, 돈은, 내일 보내겠네, ≪만년≫도, 보내겠네. 밝은 순간, 만들고 싶어, 오늘, 우자에몬 선생님, 잘못한 분장, 엽서로 보내네. 건너편 집에서 레코드, 샀네, 아침부터 밤까지, 레코드 한 장.

③ 그 건너편 집 레코드에서 말하길, '노래는 천 냥, 벚꽃은

* 나카바타케의 부인. 도요다 다자에몬(豊田太左衛門)의 딸

** 도요다 다자에몬. 아오모리 시 데라마치(寺町)의 포목상. 아오모리 중학 재학 중, 다자이는 도요다 씨 댁에서 기숙했다.

만 냥, 도쿄온도(1933년에 만들어진 민요 _옮긴이)로, 나가세, 조오타 좋아, 으쌰, 쾌활하게, 쾌활하게' 나, 너무나도 부끄러워서, 죽을 것 같네.

못 당하겠네. 한 번 웃어넘기는 것이 마땅함.

52

7월 6일
지바 현 후나바시마치 이쓰카이치 혼주쿠 1928번지에서
도쿄 스기나미 구 시미즈마치 24번지 이부세 마스지에게

이부세 씨 '어떻게 됐는지 묻겠습니다.'

다자이, 오랜 동안 깊이 생각한 끝에 얼굴을 들고, 성실함을 담아서 '슬픈 일이 되어 버렸습니다.'

이부세 님, 엽서를 받아 지금 읽어보고, 거듭거듭, 제 마음속으로 중얼거리다 눈이 뜨거워졌고, 그리고, 벌떡 일어나, 평소와 다름없는 악필惡筆에다 잘 쓰지 못하는 글이지만, 그래도 한 글자, 한 글자, 열심히 쓰고 있습니다.

피고와 같은 심정으로, 지난 6월, 한 달 동안 완전히, 이삼백의 돈 때문에, 매일, 매일, 도쿄, 타박타박 돌아다녔고, 운 나쁜 일만 계속되어, 죽어야겠다 생각하고, 저의 무지한 아내에게는, 애써 화려하게, 밑도 끝도 없는 거짓말만 들려주고, 죽는 기념으로 아내를 데리고, 동반 6년 만에 지바 시로 놀러 갔습니다.

지바의 거리들은, 노쇠한 모습, 볼 만한 것은 하나도 없고, 영화관에, 레몬에이드와 말라비틀어진 배를 사가지고 들어가 어둠 속에서 마음껏 울었습니다.

가끔, 혼자서 웁니다. 남자의 '분한 눈물'인 경우가 많고, 때로는 '훌쩍훌쩍' 합니다. 6월 중, 많은 사람들이 있는 곳에서, 소리 내어 운 적 두 번. 성실만이, 애정만이, 두 개 남았습니다. 저의 성실, 저의 애정, 이것을 느끼지 못하는 사람, 둘, 셋, 제게서 멀어져, 저를 욕하는 것, 귀에 들어와, 신의 아들 그리스도의 명민明敏, 자애, 헌신으로도, 좀처럼 용서할 수 없는, 그 심판의 커다란 권력이, 지금 도쿄의 한 구석에서, 그것도 어리석고 둔한 탓에, 지레짐작에 의해서 사용되고 있는 듯한 사실이 슬퍼서, 바로 이부세 씨에게 제 넋두리, 늘어놓기 위해, 거짓말이 아닙니다, 세 번 썼다가 찢고, 썼다가 찢고, 저의 이 편지도 어려워서, 쓰기 시작한 지 오늘로 5일째입니다. 친구의 험담을 하고 싶지 않았기 때문입니다. 밝게 헤아려 주시기 바랍니다.

이부세 씨로부터는, 편지의 무단게재*에 대해서는, 그 어떤 질타도, 오히려 감사하게, 저, 내심 기쁘게 받아들일 생각이었습니다, 하지만 다른 너덧 명의 심판의 피고는 되고 싶지 않습니다.

≪문학계≫의 소설** 중, 여러 가지 편지, 4분의 3 정도는 저의 허구, 나머지 30매 정도는 사실, 그것도, 그 당사자에게 폐가 될 만한 것은 조금도 없다고 확신, 그 당사자의 성실, 가슴 따뜻해지는

* <허구의 봄>에 이부세의 편지를 두 통 넣은 것을 말함

** <허구의 봄>

우정 기쁘게 여겨지는 편지만을 실었습니다. 당사자들에게는 한 점의 폐도 끼치지 않을 것이라 생각하고 있습니다. 진실할 정도로 절박하고, 그 말들이 존귀하고, 살아가겠다는 의욕, 절실한 외침이 담겨 있는 편지만을 실었습니다.

저는, 지금 몸이 상해서 누워 있습니다. 하지만 죽고 싶지 않습니다. 오늘까지도 작품다운 것 하나 남기지 못했고, 40세 무렵에 간신히, 그나마 부끄럽지 않은 것 쓸 수 있을 것 같은 기분이기에, 절실하게, 40까지 살고 싶다고 생각하고 있습니다.

담배 끊었습니다. 주사 깨끗이 끊었습니다. 술도 끊었습니다. 거짓말이 아닙니다. 성실, 빈손, 맨몸뚱이, 부적절한 빚이 있지만, 이것은 고향의 형님에게, 갚아 달라고 부탁해서, 내일 돈이 오면 모두에게 갚을 생각입니다. 죽지 않고 살아갈 테니, 친구 전부 용서해줄 것이라 생각합니다. 저 혼자, 비난을 받고 벌을 받겠습니다. 저의 마음이 불충하고, 저의 글이 모자라기 때문이라고, 밤마다 자신을 책망하고 있습니다. (열 번에 한 번은, 저를 가엾게 여기는 밤도 있습니다.)

조만간, 찾아뵙고 사과를 드리겠습니다. "무사 한 사람, 야단맞고 있는 도요보시(土用干, 한여름 벌레를 막기 위해 옷과 책을 말리는 것 _옮긴이)"라는 단가가 생각나, 그리움에 미소. 아이가 도요보시를 위해 내놓은, 가보로 내려오는 투구를 썼다가 어머니에게 야단맞고 우는 그림. 예전의 제 모습입니다. 우물우물, 훌쩍. 어리석은 모습.

협죽도夾竹桃 피어 있는 동안, 한 번 들르십시오. (이마 형*도) 나리타산成田山, 나카야마中山의 기시모진(鬼子母神, 순산, 육아의 신

_옮긴이) 가까이에 있으니, 게이慶*, 할머니, 사모님, 모두 오셔도 조금도 걱정 없고, 평생의 즐거운 추억이 될 것입니다.

부탁입니다. 히나코**, 다이***, 상당히 자랐을 것으로 생각되니, 보게 될 날, 기다리고 있습니다.

말해 버리고 나니, 시원해져서, 지금은, 전부 비산소멸飛散消滅, 아무것도, 남지 않고, 단지 깊고 푸른 하늘뿐. 오로지 성실.

슈지 올림

이부세 마스지 님.

추신, 출판기념회 전부 출판사에 일임했습니다.

53

7월 7일
지바 현 후나바시마치 이쓰카이치 혼주쿠 1928번지에서
도쿄 우시고메(牛込) 구 요초마치(余丁町) 122번지 오시카 다쿠에게 (엽서)

어리석음의 끝. 오늘 밤, 칠석.

오늘 밤,

누구를 원망하리,

오늘까지 내 목숨 붙어 있는 게 신기. 자네, 당신, 선생님, 다정하게, 배궤拜跪.

* 이마 하루베
* 게이스케(慶介). 이부세의 장남
** 이부세의 장녀
*** 다이스케(大介). 이부세의 차남

오늘 밤, 감사, 거리는 호우, 태곳적 사람의 미소로,

'나를 벌하라.' 수련 꽃.

일전에는 실례, 그로부터 사오일 무리해서, 어리석은 자 또 자리에 누움, 이제부터는 조심해야겠다고 생각했네. 3일, 인사하러 찾아간다는 약속 어겨서 정말로 미안하게 생각하고 있네. 실례인 줄은 알지만 돈 먼저 보내네. 무례함을 용서해 주게. 사오일 안에, 몸에 자신이 생기는 대로, 틀림없이 인사를 하러 가겠네. 자세한 것은 그 때. 쇼노庄野 씨에게 책 보냈네.

54

7월 11일
지바 현 후나바시 우편국에서
아오모리 현 가나기마치(金木町) 쓰시마 분지(文治)*에게 (엽서)

배계.

지금 막 별봉하여, 여러 가지, 크리스마스 이브처럼, 장난감 가득 든 봉투, 보냈습니다, 200엔, 친구, 선배, 모두, 돌려주지 않아도 된다고 말해, 주었지만, 결국에는, 저의 장래도 생각해서, 빨리 돌려주고 싶으니, 형님, 빌려주십시오. 7월 말에, 50엔. 8월 말일, 100엔. 9월 말에 150엔. 착실하게 정진, 틀림없이 오명을 씻겠습니다.

* 다자이의 큰형

55

7월 (날짜 미상)
지바 현 후나바시마치 이쓰카이치 혼주쿠 1928번지에서
도쿄 우시고메 구 야라이초(矢來町) 신초사(新潮社) ≪신초≫ 편집부 나라사키 쓰토무(楢崎勤)에게 (엽서)

근계.

서면으로 실례. 졸고 42매*, 오늘 집으로 돌아왔습니다. 잘 좀 부탁드리겠습니다. 매수 초과, 탓하지 말아 주십시오. 초고 그대로, 정서할 틈이 없어서, 지저분해서 죄송합니다. 하지만 다른 잡지에 발표한 적도 없고, 절대로 흠이 없는 것이니, 크게 웃고, 안심하십시오.

네댓 친구들에게 보여주고, 비평을 부탁했습니다. 호평.

틀림없이 9월호 톱에 부탁드리겠습니다.

건배, 대호평, 갈채, 의심의 여지없습니다.

하지 않아도 좋을 말. —사토 하루오 선생님은, 이 작품, 다자이의 것 중에서도 최고 1등품이라고, 적극 지지하고 계십니다.

원고, 선생님과 너덧 친구 사이를 돌았기에, 오늘까지 실례했습니다.

* ≪광언의 신≫

56

7월 31일
도쿄 간다(神田) 구 오가와마치(小川町) 우편국에서
도쿄 우시고메 구 야라이초 신초사 ≪신초≫ 편집부 나라사키 쓰토무에게 (엽서 2장 연속, 속달)

아침 6시에 오차노미스 역에 도착하여, 역의 벤치에서, 여러 가지로 생각했습니다. 오가와 우편국에서 이것 적고 있습니다. 저, 말하는 것이 서툴러서, 대부분은 경멸을 당하거나, 미움을 사기에, 성실함, 글자 그대로 목숨도 아끼지 않는 성실함을 이해해주지 않습니다. 학형의 호의, 가장, 뼈저리게 느끼고 있습니다. 깊은 정, 남김없이 전부, 캐치했다고 생각하고 있습니다. 이번 달 말까지, 고향의 형님께 50엔(출판기념회에 입고 나갈 여름옷을 마련했습니다)을 돌려주면 (전보환으로) 오늘 중으로, 형님에게서, 또, 200엔 빌릴 수 있습니다.

그 200엔으로 이곳저곳의 빚을 갚을 수 있습니다. 전부라고는 할 수 없지만, 어쨌든 신의를 지킬 수 있게 됩니다. 소설은, 30매까지라고 약속해 놓고, 42매가 되었기 때문에, 틀림없이 난처해하고 계실 줄로 알고 있습니다. 60엔이면, 됩니다. 이 엽서, 그 영수증으로, 모두에게 보여줘도, 또, 훗날, 발표하셔도, 상관없습니다. 사실과 어긋난 점은 한 마디도 없으니, 안심하시기 바랍니다. 저에 대한, 여러 가지 오해의 말 풍문으로 듣고, 쓸쓸해서 견딜 수가 없습니다. 언젠가, 틀림없이 알아줄 날이 올 것이라 생각하고 있지만, 스스로

'나는 악인'이라고 말할 수 있는 악인은 없습니다. 저, 의리와 은혜, 잊은 적 없습니다.

<광언의 신> 대형에게, 틀림없이, 커다란 보답이 될 것입니다.

이 소설, 틀림없이 좋은 작품이라 믿습니다.

전보환, 시간 없으시면, 내일 아침, 꼭 좀.

여름이 가기 전, 수영하러 오십시오.

병 때문에 7년 연기했던 **징병 검사**, 28세까지 연기 불가라는 통보를 받고, 어제, **지바**에서 받았습니다.

오늘, 돈 안 되면 1일이어도, 상관없습니다.

60 힘드시다면, 40이라도. 일임하겠습니다.

57

7월 31일

도쿄 간다 구 스루가다이(駿河台) 우편국에서

도쿄 우시고메 구 야라이초 신초샤 ≪신초≫ 편집부 나라사키 쓰토무에게 (엽서)

조금 전, 지저분하고 읽기 힘든, 엽서(속달) 보내고, 오차노미스 역으로 돌아와, 건들건들하다 (지난 사오일, 난생 처음으로 몸을 혹사해 현기증이 나서 견딜 수 없습니다) 아무래도, 제대로, 저의 성실함 전달하지 못한 듯하여, 이 조그만 스루가다이의 우편국에서, 꽤 오래도록 생각했습니다. (증인은 4명의 우편국 직원.) 저, 언제나, 이처럼 쓸데없는 행동 때문에, 오히려, 무시를 당합니다, 한 점 거짓도 없습니다,

푹푹 찌는 무더위, 좋은 말이 나오질 않습니다, 커다란 불만을 안은 채 투필投筆.

50엔이어도 상관없지만, 이부세 씨의 ≪목말肩車≫과 사토 씨의 ≪국수담掬水譚≫ 사서, 두 사람에게 각각 장형의 서명을 받아, 보내기로 약속했으니.

당신에 대한 거짓 없는 깊은 신뢰.

이 우편국 매우 고가의 붓 구비, 품위가 있다고 생각합니다.

지금 11시, 전보환, 도저히 받지 못할 것 같습니다, 내일 아침, 후나바시로.

지금 바로, 후나바시로 돌아가겠습니다, No money가 되었기 때문에.

58

8월 3일

지바 현 후나바시마치 이쓰카이치 혼주쿠 1928번지에서

도쿄 우시고메 구 야라이초 신초샤 ≪신초≫ 편집부 나라사키 쓰토무에게

맹세의 글, 직접 씀.

(총 8매)

졸고, 창작 <광언의 신>은, 처음 ≪동양≫이라는 미술잡지에, 채용, 간절히 원하여, ≪동양≫ 편집동인 여러 분의 넓은 이해와

바다와 같은 넓은 마음으로 헤아려, 제 청을 수락, 이 잡지 10월호 게재 결정, 저도 기뻐서, 기다리면 순풍에 돛단 듯, 이라며, 마음속 기쁨 전하고, 하루하루, 발행될 날을, 학수고대하고 있었습니다.

그런데 호사다마, 가난, 어리석은 자의 배후에 서서, 일책一策을 속삭여, 한밤중, 병상을 버리고, 허둥지둥, 상경, <광언의 신> 한 장의 명함과 교환하여, 가져다, 예전에, 7월 말일까지, 30매라는 조건으로, 굳게, 약속했던, 문예잡지 ≪신초≫로 가져가 버렸습니다.

핑계 없는 무덤 없다, 7월 말일까지, 고향의 형수님께 50엔 돌려 드리면, 200엔을 또 새로이 빌릴 수 있다는 묵계가 있어, 저, 나날의 안일, 대여섯 명의 친구, 선배, 스승으로부터, 적지 않은, 빚 있어, 독서, 사색, 집필, 혹은, 일가 담소의, 여유, 잃어, 옛, 지기, 하나 떠나고, 둘 떠나고, 바늘방석, 불의 강, 피의 연못, 위에 거꾸로 매달려 있는 것 같은 기분으로, 잠든 동안에도 지옥, 50엔, 간절하게, 고갈, 비참함 따위, 망각, 광란의 28세, 지금은, 마음이 변하여, 이 이상 말하는 것, 견딜 수 없어, 내 멋대로 ≪신초≫ 편집장 나라사키 쓰토무 씨에게, 궁핍한 사정 거짓 없이 피력, 간청할 때, 문득, 나의 그릇됨, 오만, 무례를 깨닫고, 그와 같은 행동, 두어 번 거듭되면, 저, 구천직하九天直下, 하룻밤 사이에, 룸펜, 보기 좋게 사회적 파산자, 될 것, 불을 보는 것보다 더 명백, 지금부터라도 늦지 않았다, 내 죄, 누구보다도 깊이 후회, 누구보다도 모질게 채찍질, 어젯밤의 죄, 평생 걸린다 해도, 값을 치르도록 하겠습니다.

다른 생각 있는 것 아니고, 다른 꿍꿍이 있는 것 아니고, 모든 것은, 제가 더듬더듬 말씀드린 그대로, 가슴속 사죄의, 썩은 낙엽으로, 가득합니다.

오늘 아침, 쾌청, 완전한 백지로 돌아가, 마음에 애증 품고 있는지 어떤지는, 불문하고, 한없이 깊은, 사죄, 뿐.

이 죄를 갚기 위해서라면, 저 목숨에도 애착 없습니다.

어눌한 범부의 성실함이 담긴 맹세의 말, 웃지 마시고, 들어주시기 바랍니다.

다자이 오사무 (인)

나라사키 쓰토무 님.

1936년 8월 3일.

같은 내용의 글 2통 작성, 한 통은 나라사키 님, 한 통은 ≪동양≫ 편집동인 여러 분에게. 그리고 ≪신초≫에는 <흰 원숭이의 광란> 이라는 30매 예정의 창작 9월호에 실을 생각으로, 정진, 박차를 가하고 있었지만, 종종 발열, 집필 금지당해 7월 28일 오후 8시에 이르러서도 8매, 도저히 완성될 가능성 없다고 판단 그날 밤 펜을 던지고, 탕파湯婆 배에 댄 채 유일하게 남은 음식인 누룽지 한 봉지 지참, 그리고 죄를 범했습니다. 밤낮, 계속해서 쓰고 있습니다. <흰 원숭이의 광란> 30매. 8월 중순까지는 보내드릴 수 있으니, 읽어보시고, 정당한 배려 부탁드리겠습니다. 이번에는 무리한 부탁 무엇도 하지 않겠습니다. 돈도 언제든 상관없습니다.

59

8월 12일

군마(群馬) 현 미나카미무라(水上村) 다니가와(谷川) 온천 구보(久保) 씨 댁에서
아오모리 시 나미우치 620번지 고다테 젠시로에게

7일부터, 여기에 와 있네. 건강해져야겠다고 생각, 괴롭게, 그렇지만, 인류 최고의 괴로움, 극복해서, 폐병도 어쨌든, 다스려서, 그런 다음 산을 내려갈 생각이네. 하루에 1엔 정도, 거의 자취, 가난해서 불편, 벼룩이 가장 괴롭네. 중독도, 하루하루 고통이 덜해지고, 산의 험한 영기를 쐬어서, 잠자리조차, 흐릿하게, 하늘하늘 유령처럼 날아다닌다네. 아쿠타가와 상의 타격, 영문을 몰라, 문의 중이네. 참을 수 없는 일이야. 뜨뜻미지근한 문단사람, 미워졌네.

<창생기創生記> 사랑은 아낌없이 빼앗는다. 세계 문학에 흔들림 없는 견고한 고전 하나 더하겠다는 신념이네. 사다카즈貞一 형, 교 누님, 어머님께 안부 전해 주게.

● 이 편지에는 이와타 사카에(岩田榮)의 <소년>이라는 그림의 사진판(잡지에서 오린 것)이 동봉되어 있는데, '완전히 무명이지만, 주목할 만하다네. 형의 감상을 꼭 한마디, 듣고 싶네'라고 적혀 있다.

60

8월 22일

군마 현 미나카미무라 다니가와 온천 구보 씨 댁에서

아오모리 시 나미우치 620번지 고다테 젠시로에게

여기서는, 나, 혼자서, ≪작품≫과 ≪문예범론文芸汎論≫ 2년 전에 약속한 소품, 오륙 매, 두 개 쓰고 있다네*.

월말 가까이까지 있을 생각이네. 어서, 놀러 오게. 하루라도 빠를수록 좋네. 조에쓰上越 선 미나카미 역 하차, 그런 다음 버스로, 다니가와 온천. 가깝네.

자네, 올 생각이면, 전보로, 알려주게, 부탁하네. 이 온천에서, 닛코日光로, 금방 나갈 수 있으니, 함께, 폭포와 도쇼구東照宮 보고, 도비시마 데이조와 하룻밤 묵어가는 건 어떤가?**

아쿠타가와 상, 기쿠치 간菊地寬의 반대인 듯. 결국에는 극점까지 파헤치고 또 파헤쳐, 들이밀었다는 느낌, 물론, 이후, 기쿠치 간 연구에 몰두.

부인화보사婦人畵報社에서, 내 신변을 조사하러 왔다네. 키, 본적, 학력, 그 외의 모든 것, 작품의 모든 것까지. 이상한 녀석일세.

10월호(9월 10일 발행) ≪어린 풀若草≫에 <갈채>, ≪신초≫에 <창생기>, ≪동양≫에 <광언의 신>.

드디어, 중앙공론中央公論 집필. 그것도 2개 연속, 이라고. 첫 번째. 100매 이상.

10월 말까지 완성하겠다고 약속. <낭만가류다浪漫歌留多>라는 제목, 어떤가?

* 이 소품 두 개 모두 잡지에는 실리지 않았다.

** 이 무렵 도비시마는 <도쿄 일일신문> 우쓰노미야(宇都宮) 지국장으로 가 있었다.

별지의 그림엽서의 그림을, 자세히 보게나. 어디가 치명적인 실수인지, 알겠는가? 감수성도 풍부하고, 작품의 품격도 높고, 그리고 무엇보다도 향수를 불러일으키는 서정미가 있네. 하지만, 느낌이 전혀 없고, 열차의 창밖 풍경만큼도, 느낌이 없는 것은, 이 작가, 대상을 안일하게 보고 있다네, 얕잡아 보고 있다네. 틀림없이, 성장 환경이 좋은 유복한 부자일 것일세.

'자연'은, 엄격한 것일세. 대상과의 느슨한 접촉 위험하네, 위험해. 휘파람을 불며, 머리를 경쾌하게 좌우로 흔들며 리듬에 맞춰, 즐겁게, 우선, 오늘은, 여기까지, 하는 식으로, 나 혼자 즐거우면, 그만, 이라는 심경이라면, 나 역시 무슨 말을 하겠나, 조용히 찬사를 표하겠네. 하지만 욕구에 대한 깊은 조예, 훗날 거장이라 불릴 만한 영예는, 그런 심경을 가진 신인에게는, 줄 수 없네. 휘파람을 부는 태도는, 나나 자네도, 역시 바라는 이상의 경지이기는 하지만, 그것은, 70세의 샤반에게, 비로소 허락되는 것이라 생각하게.

61

8월 25일
군마 현 미나카미무라 다니가와 온천 구보 씨 댁에서
도쿄 시타야 구 우에노사쿠라기초 27번지 야마사키 고헤이(山崎剛平) 씨 댁
아사미 후카시에게 (그림엽서)

아사미 씨, 그럭저럭 벌써 1개월, 산에서 지냈습니다. 가을이, 너무 빨리 와 버려서 매우 안타까운 심정으로, 가는 봄을 무슨

무슨 포구에서 쫓고 싶구나, 라는 옛사람의 노래처럼, 쫓아가서, 가능하다면 잡고 싶다며, 애틋해하며 이리저리 조바심치고 있습니다. 혹독한 산의 기백, 아침, 저녁, 안개의 홍수, 모락모락 소용돌이쳐 자욱해져 갑니다. 잠자리 한 마리 보이지 않게 되었습니다.

가혹한 하루, 씁쓸한 하루.

62

9월(날짜 미상)
지바 현 후나바시마치 이쓰카이치 혼주쿠 1928번지에서
도쿄 스기나미 구 시미즈마치 24번지 이부세 마스지에게

이부세 씨.

진심으로, 선생님이라 부르고, 또는 허물없이, 이부세 씨라고 부르기도 하고, 가마타蒲田의 우메야시키梅屋敷로 다나카 고타로田中貢太眼 선생님을 따라갔다가 결국에는 그렇게까지 되었습니다. 그로부터 7년이 지났습니다.

어리석고 아둔한 저도, 이부세 씨의 엄격한 단련으로, 이부세 씨 살아 계신 동안에는, 저도 어떻게 해서든 살아가겠습니다.

게이스케의 '무서운 삼촌' 혹은 '말을 할 줄 아는 대머리'라는 등의 말을 들으며, 그렇게 저 모든 힘을 다 기울여서, 저처럼 마음과 몸 모두가 박약한 사내로 만들고 싶지는 않습니다.

일생의 소원을 말씀드리겠습니다. 올해 안으로 저의 단행본 또한 권 내고 싶으니, 힘써 돌봐 주시기 바랍니다. 스나고야 출판사의

야마사키 고헤이 씨, 및 기요스미淸澄의 선배 아사미 씨에게 부탁하면 틀림없이 낼 수 있을 듯합니다. 하지만 내심으로는, 50엔이든, 60엔이든 인세 기대하고 있습니다. 스나고야 출판사는 인세가 없습니다. 오히려, 제가 광고비를 부담했습니다.

요즘 경제 상태, 완전히 고갈, 발등에 불이 떨어졌으니, 다케무라竹村 출판사든, 어디든 상관없으며, 하물며 호화 장정이 아니라 할지라도, 저는 조금도 개의치 않습니다.

사토 선생님께서 제목을 붙이신 3부작 ≪허구의 방황≫ <광대의 꽃> 100매, <광언의 신> 40매, <가공의 봄> 160매, 이상 3부작 300매, 특히 <가공의 봄>은 전부 수정, 대부분을 옮겨 적은 상태입니다. 자신 있습니다. 그리고 부록으로 <비속에 대해서> 60매 덧붙여야겠다고 생각했습니다. 틀림없이 팔릴 것이라 생각합니다.

이부세 씨, 간편한 홑옷을 입고 산책에 나선 가벼운 기분으로, 장정 부탁드리겠습니다. 애원.

사토 선생님께 서문을 부탁드리도록 하겠습니다.

<20세기 기수旗手>라는 슬픈 로망스 쓰기를 마치고, 어제 문예춘추로 가져가서, 지바 세이이치千葉靜一 씨에게 부탁했습니다. 자신 있는 작품이니, 이부세 씨의 얼굴에 먹칠을 하는 일은 절대 없을 것입니다. 아무쪼록, 힘을 좀 보태주시기 바랍니다.

사토 선생님 댁에 놀러 갔다 돌아오는 길, 틀림없이 저의 생각, 훨씬 더 깊어져 있을 것입니다. 이부세 씨 댁에서 돌아오는 길, 저의 생각, 틀림없이 훨씬 더 깊어져 있을 것입니다.

하나는 히말라야의 높은 봉우리, 하나는 모세 이후의 옛날, 로망스를 간직한 채 고요한 홍해, 저는 행복합니다.

부탁드리겠습니다.

부끄러워서, 아무래도 안 되겠습니다. 평생에 한 번뿐인 부탁입니다. 꼭 좀 들어주셔서, 자칫, 절망에 빠지기 쉬운 저를 질타하고 그리고 힘을 더해 주시고 희망을 품게 해 비굴해지지 않도록 해주십시오.

슈지 구배九拜

이부세 마스지 선생님.

63

9월 15일
지바 현 후나바시마치 이쓰카이치 혼주쿠 1928번지에서
도쿄 스기나미 구 시미즈마치 24번지 이부세 마스지에게

제가 또 이부세 씨를 화나게 한 거 아닌지 모르겠습니다.

말 그대로 믿어 주시기 바랍니다.

이부세 씨와 관계가 거북해지면, 저 살 수가 없습니다. 어제, 고향에서 사람이 와서, 씁쓸한 일 많았습니다. 큰 소리로 언쟁, 마흔을 대여섯 살 넘긴 사내 둘이 왔습니다. 서로에게 억지로 호의를 베풀어, 저는 '고맙다'고 말해 주었습니다. 2엔을 놓고 돌아갔습니다.

이부세 씨, 저, 죽겠습니다.

눈앞에서 배를 갈라 보이지 않으면, 사람들, 저의 성실을 믿지

않을 것입니다. 빙그레 짓는 미소가 어울리는 얼굴인데, 모두, 모여 들어 찡그린 얼굴, 파랗게 질린 마성의 것, 그 마스크 어울린다며, 어울린다며 박수갈채. (아무도 놀아주지 않습니다. 사람다운 사귐이 없습니다. 반미치광이 취급.)

28세, 제게 어떤 좋은 일이 있었는지. 료넨니(이 이름, 명확하지 않습니다) 자기 얼굴에 뜨거운, 흙손, 가져다 대고, 쭈글쭈글해져서야, 드디어, 세상으로부터 용서를 받았습니다. 료넨니 님의 죄는 —오로지— 미모. 문단에는, 뜨뜻미지근한 사내들뿐입니다.

어제, 고향 사람과 함께, 다음과 같이 정했습니다.

11월까지 이 세상의 흔적, 하다못해 약속한 일이라도 마무리 짓고, 고원高原의 업, 짧아도, 2년, 일절, 붓을 잡지 않고, 가슴의 질환 나을 때까지, 상경 불가. 나을지 어떨지, '낫지 않는다'는 것은 '죽음'과 동의어입니다. 목숨, 아깝지 않지만, 저, 좋은 작가였는데 라고 생각합니다. 올 11월까지의 목숨, 좋은 솜씨, 오늘 아침에도 가만히, 제 손을 들여다보았습니다.

이부세 씨, 당신 자신을, 더더욱, 사랑하시기 바랍니다.

이부세 씨는, 굉장히 좋은 사람이니.

이 세상에 존경하는 여성 세 분 있습니다.

사모님, 그 중 한 분. 외롭고 쓸쓸한 분이라고 생각합니다.

예나 지금이나 한 푼어치도 변하지 않는 사랑과 경의를 담아서.

슈지

(제 입으로 말씀드린다는 것도 우습지만, 그래도, '저, 어렸을 때부터,

지나치게 뛰어난 아이였습니다. 모든 불행은 거기서부터.'

아무리 게으름을 피워도, 을(乙, 성적을 갑을병정, 네 단계로 평가_옮긴이) 받은 적 없이 언제나 수석을 차지한 죄.

저의 '작품' 혹은 '행동' 일부러 부끄럽고 어리석은 것을 골라서 취해 왔습니다. 소설이라도 쓰지 않으면 견딜 수 없는 경지로 밀어붙이기 위해서. 무의식 없음.)

64

9월 19일
지바 현 후나바시마치 이쓰카이치 혼주쿠 1928번지에서
도쿄 스기나미 구 시미즈마치 24번지 이부세 마스지에게

행복은 하룻밤 늦게 온다.

무시무시한 것은, 부추겨도 우쭐해 하지 않는 사내. 꾸미지 않는 여자. 비 내린 후 다시. 저의 나쁜 점은 '현상보다도 과장하여 비명을 올리는 것'이라고 어떤 사람이 말했습니다. 고뇌가 깊을수록 고귀하다는 말 따위 틀린 것이라고 생각합니다. 저, 꾸미는 일은 있지만, 비참한 현상을 과장하여, 이렇다 저렇다, 그런 것은 아니라고 생각합니다. 프라이드를 위해서 일한 적은 없습니다. 누군가 한 사람 행복하게 해주기 위해서.

저, 세상을, 아니, 너덧 동료를 떠들썩하게 야단스럽게 하기 위해서, 고기를 먹은 척하여, 그래서, 고기를 먹은 대가(불가에서 고기를 금한 것에 빗대어, 나쁜 짓을 한 대가라는 뜻_옮긴이), 가열苛烈한 대가

받고 있습니다. 먹지 못할 고기 때문에.

5년, 10년 후, 사후를 생각해서, 한마디도 의식적으로 거짓말을 한 적 없습니다.

돈키호테. 짓밟혀도, 걷어차여도, 어딘가에 조그만, 아담하고 마른 '파랑새' 있을 것이라, 믿기 때문에, 아무래도, 상처받은 이상, 버릴 수가 없습니다.

소설이 쓰고 싶어서, 근질근질하지만, 주문이 없다는, 참으로 믿을 수 없는 현실. '뒷구멍의 뒷구멍'을 통해서 겨우 들어온 주문, 그야말로 단비인 듯, 써서, 몇 번이고 헛수고, 그리고 원고 반송되었습니다.

사람 하나, 인정받는 것이 얼마나 어려운가 하는 생각이 들어, 오늘밤, 천만 가지 생각, 말없이 이부세 님의 편지 품고 눕습니다.

어젯밤, 제가 상경한 동안, 저희 집에 도둑이 들었습니다. 포도주 한 병 없어졌을 뿐. 그것도, 그 포도주 절반 남겨 두고 갔다고, 오늘, 도둑의 발자국, 친밀한 감정으로 바라보고 있습니다.

10월 입원, 거의 확정되어 의사는 2년이면, 완치 보장한다고. 저, 그 의사의 말을 믿고 있습니다.

믿어 주십시오.

자살하여, "그 정도의 일이었다면, 어떻게든 슬쩍 귀띔해 주었다면…"이라는, 그런 안타까움 남기고 싶지 않아, 그 슬쩍 귀띔하는 말,

요즘 저의 말은 전부 그런 마음으로 하는 것입니다.

65

10월 4일
지바 현 후나바시마치 이쓰카이치 혼주쿠 1928번지에서
도쿄 세타가야 구 기타자와 3번가 935번지 곤 간이치에게

자네를 칭찬하지 않는 날이 없네.

시노바즈노이케不忍池에서의 모임* 이후, 누구와도, 사담 나눈 적 없고, 얼굴 마주한 적도, 없었네.

3개월 동안, 겨우 8통밖에 편지 오지 않았네.

세 명, 세 통의 편지, 있어서, 참으로, 진주라네.

이 세 통의 편지는, 백 가지, 천 가지의, 아첨과 같은, 무책임한 헌사獻辭보다 뛰어난 점, 만만萬萬, 그 중, 한 통은, 곤 군, 자네의 엽서일세.

나도 도움이 될 수 있게 해주게.

11월 말까지, 빚과 일 대충 정리하고, 그런 다음, 만 2년 예정으로, 결핵 요양소 생활 시작하네.

산상수훈 때의, 차라투스트라 흉내를 내다 또 피를 토했네.

후나바시도, 앞으로 한 달.

입원 출발 전날 밤, 자살을 할 것 같아, 견딜 수가 없네. 그날

* ≪만년≫ 출판기념회

밤, 조금이라도, 떠들썩하게 보내기 위해, 사토 선생님, 이부세 선생님을 비롯, 그렇게 우리끼리, 차를 마시며 하룻밤, 우리 집에서 보내고 싶으니, 그날 밤에는, 부인, 기리코*, 모두 함께, 꼭, 와 주게, 부인께도 전해 주게나. '하녀 구했습니다. 아내는 도쿄의 지인에게 맡기고, 저 혼자 입원하기로 거의 결정을 봤습니다. 가끔 놀러 가주시기 바랍니다. 아내, 이것저것 짐을 정리하고 있습니다.'

자네를 믿고, 존경하네, 홀로 유일하게, 남겨진, 영광의, 강직한 사내.

다자이 오사무

곤 간이치 학형.

66

(월 미상) 20일
지바 현 후나바시마치 이쓰카이치 혼주쿠 1928번지에서
도쿄 나카노 구 시로야마 53번지 간베 유이치에게

배계.

매일, 매일, 학수고대하고 있었는데. 안타깝기 그지없습니다.

하지만, 절대로, 무리해서까지, 오시지는 말기를. 언젠가 또, 가을 맑은 날에라도, 친구 분과 함께, 훌쩍, 아무 일 없었다는 듯이 와주시기 바랍니다.

(이 편지, 문장이 엉망일지도 모르겠습니다. 머리가 아파서, 누워 있었습

* 곤 씨의 장녀

니다.)

정말로, 죄송합니다. 좋지 않은 날입니다.

누구라도 그렇겠지만, 월말에는, 아무래도 한바탕 법석을, 떨게 됩니다.

저, 역시, 1년에 한 작품 이상 쓸 수 없을 듯하여, 포기해 버렸습니다.

죽음과도 같은 하루하루를 보내고 있습니다. 남은 것이라고는, 근거를 알 수 없는, 히스테릭한, 긍지뿐입니다. 전부 <비속에 대해서>에 사로잡혀 버렸습니다.

대나무 횃대가 대례복을 입고 돌아다니고 있다는 느낌입니다. 속이 텅 비었습니다.

니와 후미오 씨가 부러워 견딜 수가 없습니다. 그렇게 척척 써낼 수만 있다면, 이라고, 저에게는, 그 사람은 이상理想이기까지 합니다. (경멸도, 패러독스도 아닙니다.) 알프스산을 바라보고 있는 듯한 느낌입니다.

<애귀리 일기>* 언제나 잘 읽고 있습니다. <생각하는 갈대>는, 읽으실 만한 작품이 아닙니다.

이만 실례하겠습니다. 컨디션이 좋지 않아서, 몇 십 번이고, 사과의 말씀 올립니다.

경구

간베 유이치 님.

* 간베가 동인지 ≪문진(文陣)≫에 연재했던 감상문

67

11월 26일
시즈오카 현 아타미(熱海) 온천 바바시타(馬場下) 8번지 모모마쓰(百松) 씨 댁에서
도쿄 시모코가네이무라신덴 464번지 히레사키 준에게

근계.

젠시로 군의 일로, 헤아릴 수 없는 도움을 주신 것, 저도, 감사의 말씀 올립니다. 이하, 저의 일에 대해서, 사실만을, 거짓 없이 말씀드리겠습니다.

12일에 퇴원했습니다. 뇌병원 한 달 동안의 '인간창고' 속에 있었던 느낌에 대해서는, 지금은, 말씀드릴 수 없습니다. ≪신초≫ 신년호에 <HUMAN LOST>라는 제목의 소설(40매) 써서 보내 놨지만, 그것도 전부를 말한 것은 아닙니다.

재활 계획, 댓잎의 서리처럼 덧없이 사라져, 전면에 불붙은 벌판을 10일 정도 방황, 저, 완전한 패배를, 이 눈으로, 분명하게 보고, 절망에 빠질 위험을 느껴, 어젯밤, 이곳으로 와서, 하숙 1일 3식 2엔 하는 집을 찾아, 여기서 한 달 정도 묵을 생각입니다.

≪개조改造≫에서 신년호에 소설, 3, 40매 청탁이 왔습니다. 다음 달 5일까지 써서 보내기로 약속했습니다. 40매, <20세기 기수> 이미 11매 완성했습니다. ≪문예춘추≫는 정월호에는 시간이 맞지 않아, 2월호에 30매 써야 합니다. 저널리즘, 저의 높은 악명을 이용한다기에, 한때는 불쾌해, 거절할 결심을 했지만, 이 세상에 대한 사랑을 위해, 저보다 젊고 나약한 자들에 대한 사랑을 위해, 용기를

냈습니다. 믿어 주십시오. '너를 고발하려는 자와 함께 길에 있을 때, 속히 화해하라. 틀림없이, 고발자 너를 심판관에게 넘기고, 심판관은 하급관리에게 넘기고, 결국 너는 옥에 들어갈 것이다. 진실로, 너에게 이르노라, 한 푼도 남김없이 갚지 않으면, 거기서 벗어나지 못할 것이다.' 입원 중에는 성경만 읽었습니다. 그것에 대해서, 여러 가지로 하고 싶은 얘기가 있습니다.

저의, 완전한 고독을 믿어 주십시오.

2엔의 용돈밖에 갖지 못한 채, 이곳으로 달려왔습니다.

30엔, 전신환으로 빌리고 싶은데, 이번 달 말에 돌려 드릴 수 있지만, 만일을 생각해서, 내달(12월) 말일, ≪개조≫에 소설 실은 후, 오륙일 사이에는, 무슨 일이 있어도 갚을 수 있습니다. 당신, 한 사람에게만, 부탁하는 겁니다. 나의 마지막, 비소시민非小市民, 비바리세인인 당신에게.

이 점, 사무적으로 분명하게 신용해주시기 바랍니다. 돈을 마련할 수단, 틀림없이, 피가 날 정도로 괴로울 것이라는 사실, 알고 있으니, 한푼도 남김없이 갚겠습니다. 한 시간이라도 빠를수록 더 도움이 됩니다. 다른 누구에게도, 부탁하지 않았습니다. 부탁하고 싶지 않습니다. 부디 살펴 주십시오.

≪개조≫의 소설, 대략 30일 무렵까지, 완성할 생각입니다. 그런 다음, 천천히 ≪문예춘추≫의 소설, 즐기면서 쓸 생각이니, 그때쯤에, 꼭 놀러 오시기 바랍니다. 그때쯤이면, 저도 여유가 생길 테니, 2엔의 기찻삯만 가지고, 달려오시기 바랍니다. 언제라도 상관없습니다.

마지막으로 한마디 고백 허락해주길. 이것은, 교묘한 말로 아첨하려는 것이 아닙니다. 올여름 당신이 광고비 거절한 태도, 저, 분명하게, 시인하고 있습니다. 저는, 잘못 생각하고 있었습니다.

68

11월 29일
시즈오카 현 아타미 온천 바바시타 8번지 모모마쓰 씨 댁에서
아오모리 현 아사무시 온천 고다테 별장 고다테 젠시로에게 (엽서)

침실의 창을 통해, 불에 타는 로마를 응시하고, 네로는, 입을 다물었다. 모든 표정의 포기다. 아름다운 기생의 요염한 웃음을 보고, 입을 다물었다. 녹주綠酒를 받아 들고, 멍하니 있었다. 그 알프스 정상, 깃발 타는 연기 뒤 대패한 장군의 침묵의 가슴을 생각한다.

한 모금의 이에는, 한 모금의 이를. 한 산의 밀크에는, 한 잔의 밀크. (누구의 탓도 아니다.)

'상심'

강가 길을 오르면
붉은 다리, 다시 가고 또 가면
사람의 집일까

28세
(1937년)

아마누마 시절 II (2)

3월, 아직 눈이 남아 있는 미나카미 온천으로 가서, 고등학교 시절부터의 애인이자 첫 번째 아내인 오야마 하쓰요와 함께 칼모틴에 의한 정사(情死)를 계획, 미수에 그쳤다. 귀경 후, 하쓰요의 외삼촌인 요시자와 유(吉澤祐)를 중재인으로 삼아 이별, 하쓰요는 아오모리로 돌아갔다. (그녀는 후에 만주로 건너갔다가, 1944년에 칭다오에서 죽었다.) 6월, 아마누마 1번가 213번지의 싸구려 하숙으로 옮겼다. 다자이는 이때의 상황을 다음과 같이 묘사했다. '이것이, 마지막으로 보는 세상, 문간에 서면 달그림자 진 밤, 마른 들판은 달리고, 소나무는 서 있다. 나는 다다미 넉 장 반짜리 하숙에서, 홀로 술을 마시고, 취해서는 하숙에서 나와, 하숙의 문기둥에 기대서, 그런 엉터리 노래를, 조그만 목소리로 중얼거릴 때가 많았다. 두엇의 함께 떨어지기 어려운 친구 외에는, 누구도 나를 상대하지 않았다. …원고 청탁은 하나도 없다. 또 아무것도 쓰고 싶지 않았다. 쓸 수가 없었다… 나는, 벌써 서른이 되었다.' —<도쿄 팔경>중에서

이해 7월, 노부교(盧溝橋) 사건이 일어나, 중국과의 전쟁이 본격화되었다.

69

1월 20일
도쿄 스기나미구 아마누마 1번가 238번지 헤키운소(碧雲莊)에서
도쿄 혼고 구 고마고메 센다기마치 50번지 야마기시 가이시에게 (엽서)

매화꽃 한 송이 고맙네.
만나고 싶네.
요즘은 매일, 누워 있네.

상심.
강가 길을 오르면,
　　　붉은 다리
다시 가고 또 가면
　　　사람의 집일까.

하늘을 나는 새를 보라.
뿌리지 않고
거두지 않고
창고에 쌓지 않는다.
(마태복음 7장)

'죽는 것이 충의'
이것은 더러운 팔레트 하나, 용서해 주게.

70

7월 22일
도쿄 스기나미 구 아마누마 1번가 213번지 가마타키 씨 댁에서
도쿄 고지마치 구 유라쿠초 도쿄 일일신문 경제부 히라오카 도시오에게 (엽서)

배계.

그동안 연락드리지 못했습니다. 무례함에, 도무지 얼굴을 뵐 용기가 나질 않아, 실례를 범했습니다. 너그러이 봐주십시오. 이번에 판화장版畵莊라는 곳에서, 팸플릿 형식의 조그만 책* 나와서, 얼마 되지는 않지만, 인세도 받을 수 있을 것 같고, 일전부터 써오던 소설도, 드디어 완성을 했기에, 이것도 돈으로 바꿀 생각입니다.

이번 달에는, 하쓰요가, 드디어, 고향의 어머님 곁으로 돌아갔는데, 저는 침구 한 벌, 책상, 고리짝 하나를 들고 하숙집으로 옮겼고, 나머지 가재도구 전부는 하쓰요에게 주었으며, 이별금도 30엔, 얼마 되지는 않지만, 저 혼자 힘으로는, 그 이상 도저히 마련할 수 없었기에, 그런, 쓸쓸한 이별을 했습니다. 우에다 군**에게, 안부 좀 전해 주십시오. 다음 달 10일 무렵까지는, 틀림없이, 마련하겠습니다.

* 단행본 ≪20세기 기수≫ 1937년 7월 간행
** 우에다 시게히코(上田重彦)

71

8월 31일
도쿄 스기나미 구 아마누마 1번가 213번지 가마타키 씨 댁에서
도쿄 혼고 구 고마고메 센다기마치 46번지 고후소(光風莊) 야마기시 가이시에게
(엽서)

금전 대책 이루어질 듯, 마음 놓입니다. 저는 이틀간 좌선수행했습니다. 좌선과 연애는 동시에 행할 수 없기에 따분하다 생각하고 있습니다.

형이 보낸 엽서 속의 '연애는 어떻게 됐나?'라는 글을 하숙하는 사내가, 소리 내어 읽었습니다.

72

9월 25일
도쿄 스기나미 구 아마누마 1번가 213번지 가마타키 씨 댁에서
아오모리 현 고쇼가와라마치 아사히초 나카바타케 게이키치에게

하루하루 시원해져서, 요즘 같으면, 고향에는, 벌써 단풍이 시작되었을 줄로 압니다. 모두들, 별고 없으신지요. 저도 점점 하숙 생활에 익숙해져서, 한가로이 생활하고 있으니, 저에 대해서는 마음 놓으시기 바랍니다.

일전에 일부러 찾아와 주신 점, 황송하게 생각하고 있습니다. 그리고 옷감과 담요, 바로 보내 주신 은혜, 진심으로 감사하고

있습니다. 옷감의 무늬도 마음에 들어서, 매우 만족스러워 하고 있습니다. 덕분에, 좋은 가을을 맞을 수 있게 되었습니다.

지금 ≪신초≫의 소설 때문에 고전하고 있습니다. 얼마 전에 25매짜리 소설을 간신히 완성하여, 신초샤에 보냈더니, 편집자가, "다자이는 병상에 있는 동안 평판이 약간 떨어졌으니, 병 완치 후의 작품으로는, 굉장한 역작을 발표했으면 한다. 단번에 명예회복 했으면 하니, 매수도, 40매든 50매든 몇 매든 상관없이, 더욱 역작을" 이라고 친절하게 말해 주었기에, 저도, 호의에 기운을 내서, 한번, 50매 정도의 중편 걸작을 써 보겠다고, 굉장한 고생을 하고 있는 중입니다.

가능하면 이번 달 말까지 완성시킬 생각인데, 전에 썼던 25매에 기대하고 있던 고료 받지 못하게 됐기에, 하숙비 등의 지불이 약간 불안한 상태가 되어 버리고 말았습니다. 다음 달 10일까지 20엔 정도 마련하실 수 있다면, 꼭 좀 도와주시기 바랍니다. 그건, 이번의 50매 완성해서 고료 받으면, 돌려 드릴 수 있을지도 모르겠습니다. 이런 일은, 다시는 없을 것입니다. 어디까지나 진지한 부탁입니다. 악용하기 위한 돈이 아니니, 그 점은 조금도 걱정하실 필요 없습니다. 폐 끼칠 일 절대로 없다는 점, 확언합니다.

슈지 드림

마지막으로, 부인을 비롯한 모든 분들께 안부 전해 주십시오.

이번에 ≪20세기 기수≫라는 조그만 단편소설집을 출판했습니다. 가까운 시일 안에 보내드리도록 하겠습니다.

29세
(1938년)

아마누마 시절Ⅱ(3)～미사카토우게～고후 시절Ⅰ(1)

'무슨 일을 계기로, 그렇게 된 것일까? 나는, 살아야겠다고 생각했다'라고 다자이는 당시의 심경을 기술했다. '나는, 그 30세의 초여름, 비로소 진심으로, 문필생활을 소망했다. 되돌아보면, 때늦은 소망이었다. 나는 하숙의, 가재도구다운 것이라고는 무엇 하나 없는 다다미 넉 장 반짜리 방에서, 열심히 썼다. 하숙의 저녁밥이 밥통에 남아 있으면, 그것으로 몰래 주먹밥을 만들어 심야 작업 시의 배고픔에 대비했다. 이번에는, 유서 대신으로 쓰는 것이 아니었다. 살아가기 위해서, 쓴 것이었다. 한 선배는, 나를 격려해 주었다.' —＜도쿄 팔경＞ 중에서

이 글에 등장하는 '한 선배'란 이부세 마스지이다. 9월 30일, 다자이는 이부세 씨가 머물고 있던 야마나시현 미사카토우게(御坂峠)의 천하다실로 여행을 떠났다. 3개월 간 머물렀다. (명작 ＜후가쿠 백경＞은 그 동안의 생활을 쓴 것이다.) 11월, 고후(甲府) 시의 이시하라 미치코(石原美知子)와의 약혼이 준비되어, 눈 덮인 후지를 뒤로하고, 고후 시 니시타쓰마치(西堅町)의 하숙으로 옮겼다.

73

8월 11일
도쿄 스기나미 구 아마누마 1번가 213번지 가마타키 씨 댁에서
야마나시 현 미나미쓰루 군 가와구치무라 미사카토우게 천하다실 이부세 마스지에게

여기도 이삼일 전부터 조금씩 더워지기 시작했습니다. 그쪽은, 어떻습니까?

천천히 요양과 청순한 일을 하실 수 있도록, 빌겠습니다. 댁을 비우신 동안, 가까이 있으면서도, 아무런 도움도 드리지 못해, 초라한 생각이 듭니다. 무엇이든, 도쿄에서의 볼일이 계시다면, 말씀해 주십시오.

저는, 매일, 조금씩 소설을 써 나가고 있습니다. 앞으로 이삼일 뒤면 지금 쓰고 있는 소설* 완성될 듯하니, 이것을 신초사에 보내고, 그런 다음 바로, 문예춘추에 보낼 것을 쓸 생각입니다. 사실적인 사소설은, 당분간 쓰고 싶지 않습니다. 픽션의, 밝은 소재만을 고를 생각입니다.

이번의 결혼에 대한 얘기는, 저, 그 얘기만으로도, 보내주신 정에 얼마나 감사하고 있는지, 지금까지 경험한 적이 없는 따뜻한 세상을 보여주신 것 같아, 이부세 씨의 말씀만으로도, 저는, 충분히 깨달아야만 할 것입니다. 저 같은 것을 위해서, 신경을 써 주시니 참으로

* <고려장(姥捨)>

황송하기 짝이 없습니다. 결코, 비굴한 마음을 품고 있는 것이 아닙니다. 언제나 언제나, 폐를 끼쳐서, 송구할 따름입니다. 폐를 끼쳐서, 일에 방해만 되니, 몸 둘 바를 모르겠습니다. 소설이, 많이 팔려서 유명해졌으면, 좋겠지만, 마음가짐에 기복이 있어 불안해서, 어쨌든 어쭙잖은 소설이라도 쓰고 있을 수밖에 없습니다. 결혼에 대한 이야기도, 결코 일에 지장을 주는 일이 없기를, 빌고 있습니다. 그 일 때문에, 이부세 씨가 마음 졸이는 일이 있다면, 저는, 어떻게 해야 좋을지 모를 것입니다. 저는, 자신의 행복에, 그렇게 욕심이 많지 않으니, 부디 가벼운 태도로, 반드시 한가로운 때에 그 이야기 하시기를, 바랍니다. 참으로, 저로서는, 이부세 씨의 그 말만으로도, 고맙고, 감격하고 있습니다. 이 혼담의 성사 여부에 관해서는, 저, 조금도 신경을 쓰지 않고, 일을 계속해 나갈 테니, 그것은 굳게 약속드릴 테니, 아무쪼록, 이부세 씨도 가볍게 생각하고 계시기 바랍니다.

부끄러운 말씀을 올렸습니다. 저도 9월이 되면 돈이 약간 생기니, 고슈甲州로 찾아가 볼까 생각중입니다만, 아직, 분명한 것은, 알 수 없습니다. 너무, 주변머리가 없어서 저 자신도 화가 납니다. 하지만, 이번 가을에는, 어떻게 해서든 생활의 개선을 단행할 생각입니다. 구구하게 늘어놓아서 죄송합니다. 다음에는, 아주 쾌활한 소식을 드릴 생각입니다.

천천히 요양하시길, 다시 한 번 빕니다.

다자이 오사무

이부세 님.

74

9월 19일
야마나시 현 미나미쓰루 군 가와구치무라 미사카토우게 천하다실에서
도쿄 시나가와 구 시모오사키(下大崎) 2번가 1번지 기타 호시로(北芳四郎)*에게

한동안 연락드리지 못했습니다. 13일부터 이곳에 와서, 일을 하고 있습니다. 산속에 집이 달랑 한 채 있기 때문에, 일밖에는 달리, 아무것도 할 일이 없습니다. 이부세 씨가, 여기서 40일 정도 계시며 일을 하다, 오늘 저녁에 귀경하셨습니다.

결혼에 관한 일, 상대편에서, 여러 가지로 저에 대해서 알아보고, 대체로 괜찮다는 결론을 내려, 오늘, 이부세 씨와 함께, 그 집에 갔다가, 이부세 씨는 한발 앞서 돌아갔고, 저는 남아서 두어 시간, 그곳의 가족들 모두와 함께, 이야기를 나눴습니다. 저로서는, 이견 없습니다.

이부세 씨는, 앞으로는 일이 바빠지니 "쌍방이 좋다면, 나머지는 자네 혼자 알아서 하게"라고 하셨지만, 저 혼자서는, 아무것도 할 수 없기 때문에, 이부세 씨도, "뒷일은 기타 씨에게, 여러 가지 수순을 부탁하는 게 좋을 듯하네"라고 말씀하셨습니다. 이부세 씨에게도, 정말 말로 다할 수 없을 만큼, 여러 가지 신세를 졌고, 그 때문에, 폐를 끼치는 것도 괴로운 일이니, 나머지는 꼭 좀, 기타 씨에게 부탁하고 싶습니다. 이부세 씨에게도, 저, 뒷일은 기타 씨에

* 다자이의 아버지 쓰시마 겐에몬에게 신세를 졌던 사람. <귀거래> <고향> 등에 기타 씨에 관한 내용이 적혀 있다.

게 부탁하겠습니다, 라고 말씀드렸습니다. 저 혼자서는, 앞으로, 어떻게 될지, 매우 불안하고, 걱정이 돼서 견딜 수가 없습니다.

꼭 좀 부탁드리겠습니다. 이부세 씨는, 이미 집에 계실 테니, 지나는 길에, 들르셔서, 여러 가지로 이야기를 해주신다면, 참으로 감사하게 생각하겠습니다.

저는, 지금부터 한 달 정도는, 여기에 파묻혀서 일에 정진할 생각입니다. 이번에는, 모든 일에, 열심히 임할 생각이니, 그 점은 안심, 신뢰해 주시기 바랍니다.

우선은, 일을 맡아 주실지 답을 주시기 바랍니다.

쓰시마 슈지

기타 호시로 님.

그리고 그 댁의 주소는, 야마나시 현 고후 시 스이몬초水門町 29번지 이시하라 씨입니다. 나카바타케 씨에게도, 제가 사정을 알리는 편지를 보냈습니다.

75

9월 25일
야마나시 현 미나미쓰루 군 가와구치무라 미사카토우게 천하다실에서
아오모리 현 고쇼가와라마치 아사히초의 나카바타케 게이키치에게

점점 추워지고 있습니다. 여기는, 고쇼가와라보다도 훨씬 더 추운 게 아닐까, 생각됩니다. 솜옷을 두 겹 겹쳐 입고, 일을 하고 있습니다.

밤에는, 과연 견디기가 어렵지만, 그래도, 살아가기 위해서, 견디며 노력하고 있습니다. 결혼에 관한 이야기, 상대편 아가씨는, 제 창작집을 읽고, 저에 관한 것을 전부 안 뒤, 그런 다음 생각한 끝에, 인연이 된다면 시집오고 싶다고 말하고 있다고 하기에, 저로서도, 특별히 저의 일신상의 일에 대해서는 숨길 필요도 없고, 뜻이 그렇다면 하고 생각하여 이부세 씨와 둘이서 만나러 갔던 것입니다. 모쪼록 잘 좀, 부탁드리겠습니다.

한편, 이부세 씨는, 예전에는 상대인 이시하라 씨를 직접적으로는 알지 못했고, 사이토齋藤라는 사람과 알고 지냈는데, 이 사람이 중간에서 소개, 수고를 해 주셨던 것입니다. 사이토 씨는, 고후 시 자동차 회사의 회계 주임으로 계신 분인데, 발도 상당히 넓은 듯, 제게도 여러 가지로 친절하게 해 주십니다. 매일, 고후 시에서 버스에 부탁해서 신문을 가져다주시기도 하고, (고후 시에서 이 언덕까지 8리입니다.) 그 외에도, 불편한 점이 없냐는 둥, 물어주십니다. 저 혼자서는, 어떻게 해야 좋을지, 어떻게 감사를 드려야 좋을지, 난처할 지경입니다.

사이토 씨도, 저의 지금까지의 경력, 행적을 충분히 조사하셨을 터, 저희 집안 사정에 대해서도 알고 있는 듯합니다. 저도, 이번 혼담을 원만하게 진행시키고 싶어서, 최선을 다하고 있습니다. 사이토 씨에게, 작은 사과 상자 하나를 감사의 뜻으로 보내고 싶은데, 어떨까요? 만약, 괜찮다면, 가능한 한 제가 여기 있는 동안에 사이토 씨가 받을 수 있도록 보내 주실 수 없으시겠습니까? 밤이면 이것저것 궁리를 하니, 제가 생각하기에도 우스울 지경입니다. 그래도, 비웃지 마시고, 아무쪼록, 도와주시기 바랍니다.

슈지

나카바타케 게이키치 님.

사이토 씨의 주소는, 별지와 같으며, 동봉했습니다.

76

9월 30일
야마나시 현 미나미쓰루 군 가와구치무라 미사카토우게 천하다실에서
도쿄 스기나미 구 시미즈마치 24번지 이부세 세쓰요(節代)에게 (엽서)

편지와 신문을 보내 주셔서, 정말 감사하며, 게다가, 옷가지도 보내 주신다고 하니, 참으로 얼마나 번거로우시겠습니까? 진심으로, 오기쿠보 쪽으로는, 발도 뻗고 자지 못하겠습니다.

언젠가, 사모님께서 버리셨고, 그리고 이부세 씨가 불같이 화를 내셨던 밤[栗]은, 아직도 기슭의 중간쯤에, 그대로 있습니다. 갈색으로 색깔이 말라서, 추워 보이게, 바위에 걸려 있습니다.

사이토 씨는, 매일 아침, 신문을 보내 주시고 있습니다. 오늘은 나가바타케 씨로부터, 일전에 부탁했던 겹옷과 그 외 두어 가지를 받아 기뻐했습니다. 나카바타케 씨는, 지금, 고향의 형과, 저의 결혼에 관한 이야기를 하고 있는 듯, 그와 같은 엽서를 받았습니다.

이시하라 씨로부터 편지를 받았는데, 그에 의하면 이시하라 집안 사람들은 "겐源이 살아 돌아온 듯하다"고 말하고 있다는데, 겐이란,

제국대학 재학중에 세상을 떠난 장남을 말하는 것인 듯.

본인보다도, 그 가족들에게서 좋은 평판을 얻고 있는 것은, 애초부터 도미야마(富山, 신문 연재소설의 등장인물. 주인공의 약혼녀가 돈 때문에 이 사람을 택한다_옮긴이)의 역할을 기대한 때문인 듯하여, 쓴웃음을 지었습니다.

커다란 실수 없이, 매일, 똑같이, 조금씩 일을 하고 있습니다. 아무쪼록, 다른 분들께도 안부 전해주시기 바랍니다.

77

10월 4일
야마나시 현 미나미쓰루 군 가와구치무라 미사카토우게 천하다실에서
도쿄 스기나미 구 시미즈마치 24번지 이부세 마스지에게

오늘은, 엽서의 내용, 곧바로, 아래층 아주머니와 딸에게 전해주었습니다. 모두, 만추가 오기를 기다리고 있는 듯합니다. 벚나무는 딸이, 매우 걱정을 해서, 매일 돌봐 주고 있는 듯한데, 이부세 씨로부터 소중히 하라는 명령이 있었다, 고 말하자, 더욱 긴장하는 듯했습니다. (벚나무는, 잎이 떨어져 버렸지만, 괜찮을 것이라 믿고 있습니다.)

어제까지는, 이상하게 힘들고, 기운이 없었지만, 오늘은, 쓰고 있던 소설도 20매가 되어, 이제야 서광이 보이기 시작, 매우 기뻤습니다. <불새>라는 소설입니다. 무슨 일이 있어도, 100매 이상을 쓰고 싶습니다.

지난 주 일요일에는, 사립대학 선생으로 있는 다카하시*라는

대학 시절의 친구가, 하이킹 도중 들러 주어서, 다실에서 1박을 했습니다. 이튿날, 고후까지 배웅을 나갔다가, 저는, 사이토 씨의 직장에 가서, 잠깐 인사를 하고, 그런 다음 다카하시 군과 둘이서 마셨습니다. 또, 이번 주 일요일에는, 요시다에서, 남자 셋, 여자 하나, 찾아와서, 마셨습니다.

그 이외에는, 조금도 나쁜 짓, 하지 않았습니다. 숙박료도, 열흘마다, 꼬박꼬박 치르고 있습니다.

지난 주 일요일과, 이번 일요일, 단 두 번, 돈을 썼지만, 그래도, 담뱃값은 틀림없이 남겨 두었습니다.

오늘도 다실에, 계산을 치렀습니다.

78

10월 17일
고후 시 니시타쓰마치 93번지 고토부키칸(壽館)에서
도쿄 혼고 구 고마고메자카 시타마치 12번지 쓰바키소(椿莊) 야마기시 가이시에게
(엽서)

가까운 시일 안에 제1신 보내겠네.

안심하고 있게나.

너, 믿음 약한 자여.

(죽어서는, 안 되네. 죽어서는, 곤란하네.)

편지 매우 고마웠네. 전부, 알겠네. 괴로움도, 노력도, 담력도.

* 다카하시 유키오(高橋幸雄). 독일문학자. '일본낭만파' 동인

태양도.

도박, 운운, 동감. 나는 일을 해야만 하네.

다자이도, 요즘에는, 다소간, 야무져졌습니다. 조금씩 중량감 생기기 시작했습니다. 예전의 간들거리던, 거짓말쟁이 다자이도 그립지만, 그래서는, 먹고 살 수가 없습니다.

사오일 기다리게. 제목은 ＜천재귀담天才鬼談＞.

79

10월 19일
야마나시 현 미나미쓰루 군 가와구치무라 미사카토우게 천하다실에서
도쿄 스기나미 구 시미즈마치 24번지 이부세 마스지에게

어제는, 마침 비가 내려서, 우울해 하셨을 줄로 압니다. 하지만 저는 오랜만에 뵙고, 하룻밤 이야기를 나눌 수 있어서, 기뻤습니다. 무사히, 돌아가셨으리라 믿습니다.

저는, 그 뒤로 사이토 씨를 찾아가서, 저의 가난을, 더듬더듬 고백했습니다. 저희 집에서도 조금도 도움을 주지 않을 테니, 이시하라 씨 쪽에서도, 그것을 각오하신다면, 받아들일 생각이라고 말했습니다. 사이토 씨는, 그것은, 전에부터 이시하라 씨 쪽에도 말해 두었고, 이시하라 씨 쪽에서도, 그것은 알고 있다, 고 말했다고 했는데, 그날 밤은 고후에서 하룻밤 묵고, 이튿날, 제가 이시하라 씨 댁을 찾아갔더니, 마침 아가씨도 오쓰키大月에서 와 있어서, 저는 이시하라의 어머님에게는, 그저 "어젯밤, 사이토 씨 댁에서

이야기를 나눴습니다. 후에, 그 이야기를 사이토 씨의 부인께서 하시러 오실 것입니다"라고만 말하고, 그런 다음 저와 아가씨 단 둘이만 남게 되었을 때, 저는, 저희 집에서는 아무런 도움도 주지 않을 것이라는 사실, 또, 특별히 반대하고 있는 것 같지도 않으니, 나 혼자서 일을 전부 처리해야만 하게 되었다는 사실을, 말했습니다. 아가씨는, 식이나 형식 따위, 아무래도 상관없다, 결혼을 빨리 서둘러 해줬으면 좋겠다, 답답해서 견딜 수가 없다, 지금 억지로 소설을 쓰지 않아도 된다, 며 마치 저를 부양이라도 해줄 것 같은 기세였기에, 오히려 저는 침착하게, 역시, 그래도, 가능하다면 사이토 씨의 체면도 세워 주는 편이 좋으며, 나는, 지금까지 세상의 관습을 어기는, 비상식적인 행위만을 해 왔기 때문에, 굉장히 억울하다는 마음도 품고 있으니, 가능하다면, 상식적인 절차를 밟고 싶어, 노력하고 있다, 고 말했습니다.

그런 다음 저는 어머님과 누님과, 상당히 오랫동안 이야기를 나눴는데, 저는, 이야기 도중에, 제 집에서 쫓겨났다는 사실, 재산은, 한푼도 없다는 사실, 벌써 8년째 고향에 돌아가지 않았다는 사실 등, 있는 그대로 말했습니다. 어머님도, "저런, 저런"이라고 말씀하시며 웃으셨습니다. 그다지, 실망의 빛도, 없는 듯했습니다. 지금부터 10년쯤 지나면, 그럭저럭 번듯한 사람이 될 것이라고도 저는 말했습니다. 어머님도, 그럼, 그럼, 무슨 일이든 지금부터지, 자신의 일에 매진해 나가는 것이 제일 중요하다, 라는 등의 말씀을 되풀이해서 하셨습니다.

사이토 씨의 부인이 말씀하시기를, 결정이 나면 고후에서는 반드시 '사카이리(?)'라고 하는 간단한 예물을 하게 되어 있다, 우리 집에서는, 에이英* 때에도, 그것을 이부세 씨가 해주셨는데, 어떻게 하겠는가, 라고 하시기에, 저는, 그것이 필요하다면 기타 씨에게 부탁해보겠습니다, 라고 했더니, 부인은 마뜩잖은 표정을 지으시며, 우리는 이부세 씨의 말씀에 따라서 이시하라를 소개한 것이니, 가능하다면 이부세 씨에게… 라고 말씀하셨습니다. 저는, 답답해서, 이부세 씨에게는, 더 이상 폐를 끼치고 싶지 않다고 생각하고 있기 때문에, 어찌할 바를 몰라 하고 있었습니다.

집에서 아무런 신경도 쓰지 않는다면, 기타 씨도, 오로지 저 한 사람만을 위해서, 해주실지 어떨지 걱정이 되기도 하고, 그렇다고 해서, 제게는, 부탁할 만한 친척이 한 사람도 없기 때문에, 대답을 하지 못하고 있었더니, 사이토 씨가, 그 일이 이부세 씨의 일과 여러 사정 때문에, 도저히 성사될 것 같지 않으면, 그때는, 우리가 이부세 씨 대신 사카이리를 해도 상관없다고 하시기에 저는, 드디어 활로를 찾아내고 그렇다면, 우선은 제가 이부세 씨에게, 그런 사정을 말씀드리고, 부탁해보겠습니다, 라고 말했지만, 부인은, 역시 직접, 이부세 씨가 해주셨으면 하는 듯한 표정이었습니다. 어쨌든 제가, 이부세 씨에게 부탁해보겠습니다, 그리고 이부세 씨로부터 답이 오면, 다시 찾아뵙도록 하겠습니다. 이렇게 말하고 그 집에서 나오기는 했지만, 괴롭습니다.

더 이상 이부세 씨에게는, 폐를 끼치지 않겠다, 고 굳게 맹세했지

* 다카다 에이노스케(高田英之助). 이부세와 같은 고향사람. 당시 도쿄 일일신문사에 근무

만, 기타 씨도 그다지 내켜 하지 않고, 사이토 씨도 역시, 이부세 씨가 해야 한다고, 생각하고 있는 듯하니, 어쨌든, 이번 난관을 돌파하기만 하면, 나머지는, 저도 자유롭게 이시하라 씨와 만나서, 직접, 결혼에 관한 일을 상의하여, 저 혼자서 해보도록 하겠습니다. 단지, 이 '사카이리'만은, 사이토 씨의 체면도 생각해야 하고, 또, 소개해주신 분이기도 하니, 이것만은 일반적인 상식대로 행하고 싶습니다. 나머지는, 정말로, 저와 이시하라 씨가 직접, 상의를 해서, 돈이 들어가는 일은, 생략할 것은 생략하고, 그야말로, 일사천리로, 해치울 생각입니다.

경우에 따라서는, 저희, 오쓰키 부근에 집을 빌려서 살아도 상관없다고, 생각하고 있습니다. 형식은, 중매결혼이지만, 아무래도, 이건 연애결혼처럼 될지도 모르겠습니다. 그렇다 하더라도, '사카이리'만은, 사이토 씨의 말씀대로 하고 싶으며, 이제, 정말로, 그것뿐, 앞으로는, 더 이상, 폐를 끼치지 않을 테니, 부탁드리겠습니다. 일 때문에 오시지 못하실 때에는, 사이토 씨에게 대리를 부탁한다는 편지를 주십사, 그렇게 꼭 좀 부탁드리니, 어쨌든, **한마디 말씀만이라도, 일단** 허락해주시기를 간절하게 부탁드립니다.

그리고 이 문제는 사이토 씨에게 감히, 묻지를 못했는데, '사카이리'에는, 돈이 얼마나 드는지요, 저는 에이노스케 군 때와는 사정도 다르고, 가능한 한 소규모로, 그야말로 5엔이나 10엔 정도로 행하고 싶은데, 어떨는지요. 그에 관한 일에 대해서는, 아는 바가 없으니, 부디 들려주시기 바랍니다.

이시하라 씨의 따님은, 이부세 씨가 와 주셔서, 얼마나 기뻤는지 모르겠다, 이부세 씨가 혼자서 산에 계셨을 때도, 얼마나 찾아뵙고 말씀을 나누고 싶었는지 모르겠다, 고 말하기에, 그랬다면, 정중하게 편지를 썼으면 됐을 게 아닙니까, 하고 말했더니, 그것이, 오히려 실례가 되지 않을까 생각했기에, 라고, 잘은 모르겠지만 혼자서 고심한 듯했습니다. 저는, 좋아합니다. 부탁드리겠습니다. 저도, 지난 이삼일 동안, 본가의 형과 이런저런 일들 때문에, 굉장히 힘들었고, 어젯밤에는 잠을 잘 수가 없었습니다. 괴로움을 헤집으며 헤집으며, 죽지 않고, 조금이라도 건설적이 되도록 노력하고 있습니다. 좋은 말씀을 들려주십시오.

쓰시마 슈지 재배再拜

80

10월 25일
야마나시 현 미나미쓰루 군 가와구치무라 미사카토우게 천하다실에서
도쿄 스기나미 구 시미즈마치 24번지 이부세 마스지에게

편지, 오늘 밤에, 받아 보았습니다. 말씀 감사해서, 엄숙한 마음으로, 두 번, 세 번, 읽었습니다. 전에 제가 보냈던 부탁의 편지는, 가능한 한 그날의 일을 생생하게 묘사해야겠다고 생각해, 있는 그대로를 전하고 싶어서, 노력해 보았지만, 점점 부끄럽다는 생각이 들었기에, 생생한 묘사는커녕, 억지로 떼를 쓰는 듯한 글이 되어서, 틀림없이 불쾌하셨으리라 생각됩니다. 사실은, 겉으로 드러난 화려함보다는, 그날 저, 상견례의 긴장감과 정면으로 맞서고는, 녹초가

되어서 산으로 돌아왔습니다. 이틀 정도, 고개가 돌아가지 않을 정도로 어깨가 뭉쳐서, 고생을 했습니다.

저로서도, 굉장한 각오를 하고 있습니다. 별지에 서약서 적었는데, 거짓 없는 마음입니다. 저를 믿으시고, 받아두시기 바랍니다.

아가씨의 어머니로부터도, 며칠 전에, 굉장히 정중한 편지가 와서, 저도, 지금까지의 저의 생활, 현재의 상황까지도, 적어도 의식적으로는 하나도 숨기지 않고 고백을, 만약, 그 때문에, 혼담이 깨진다 할지라도, 그것은 어쩔 수 없다고, 각오하고, 적어서 보냈더니, 오늘은, 어머님과 누님, 두 분으로부터, 장문의 편지가 왔습니다. 어머님의 편지에는, '허영을 부리는 것은 저희들 굉장히 싫어합니다. ……아무것도 숨기지 말고, 무리하지 않고 한 걸음 한 걸음 올바른 길을 걸어가는 것이 가장 좋다고 생각합니다. 진실한 마음과 직업에 대한 열의가 무엇보다도 소중한 보물입니다', 그 외에도, 눈물겨운 격려의 말씀 가득 적혀 있었습니다.

누님도, 붓으로, 두 척 가까이 되는 두루마리에, 세심하게 적어 주셨습니다. 모든 것을 알고 받아들인 이상, 모든 것은 미래에 걸려 있으니 조금도 비하할 필요는 없지 않겠느냐, 고 용기를 북돋아 줬습니다. 이처럼, 모두가 최선을 다해 주고 있는데, 저 혼자, 무슨 일이 있어도, 무책임하게 독단적인 행동은, 할 수 없습니다. 좋은 작가가 되겠습니다. 설령 인기 작가는, 되지 못한다 할지라도, 틀림없이, 가치 있고 훌륭한 일을 하겠습니다. 약속드리겠습니다.

편지에서도 말씀드린 것처럼, 이시하라 씨의 "식이나 형식 따위, 아무래도 상관없다"는 것은, 예물이나 축언을 말하는 것으로, 사카이리는, 사이토 씨의 말씀에 의하면, 이부세 씨에게 청하자고 하고, 저도, 가능하다면, 고후 지방의 관습에 따르고 싶다, 고 생각하여, 부탁을 드린 것인데, 며칠 전에 온 사이토 씨의 편지에, 사이토 씨도 이부세 씨에게 부탁을 하는 편지를 올렸으니, 저에게도 부탁을 하라고, 거듭 말씀하셨습니다. 저도 거듭 부탁드리겠습니다. 이후에, 무책임한 행동을 해서, 체면을 깎는 일은, 결코, 없을 것입니다.

제발, 억지로라도, 유쾌하게, 저를 조롱해주시기 바랍니다. 저는 결코 분위기에 편승해서 우쭐대는 일 따위는 하지 않을 테니. 이부세 씨가, 우울한 얼굴을 하고 계시면, 저는, 실제로 기가 죽어서, 괴로워집니다.

앞으로도 생각하신 그대로, 종종 조언 부탁드리겠습니다. 사카이리 날짜는, 이부세 씨의 사정이 허락하는 날을, 사이토 씨에게 알려주시면, 그것으로 결정되리라 여겨집니다. 그렇게 해주십시오. 10엔 정도라면 저 언제든지 건네줄 수 있도록 준비해 두었습니다.

사모님께도, 여러 가지로 걱정을 끼쳐 드려서, 드릴 말씀이 없습니다. 아무쪼록 잘 좀 말씀해주시기 바랍니다.

슈지

이부세 님.

이부세 님, 가족께, 적습니다.

이번에 이시하라 씨와 약혼을 하게 된 것에 대해, 감사의 말씀 올립니다. 저는, 저 자신을, 가정적인 사내라 생각하고 있습니다.

좋은 의미에서도, 나쁜 의미에서도, 저는 방랑을 견디지 못합니다. 자랑하는 것이, 아닙니다. 단지, 저의 어리석고 아둔한, 교제에 서툰 성격이, 숙명적으로, 그것을 결정해 버린 것 같다는 생각이 듭니다. 오야마 하쓰요와의 파혼은, 저 역시 쉽사리 행한 것이 아닙니다. 저는, 당시의 고통 이후, 다소나마, 인생이라는 것을 알게 되었습니다. 결혼이라는 것의 참뜻을 알게 되었습니다. 결혼은, 가정은, 노력이라고 생각합니다. 엄숙한, 노력이라고 믿고 있습니다. 들뜬 마음은, 없습니다. 가난할지라도, 평생 힘껏 노력하겠습니다. 또 다시 제가, 파혼을 거듭하는 일이 있다면, 저를 완전히 미치광이로 여기시고, 버리시기 바랍니다.

이상은, 평범한 말이지만, 제가, 앞으로, 어떤 사람 앞에서도, 분명하게 말할 수 있는 것이며, 또, 신 앞에서도, 한치의 부끄러움 없이 맹세할 수 있습니다. 아무쪼록, 믿어 주시기 바랍니다.

1938년 10월 24일.

쓰시마 슈지(인)

81

10월 26일
야마나시 현 미나미쓰루 군 가와구치무라 미사카토우게 천하다실에서
아오모리 현 고쇼가와라마치 아사히초 나카바타케 게이키치에게

날이 추워졌습니다. 모두들 별고 없으신지요? 저는, 덕분에, 건강하게, 이 산의 추위와 싸워 가며, 조금씩 일을 해 나가고 있습니다.

며칠 전, 이부세 씨가 학생들과 하이킹 도중, 산에 들르셨고, 그때 고향의 소식, 들었습니다. 형님께서 상의하지 않으려 하는 점, 형님으로서는, 당연한 일이라고 여기는 부분도 있으니, 그 때문에, 너무 강하게 부탁하지 않는 편이, 나중을 위해서도, 오히려 좋지 않을까 생각됩니다. 단지, 에이지英治* 형님이나, 다른 사람을 통해서, 가볍게 사실을 보고해 두기만 하면, 저로서도 마음을 놓을 수 있겠습니다. 이부세 씨와 만난 다음 날, 저는 사이토 씨(소개를 해주신 분)를 찾아가서, 정식으로 청혼을 할 생각이었지만, 하룻밤, 곰곰이 생각해보고, 어쨌든, 고후로 가서, 사이토 씨 댁을 찾아가서, 저는 고향에서는, 특별히 신경을 쓰지 않을 것이라는 사실, 저 혼자서라도, 결혼을 할 수만 있다면, 하고 싶다는 사실, 저는 이미 분가한 몸으로, 재산 하나 없다는 사실, 그 외에 저의 모든 현재 상황을 밝힌 뒤, 우선은 부탁을 해 놓고 왔습니다. 이삼일 지나서 이시하라(신부 측) 쪽에서, 그것은 전부 알고 있는 일이니, 지금부터 직접 상의해서, 앞으로의 일을 정합시다, 라는 대답을 주었습니다. 그리고 오히려 저를 격려해 주었습니다. 눈물이 날 지경이었습니다.

이부세 씨도, 이번 일에 대해서는, 굉장히 생각이 많으신 듯, 약혼식에는, 이부세 씨가 꼭 좀 고후에 와 달라고, 사이토 씨도, 저도, 부탁을 했더니, 제게, 앞으로 무슨 일이 있어도 다시는 파혼이네 뭐네 하지 않겠다는 서약서를 쓰지 않으면, 그 식에 참석하지 않겠다고 말씀하시기에, 저도 엄숙한 마음으로, 앞으로 그런 일이

* 다자이의 둘째 형

생기면, 저를 완전히 미치광이로 취급하라고, 서약을 했습니다. 저는, 조금 더 훌륭해지고 싶습니다. 조금씩 조금씩, 모두의 신뢰도 회복하고, 멋진 일을 해 나가기 위해서 노력하고 있습니다. 저는, 자신을, 그렇게, 몹쓸 사내라고는 생각지 않습니다.

약혼식에도, 이부세 씨, 지금 매우 바쁜데도, 일부러 참석해주시는 점, 저는, 숨이 막힐 정도로, 황송할 따름입니다. 아무쪼록, 나카바타케 씨로부터도, 부디, 감사의 말씀 올려 주시지 않으시겠습니까? 식에는 12~3엔 정도 드는 듯한데, 그 정도라면, 제 용돈을 절약해서, 마련할 수 있으니, 약혼식만은 그럭저럭 제 힘으로도 할 수 있지만, 예물이나 그 외의 일들은, 제아무리 원고를 써도, 그렇게 여기저기서 돈이 굴러 들어오는 것도 아니고, 게다가 지금, 가장 저도 집필에 애를 먹고 있는 때로, 술술 써 나갈 수 없으며, 상대 아가씨도 "식이나 형식 따위, 아무래도 상관없다. 번거로운 일은, 전부 싫다" 고 말해 왔으며, 저도, 상대방과 직접, 상의해서, 생략할 만한 것은, 과감하게 생략해야겠다고 생각하고 있습니다. 올 한해, 이 산 위에서 지내자고 생각하고도 있습니다.

몸도, 굉장히, 좋아졌습니다. 이후로는, 신부 쪽과 상의해서, 야마나시 현에 살림을 꾸릴까도 생각중입니다. 어찌됐든, 집을 빌린다 해도, 보증금이 필요하니, 나카바타케 씨께서 은밀하게 어머니께, 이런 사정을 말씀해 주십시오. 어쨌든 저의 갱생을 위한 것이며, 또, 어머니께 기대는 것도, 정말로, 이번이 마지막이라고 생각되니, 조용히 상의해주시지 않으시겠습니까? 그게, 50엔이든 100엔이든, 저는 그 범위 안에서, 부끄럽다고도 생각지 않고, 그것으로, 얌전하게 결혼 비용으로, 정말로 고맙게 생각할 것입니다.

위와 같은 이유로 편지 드렸습니다. 아무쪼록, 힘이 되어 주시기 바랍니다.

슈지 드림

여러분께

외투, 슬슬 필요한데, 부디, 여기로 보내 주십시오. 언제나 제멋대로 부탁만 합니다.

82

11월 26일
고후 시 니시타쓰마치 93번지 고토부키칸에서
도쿄 세타가야 구 시모우마(下馬) 2번가 1165번지 아마카스(甘粕) 씨 댁 다카다 에이노스케에게

'축하하네.' '잘됐어.'

이것은, 형식적 인사도 아니고, 또, 경박한 야유도 아닐세. 여러 가지로 생각해서, 내가 자네에게 처음으로 할 말은, 역시 앞의 두 가지일세. 순수하게 받아들이기 바라네.

23일, 나도 얼마나, 기다리고 있었는지 모르네. 남몰래 신께 기도하기도 했다네. 잘됐네.

스미코 씨는, 좋은 사람일세. 자네의, 가장 좋은 반려자라고, 확신하네. 행복은, 있는 그대로 순수하게 받아들이는 것이 옳네.

행복을, 피할 **필요**는 없네. 자네의 지금까지의, 괴로움, 나는, 아주 잘 알고 있네. 지금이니, 밝은 소리로 말할 수 있네만, 나는, 자네가 깊은 고뇌의 극점에 달했던 듯한 시기에, 미사카에 혼자 머물며, 자네의 괴로움을 걱정해, 자네의 자살까지도 두려워했을 정도라네. 하지만, 이제는 됐네. 자네는, 극복했네. '축하하네.' '잘됐어.'

또 하나, '고맙네'라는 말이, 있네. 이건, 노생老生, 조금, 부끄럽네. 하지만 이 말도, 순수하게 받아 주게나. 스미코 씨는, 우리들의 은인이, 되어 버렸네. 오쓰키의 사람은, 언제나, 스미코 씨의 행복을 빌고 있는 듯하다네. 스미코 씨는, 은인일세, 스미코 씨가 맨 처음 "오쓰키의 사람은, 어떨까?"라고 말한 듯한데, 잘도 생각해 주었다고, 오쓰키의 사람, 입버릇처럼 말한다네.

은인 부부, 잘살기 바라네.

사이토 씨, 좋은 사람 아닌가? 나는, 아주 좋아하네. 커다란, 신세를 졌어. 잊지 못할 걸세. 자네가, 편지를 쓰는 김에, 사이토 씨에게, 나의 산더미만한 감사의 마음의 일단, 전해주기, 바라네. 이것만은, 꼭 좀, 부탁하네.

나, 가난한 서생이기에, 마음에 품은 채, **후일을 기약하고 있을** 뿐, 보답할 만한 것이 아무것도 없으니, 아무쪼록, 자네가, 잘 좀, 그런 사정, 전해주기 바라네.

자네는, 나의 은인이니, 그 대신, 한 젖을 먹고 자란 우리의 위아래를 정할 경우에는, 나를 형으로 삼아 주게. 이상한 교환조건이지만, 나는, 형이 되고 싶다네. 어떻게든, 앞으로, 동생의, 누구에게도 말할 수 없는 복잡한 마음의 움직임이나, 혹은 비밀 같은 것, 동생이

털어놓으면, 형은, 그것을 듣고, 정리하고, 형상화하고, 혹은 **길러주신 아버지**(이부세 씨를 말하는 걸세)에게 부탁하는 등, 형으로서, 기쁜 일이니 말일세.

자네의 지금까지의, 그 괴로움은, 대부분은, 아니, 전부, 스미코 씨를 사랑한 데서 온 괴로움이었네. 그리고 약간의, 댄디즘과.

자네의, 어제까지의 고뇌에, 자신감을 갖게나. 나는, 믿고 있네. 진정으로 괴로워한 자는, 보상을 받는다, 고. 당당하게, 행복을 요구하게나. 신에게. 사람들의 세상에게.

지금부터, 행복한 날이 올 걸세. 그것은, 정해진 일일세. 불을 보듯 뻔한 일일세. 그것은, 믿게나. 스미코 씨를 한껏, 사랑하고, 애무해 주게나.

결코, 부끄러워하거나, 심각하게 생각해서는, 안 되네. 즐거움은, 순수하게, 즐거움으로 받아들이게. 자네에게는, 한동안 안락하게 휴식할 권리가 있네. 자네는, 괴로워하고, 노력해온 사람이니. 달콤함에 취해도, 결코 저급해지지 않는 법이라네. 학은, 서 있어도 학, 자고 있어도 학이 아닌가? 안심하고, 신혼생활, 스미코 씨만을 사랑해 주게. 스미코 씨는, 자네를, 사랑해서, 고후에서 혼자, 상당히 괴로워했다네. 충분히, 보답해주게나.

이삼 년, 아니 오륙 년, 일본에는 우리들의 황금시대가 없을지도 모르네. 하지만 나는, 마음이 느긋해졌다네. 자신이 있네. 틀림없이 이길 걸세. 확신하고 있네. 우리, 못할 이유, 어디에도 없지 않은가? 그때까지, 자네, 여유를 갖고 칼을 갈아 두세. 여유를 갖고, 말일세.

나는, 이번 해에는 여기에 있을 걸세. 매일 두 장, 석 장, 장편*

써 나가고 있다네. 결혼은 내년이 되겠지. 예물 같은 거, 한푼도 없다네. 전부, 생략할 생각일세. 결혼비용 같은 것, 생길 리가 없지만, 뭐, 그때는, 그때지, 라며 자신만만. 가난보다 편한 것도 없다네. (신혼집 정해지면, 가르쳐주게. 스미코 씨에게, 인사 전해 주게.)

83

12월 16일
고후 시 니시타쓰마치 93번지 고토부키칸에서
아오모리 현 고쇼가와라마치 아사히초 나카바타케 게이키치에게 (엽서)

나카바타케 씨,

망토, 정말로 감사합니다. 이번에는, 참으로, 신세를 많이 졌습니다. 도요다 씨 돌아가셨다는 소식, 틀림없이 모두들, 기력을 잃으셨을 줄로 압니다. 저도, 친아버지처럼 어리광 부리며, 얼른 훌륭해져서, 기쁨을 드리고 싶다고, 남 몰래 생각하고 있었습니다. 이젠, 절망하고 말았습니다. 하룻밤 여러 가지로, 아버지에 대한 것만을 생각, 슬픔을 견딜 수가 없었습니다.

저에 관한 일, 결혼식은 정월 8일 오후에 이부세 씨 댁에서, 하는 게 어떨지, 하는 것이 이곳의 이시하라 씨, 사이토 씨, 나, 세 사람의 의견입니다. 지금부터, 그것을 제가 이부세 씨에게 부탁해야겠다, 고 생각하고 있습니다. 아주 간단하게, 저와, 신부와, 이시하라의 어머님과, 사이토 씨의 부인, 그리고 나카바타케 씨에게도

* <불의 새>

꼭 참석해달라고 부탁하여, 이부세 씨로부터 결혼에 대한, 엄숙한 말씀을 받고, 그런 다음 술잔을 받고, 여러분께, 분명하게 보여드리고, 그것이 전부인 간소한 것으로 하고 싶습니다. 저도 12월까지는, 조금은 뭔가 좋은 일도 있지 않을까 생각해봤지만, 생각이 빗나가서, 도무지 무엇 하나 생기지 않는 형편으로, 이시하라 씨 댁에서는, 온 가족이 힘을 합쳐, 낡은 옷을 깁기도 하고, 이불을 만들기도 하고 있지만, 저는 가엾고 마음이 답답해서 견딜 수가 없습니다. 하지만, 저는 무력하기 때문에, 어쩔 수가 없습니다. 어쨌든, 해보겠습니다. 결혼하면, 아주 명랑하게, 일에 정진하겠습니다.

84

12월 16일
고후 시 니시다쓰마치 93번지 고토부키칸에서
도쿄 스기나미 구 시미즈마치 24번지 이부세 마스지에게

한동안 연락드리지 못했습니다. 여전히 별고 없이, 유유자적하고 계시리라 믿습니다.

저, 사실은, 도쿄 오기쿠보의 댁으로 찾아가, 이곳에서 이시하라 씨 사이토 씨와 상의해서 결정한 일을 말씀드리고, 또, 부탁드릴 생각이었지만, 여행중이시라는 소식에, 저는 상경을 포기했습니다. 식은, 정월 8일에 하기로 했으며, 그리고 그날, 사이토 씨의 부인도 다른 일이 있어서 상경하기로 되어 있다고 하니, 마침 기회가 좋기에, 사모님께서도 참석해주시고, 이것은 저희 모두의 소망입니다만,

이쪽에서 신부와, 신부의 어머니가, 이부세 씨 댁을 찾아뵙고, 나카바타케 씨, 사이토 씨의 부인 입회하에, 이부세 씨로부터 결혼에 대한 말씀을 받고, 간단하게 언약의 술잔을 받고, 그것이 제게도, 신부에게도, 가장 감사하고, 엄숙한 마음을 갖게 하는 일이니, 제가, 이부세 씨에게 그렇게 해달라고, 간절히 청하기로 했습니다.

부디, 부디, 들어주시기 바랍니다. 저는, 7일쯤 한발 앞서 오기쿠보로 찾아가서, 8일을 기다렸으면 합니다. 아무것도, 정말로 준비에 대한 걱정은 하시지 말기를, 전부 7일쯤 제가 찾아뵙고, 그때 8일의 일, 간단하게 준비, 마무리 짓고 싶으니, 제 힘이 미치지 못하는 점은, 도와주시기 바랍니다, 그렇게 해주신다면, 저 그보다 더한 행복이 없겠습니다. 이시하라 씨도 "제아무리 돈이 많다고 가정한다 할지라도, 이부세 씨로부터 술잔을 받는 것이, 가장 고마운 일이며, 가장 좋은 일이니, 꼭 좀 그렇게 해주신다면, 얼마나, 감사할지 모르겠다"고 말하고, "고후에서 식을 치르면, 아무래도 **친척** 등에게도 알릴 수밖에 없어, 쓸데없이 일만 커져서, 진심이 담기지 못하게 되고, 또 쓰시마(다자이의 본명_옮긴이)도, 여기저기 빚을 져서 결혼식 비용을 마련해 봐야, 좋을 거 없다"고 말했으며, 사이토 씨도, 이번 일은 이부세 씨에게, 부탁하는 것이 가장 좋다, 고 말씀하셨습니다. 식이라고 해봐야, 단지 이부세 님으로부터 말씀과, 언약의 술잔을 받는 것이 전부일 뿐, 나머지는, 음식이고 뭐고 아무것도 필요 없으니, 1시간 전후면 끝나리라 여겨집니다.

제게 돈이 있으면 좋겠지만, 사실은, ≪문예≫에, 전에 보냈던 원고, 실릴지도 모르겠다는, **조~금** 희망이 있을 것 같다는 엽서를 편집자인 기쿄 고로桔梗五郎씨로부터 받았기에, 어쩌면 정월호쯤에 실릴지나 않을까 하고, 기대를 걸고 있었지만, 이것도, 틀어진 듯, 앞문, 뒷문, 전부 깨져 버려서, ≪어린 풀≫에라도 단편을 들고 가서, 20엔이라도 벌어 볼 심산으로 있었는데, 운 나쁘게 ≪어린 풀≫로부터 2월호에 5매짜리 콩트 쓰라는 속달이 와서, 기선을 제압당하고 말았습니다. 하는 수 없이 5매짜리 콩트*를 써서 보냈는데, 5엔 정도 될 것으로 생각됩니다. ≪문체文体≫에서, 20일까지 20매 쓰라는, 말이 있었지만, 이것도 올해 안으로는, 고료를 받을 수 있을 것 같지 않아, ≪문체≫에는 고료, 조금도 기대하지 않기로 하고, 어쨌든 좋은 단편을 보내려 하고 있습니다. 역시, 가장 으뜸은 예술입니다. 장편도 100매를 돌파하여, 여러 가지로 난항을 겪고 있지만, 더듬더듬, 써 나가고 있습니다. 내년 3월 무렵까지는 완성시키고 싶습니다. 틀림없이, 좋은 것이 될 터이니, 책이라도 돼서 나온다면, 꼭 읽어보시기 바랍니다.

결혼식이 끝나면, 저희, 다시 고후로 돌아올 생각으로 있습니다. 고후에 집을 빌려서, 잠깐 동안의 임시 거처로, 제 일의 윤곽이 잡힐 때까지, 그리고 제게도 얼마간 돈이 생길 때까지, 두어 달, 싼 집을 빌려서 둘이서 살 생각인데, 그 전에 산에 있는 온천에라도 다녀오라고, 모두가 말하고 있지만, 생각해보니, 90엔으로 둘이서, 온천에 머무는 것은, 경제적으로 아무래도 무리인 듯한데, 정확히 90엔 정도 들어버리는 게 아닐까, 라고 생각되며, 또, 미치코도

* <I can speak>

따분해할 것이라 여겨지기에, 모두가 상의한 결과, 고후의 교외에 있는 조그만 집을, 정월에서부터, 두어 달 동안 빌리는 편이 좋겠다는 결론을 내렸습니다. 사이토 씨 댁 가까이에 있는 집도 비어 있다고 하고, 여기저기 세놓으려는 집이 있는 듯하니, 10엔 정도의 집을 우선은 빌려야겠다고 생각하고 있습니다. 두어 달 동안, 열심히 일을 하다 보면, 또 제게도 어떤 행운이 찾아올 것이라고 생각하고 있으며, 그때 돈이 생기면, 도쿄 근교 도시에 거주할 집, 마련할 생각입니다.

이번 달은, 저도, 경제활동이 서툴러서, 생활비, 그렇게 여유도 없으며, 이제 와서 도쿄로 가서, 잡지사 돌아다녀 봐야, 아무런 좋은 일도 없을 것 같고, 애초부터 이 결혼, 저 혼자서 하겠다고 큰소리 친 체면도 있는데, 이곳저곳 기대하고 있던 고료 들어오지 않아, 곤궁한 상태입니다. 뭔가 좋은 타개책 없겠습니까? 저의 무력함을, 부끄럽게 생각합니다. 차마 이시하라 씨에게는 부탁할 수 없고, 안 그래도, 지금까지 여러 가지로 애를 쓰셨고, 외투며, 방석과, 옷에 두루마기까지, 만들어 주셨기에, 저는, 괴롭습니다.

예물도, 이시하라 씨 댁에서는, "쓰시마의 용돈으로 그런 것 마련한다면, 마음이 편치 않으니, 받을 수 없다, 만약 쓰시마의 형님 쪽에서, 무엇인가를 해주신다면, 그것은 받아서, 쓰시마 부부 두 사람의 결혼 후의 필요한 비용으로 삼고 싶다"고 말씀하셨습니다. 저도 5엔이나, 10엔을 마련해서, 예물로 삼을까 생각해보았지만, 그러면 오히려, 서로 슬퍼질 것 같아, 아무래도, 싫습니다. 예물은, 저, 도저히 할 수가 없습니다. 부디 용서해 주십시오. 이시하라 씨도, 사이토 씨도, 그 점은 이해해주시리라 믿습니다.

이부세 씨가 나카바타케 씨에게, 그런 사정을 한마디 해주실 수, 없겠습니까? 30엔도 들지 않으리라 생각됩니다. 결혼식에 쓸 술과, 여러 분들이 돌아가실 때의 여비와, 그리고 결혼 후 임시거처 빌리고, 약간의 살림살이 살 돈, 그 정도이니까요.

돈에 관한 일, 틀림없이 불쾌하시겠지요. 저도, 매우 괴롭고, 생각에 생각을 거듭한 끝에, 식은땀이 서 말 흐르는 기분이니, 헤아려 살펴 주시기 바랍니다.

저도, 참 한심해서, 어쩌면 나카바타케 씨가 어머니에게 이야기해서, 어떤 예물 같은 것, 있을지도 모르겠다며, 비굴하고 비굴하고 염치없는 생각이 들어서, 이시하라 씨에게도 약간, 으스댔는데, 완전히 틀려 버린 걸까요? 예물이라는 형식이 아니라 할지라도, 어떻게 도움을 받을 수는 없겠습니까? 저도, 좀 더, 소설이라도, 한 편 팔렸다면, 이런 괴로움은 겪지 않아도 됐겠지만, 특별히 놀고 있었던 것도 아니며, 일도 열심히 했고, 행실에도 주의를 기울였고, 또, 이번 결혼을 위해서도, 조금은 과장된 표현이지만, 동분서주하여, 사이토 씨를 찾아가기도 하고, 이시하라 씨를 찾아가기도 하고, 분주하게, 여러 가지로 이야기를 진전시켰고, 사방팔방 편지도 썼지만, 좀처럼, 시원하게 길이 열리지 않습니다. 하지만, 아내는, 정말로, 좋은 신부이니, 그것은, 얼마나 행복한지 모르겠습니다.

사이토 씨는 "쓰시마 씨가 하도 간소하게, 간소하게, 라고 하기에 저도 간단하게 하려고 손을 썼지만, 에이노스케 때에는 번듯하게 해 놓고, 쓰시마 씨 때에는 무턱대고 간소, 간소, 하고 사이토가 밀어붙이며, 적당히 처리하고 있다고 생각하지 아닐까"라며 걱정하고 있으니, 이부세 씨도, "결코 그렇게 생각지는 않는다"고, 부디 한 말씀 해주십시오, 라고 아내가 부탁했습니다. 저도, 에이노스케 때 정도로는, 가능하다면, 하는 편이 좋겠다고, 마음속으로 아무리 생각해도, 능력이 없으니 어쩔 수가 없습니다.

이시하라 씨도, 역시 조금 아쉬워할 것이라 생각됩니다. 어떻게든, 가능하다면 무엇인가 하고 싶다고는 생각하고 있지만, 할 수 있는 것이 아무것도 없습니다.

뭔가, 좋은 방책 있으시면, 가르쳐 주십시오. 사치다, 참아라, 라고 말씀하신다면, 분명히, 참도록 하겠습니다.

징징거리는 듯하여, 오늘의 다자이는, 그다지 멋있어 보이지는 않지만, 부디, 꾸짖지 말아 주십시오. 지난 이삼일, 굉장히 괴로웠습니다.

슈지

30세
(1939년)

고후 시절 I (2)~미타카 시절 I (1)

1월 8일, 이부세 부부의 주례로, 도쿄 스기나미 구 시미즈마치의 이부세 씨 집에서 결혼식을 올렸다. 신혼집은 고후 시 미사키초(三崎町) 56번지에 마련했다. 다자이는 이 시기를 "어렴풋이나마 휴양의 한가로움을 느꼈던 한때는, 내가 30세였을 때, 이부세 씨의 주례로 지금의 아내를 맞아들여, 고후 시 교외에 1개월 6엔 50센짜리, 아주 작은 집을 빌려서 살며, 200엔 정도의 인세를 저금하고 누구와도 만나지 않은 채, 오후 4시 무렵부터 데친 두부와 함께 유유히 술을 마시던 때였다"라고 회상했다. 4월에 <국민신문>의 단편 콩쿠르에 <황금풍경>이 당선, 그 상금으로 6월에는 미치코와, 미치코의 어머니, 언니를 데리고 미호(三保), 슈젠지(修善寺), 미시마를 여행했다. 9월에 도쿄 시모미타카무라(下三鷹村) 시모렌자쿠(下連雀) 113번지로 이주. (이곳이 마지막 주거지가 되었다.) 이해 가을 <여학생>으로 제4회 기타무라 도코쿠(北村透谷) 상을 수상했다.

이해 7월, 국민징용령이 공포되었다. 9월에 유럽에서는 독일군의 폴란드 침공으로 인한 제2차 세계대전이 발발했다.

85

1월 10일

고후 시 미사키초 56번지에서

도쿄 스기나미 구 시미즈마치 24번지 이부세 마스지에게

바람처럼 갔다가 바로 돌아와야만 했기에, 뵙자마자 바로 다시 고후로 돌아와야 했기에, 슬프기 짝이 없습니다.

저도 틀림없이 좋은 작가가 되겠습니다. 이름을 더럽히지 않도록, 열심히 정진하겠습니다.

괴로운 일도 있었습니다.

하지만, 정말로 덕분에 일을 잘 치렀습니다. 하루하루 어리석은 저도, 이부세 님 일가의, 세심한 마음 씀씀이, 알고 있기에, '감격하여 분발한다'는 말을, 실감하며, 거의 육체적으로, 충격을 받고 있습니다.

일하겠습니다.

놀지 않겠습니다.

아주 오래도록 살아서, 세상 사람들로부터도, 훌륭한 사내라고 불릴 수 있도록, 참고 참으며 노력하겠습니다.

결코, 꾸며 하는 말이 아닙니다.

앞으로 10년, 괴로움, 제어하여, 조금이라도 밝은 세상을 만들도록, 노력할 생각입니다.

요즘에 어떤, 예술에 대한, 움직일 수 없는 신앙, 품기 시작했습니다.

대체로, 괜찮을 것이라 생각합니다.

스스로를 사랑하겠습니다.

이번의 일은, 감사의 말씀 도무지, 드릴 수가 없습니다.

앞으로를, 잘 지켜봐 주시기 바랍니다.

그것 외에는 없습니다.

저희들은, 틀림없이, 좋은 부부입니다.

감사합니다.

생각하면, 생각할수록, 이 일도 고맙고, 저 일도 고맙고, 이렇게 하나하나, 과분한 일들뿐, 어쨌든, 저는, 착실하게, 하겠습니다. 그것밖에는 없습니다. 횡설수설해서, 틀림없이 읽기 어려우실 줄로 알지만, 진실한 사정, 살펴 주시기 바랍니다.

쓰시마 슈지

한번, 월세 6엔 50센짜리 조그만 집에 오시기 바랍니다. 지금부터 두 사람, 기다리고 있겠습니다. 꼭 와주시기 바랍니다.

86

1월 10일
고후 시 미사키초 56번지에서
아오모리 현 고쇼가와라마치 아사히초 나카바타케 게이키치에게

나카바타케 씨.

이번 일은, 참으로, 뭐라고 말씀드려야 할지, 알 수가 없습니다.

덕분에 일을 잘 치렀습니다.

혼자서는, 제아무리 굳게 결심해도, 무력한 몸이기에, 몸부림쳐도, 몸부림쳐도, 좀처럼 일어설 수가 없습니다.

이번에는, 여러분들의 온정으로, 멋지게 갱생의 길을 걷게 되었으니, 이후로는 저, 문제없이, 착실하게, 헤쳐 나갈 수 있습니다.

믿어 주십시오.

아무쪼록, 적당한 때를 봐서, 어머니에게도 이 소식 들려주시기 바랍니다.

진심으로, 감사합니다.

인사는, 도저히 말로 다할 수 없습니다.

앞으로를, 잘 지켜봐 주시기 바랍니다.

저는 은혜를 잊지 않는 남자입니다.

기개 있는 남자입니다.

몸을 소중히 하고, 저의 재능 멋지게, 갈고 닦아, 보이도록 하겠습니다.

부인께도, 아무쪼록 아무쪼록, 잘 좀 말씀해주시기 바랍니다.

오늘은 그저 감격으로 가슴이 넘쳐 나, 글도, 횡설수설입니다.

성실한 마음을, 부디 살펴 주시기 바랍니다.

슈지

나카바타케 님.

사모님.

87

1월 (날짜 미상)

고후 시 미사키초 56번지에서

도쿄 스기나미 구 시미즈마치 24번지 이부세 마스지에게

8일에는, 그렇게나 여러분의 신세를 지고도, 멍해져서, 천천히 감사의 말씀 전하지도 못하고, 고후로 와 버려서 뭐라고 사죄의 말씀을 드려야 할지 모르겠습니다. 조그만 집도, 그럭저럭 정리가 되었고, 살림살이 같은 것 아무것도 없지만, 이렇게 저렇게 변통해서, 맛있는 밥 먹고 있습니다.

이시하라 씨 댁과 상의해서, 이시하라 씨 댁과 제가 10엔씩 내서, 사이토 씨 댁으로, 이시하라 씨 어머니와 저 둘이서, 감사 인사를 올리러 다시 한 번 찾아뵙고, 그저 마음의 표시로 그것을 드리자고, 상의하고, 10엔 정도라면, 저 언제라도 마련할 수 있으니, 이삼일 후에 그렇게 하자고 얘기했습니다. 하지만 오늘, 저와 미치코가, 우선 사이토 씨 댁에 인사를 위해 찾아뵙고, 돌아오는 길, 이시하라 씨 댁에도 들렀더니, 장모님은, 사이토 씨에 대한 인사는, 아무래도 일단, 이부세 씨와 상의를 해서, 고향에 계신 나카바타케 씨, 기타 씨에 대해서도 실례가 되지나 않을까(우리가 독단적으로, 아주 작은 성의 표시를 하는 것이, 고향의 나카바타케 씨, 기타 씨, 그리고 이부세 선생님의 체면을 손상하는 일이 되지나 않을까), 그 점을 일단 이부세 씨에게 여쭤보고, 그래도 상관없다는 허락의 말씀 얻은 뒤, 사이토 씨에게 인사를 가는 편이, 어쨌든 마음 편하고 안심이 되니, 쓰시마가

이부세 선생님께 그런 사정을 한번 여쭈어 보라, 는 것이, 장모님의 말씀입니다. 장모님도, 제가 눈치가 없고, 무력하기에, 혼자서 이런 저런 신경을 쓰며, 어딘지 자신감을 잃고, 혼자서 괜한 걱정을 하고 계십니다. 이부세 씨께서, "그건 그것대로 특별히, 상관없을 것이다"라고 말씀해 주신다면, 나머지는, 저와 장모님 둘이서, 사이토 씨를 찾아뵙고, 지금까지 베풀어주신 여러 가지 은혜에 대해서, 조그만 보답을 하겠습니다. 아무쪼록, 한 말씀, 부탁드리겠습니다. 저희들, 생각대로 해도, 괜찮겠습니까? 그래도 괜찮다고 하신다면, 저희 바로 찾아뵐 생각입니다.

미치코를 소중하게 여기겠습니다. 신세 많이 졌습니다. 정말로 덕분에 일을 잘 치렀습니다. 열심히 하겠습니다.

슈지 올림

사모님과 사모님의 누님 여러분께도, 부디 인사 전해 주십시오. 조만간에 저희들도, 기회를 봐서 천천히, 이부세 님께 인사를 드리러 갈 생각입니다.

88

1월 17일
고후 시 미사키초 56번지에서
아오모리 현 고쇼가와라마치 아사히초 나카바타케 게이키치에게

편지 감사하는 마음으로 읽었습니다.

축언을 해주신 날 밤의 말씀, 마음 깊이 새겨, 잊지 않고 있습니다.

분투하겠습니다. 성공, 실패는 천운에 의한 것도 있다고 생각하지만, 그러나, 지금은 건강도 충분하고, 어쨌든 분투에 분투 거듭하겠습니다.

하루라도 빨리, 고향의 어머니를 비롯, 여러분과 당당하게 대면하고 싶습니다.

오늘 16일, 저와 이시하라 씨의 어머님 둘이서, 정식으로 중매인인 사이토 씨 댁에 인사를 드리러 갔었습니다.

그때, 20엔, 저와 이시하라 씨가 반씩 내고, 부채와 과자를 더해서, 사소하지만 감사의 표시로, 드렸습니다.

좀 더 예를 표하고 싶었지만, 저도, 용돈 가운데서, 마련을 할 수밖에 없기에, 이시하라 씨와 상의하여 10엔씩 내서, 봉투에 담고, 이시하라 씨의 어머님 성함과, 제 이름을 써서, 드렸습니다.

이제, 이것으로, 대략, 이쪽에서의 인사는, 깨끗하게 마무리 지었습니다.

덕분에 감사합니다. 뜻밖에도, 훌륭하게 식을 치러 주셔서, 저도 체면이 섰습니다. 아무리 감사의 인사를 드린다 해도, 그저 부족할 따름입니다.

멋지게 기대에 보답하고자, 결의한 바, 있습니다.

새로운 이불도 이부세 씨가 보내 주셔서 사용하고 있습니다.

정말로 얼마나, 여러 가지로 신세를 졌는지 모르겠습니다.

3월에 고후로 오신다는 소식, 지금부터 기대돼서, 둘이서 손가락을 꼽아가며 기다리고 있습니다.

집세는 싸도, 다다미 8조, 3조, 1조의 아담하고, 볕이 잘 드는, 좋은 집입니다.

조용해서, 일할 수 있으니, 아무쪼록 마음 놓으시기 바랍니다.

이시하라 씨 가족에 관해서, 별지에 어머님이 써 주셨습니다.

지금, 집에 계신 분은, 어머님, 후미코富美子 누님, 여동생 아이코愛子, 남동생 아키라明 네 명뿐입니다.

그 외에, 셋째 딸, 우타코 누님은, 도쿄 시 이타바시 구 가미이타바시초上板橋町 7-440번지 야마다 데이이치山田貞一 씨에게 시집을 갔는데, 야마다 씨는 제국대학 공과 출신 기사로, 이번 우리의 결혼도, 잘 이해해 주셔서, 적지 않은 도움을 주셨습니다.

차녀는, 경성 제국대학의 강사, 고바야시 히데오小林英夫 씨에게 시집갔는데, 작년, 남자아이 하나를 남기고 세상을 떠난 듯하며, 미치코는 넷째 딸입니다.

그리고, 지금 살아 있었다면 저와 동갑이었을 장남, 사겐타左源太는, 도쿄 제국대학 의학부 재학중에 병사한 듯합니다.

대략 이상과 같습니다.

오늘 밤, 추위가 혹독해, 손끝이 곱아, 난필, 읽기 어려우실 줄로 알지만, 모쪼록, 살펴 읽어 주시기 바랍니다.

미치코도 열심히 하고 있으니, 마음 놓으시기 바랍니다.

마지막으로, 부인께도, 부디, 잘 좀 여쭤 주십시오.

슈지 올림

89

2월 4일

고후 시 미사키초 56번지에서

도쿄 오시마(大島) 모토무라 야나가와칸(柳川館) 본관 다카다 에이노스케에게

일전에는 저도, 너무나도 기쁜 나머지, 바로 전보를 보냈습니다. 사이토 씨 댁에서도 흔쾌히, 귀형의 청을 받아들여 주었으며, 스미코須美子 씨도 전에 없이, 호들갑을 떨었습니다. 귀형의 그 유쾌, 상쾌한 대답을 듣고, 저는 사이토 씨 댁으로 나는 듯이 달려가, 다카다 군의 고충, 다카다 군의 성의, 애정, 비교적 솔직하게 말할 수 있었다고, 생각합니다.

어머님도, 근래 없이 매우 기분이 좋으셔서 "그렇다면 18일, 이번에야말로, 누가 뭐래도 에이노스케, 올 거야, 얼굴이 탔을지도 몰라, 살이 쪘을지도 몰라"라고. 제가 지켜본 바에 의하면 어머님은, 경제나 그 외의 속된 바람과는 상관없이, 순수하게 귀형의 건강과, 장래를 생각하고, 사랑하는 딸의, 좋은 남편으로서, 그 진퇴를 걱정하고 계신다고밖에는 달리 생각되지 않습니다.

18일에는, 분명히, 분명히, 틀림없이 (누가 뭐라고 해도) 뿌리치고, 단걸음에 고후에 오기 바랍니다. 이건 정말로, (저도) 부탁합니다. 이제는, 이제는, 절대로 그것을 변경해서는 안 됩니다. 용서하지 않을 것입니다.

고후에 와서, 바로 스미코 씨를 데리고 돌아가기보다는 하루, 이틀 고후에서 쉬기를, 귀형의 몸을 위해서도, 권합니다. 또, 제가

은밀하게 살핀 바에 의하면, 사이토 씨 댁에서도, 귀형을, 하루, 이틀 묵게 하며 가까운 친척 두엇에게, 귀형을 보이고 싶다는 간절한 소망도, 남 몰래 품고 있는 듯합니다.

사이토 씨 댁 사람들은 모두 마음이 약하기 때문에, 귀형에게 강요하지도 못하고, 무슨 일이든 귀형 뜻대로 하게 하려 노력하고 있는 듯하지만, 역시 귀형이 어렵게 고후에 오게 됐으니 이 참에, (나중에 다시 귀형의 부부가 고후에 오려면, 그때는 선물이다 뭐다 해서 번거로울 테니) 아예 이번 기회에, 가까운 친척 두엇에게 귀형을 소개해 두고 싶다는, 간절한 소망도 품고 있지만, 그러나 귀형을 생각해서, 겉으로는 말하지 못하는 듯한 모습이 역력하게 보이니, 귀형도, 지금까지, 스미코 씨를 외롭게 한 벌로써, (그것은 귀형의 책임도 아니며, 또, 귀형 역시 스미코 씨 이상으로 적적했을 것임에 틀림없지만) 그것은 오는 정이 있어야, 가는 정도 있는 법, 만약, 가능하다면, 부장님에게 사정을 잘 말해서, 하루, 이틀 고후에 머물 수 있도록 조처한다면, 사이토 씨도 죽음 속에서 살길을 찾은 것처럼 매우 자랑스러워하실 터입니다.

가능하다면, 18, 19, 20일에 상경하는 게 좋지 않을까, 저는 생각합니다. 어쨌든, 그런 쪽으로 부장님과 상의해보시기 바랍니다.

그 외, 아무것도 없습니다. 그렇게만, 해주신다면 사이토 씨 쪽에 대해서도, 귀형은 거드름을 피워도 상관없습니다. 귀형의 지금까지의 고생은 모든 사람들이, 알고 있습니다. 이제부터는 오로지, 건강에 주의하며, 빈틈없이 일을 잘해 나가기 바랍니다. (스미코 씨와의 애정은 말할 필요도 없고.)

그럼, 18일에는, 틀림없이, 틀림없이, 부탁합니다. (18일, 우리 집에는, 일부러 도리를 생각해서 올 필요 없습니다. 만나 봐야, 함께 술도 마실 수 없고, 우리 집에는 올 필요 없습니다. 1시간이라도 더, 사이토 씨네 식구들과 있는 것, 간곡히 부탁드립니다.)

뭔가 불편한 점이 있다면, 무슨 일이든 사양 말고 말씀해 달라는, 이것은 사이토 씨 부인의 은밀한 전언입니다. 부인에게 직접 말하기 어려울 때에는, 제게 말씀해 주신다면, 제가 바로 전해 드리도록 하겠습니다. 부인, 무슨 일이든 마음의 준비를 하고 계십니다.

여러 가지로 분에 넘치는 말씀 올렸습니다. 이렇게 무례한 사람이라도 하나 있지 않으면, 일이 더욱 복잡해질 것이라 생각했기에, 분에 넘치게도, 분별 있는 척 말씀 올렸습니다. 하지만, 결국에는, 나쁘지 않았다고 믿습니다.

거듭 거듭, 무례함 사죄드립니다. 18일, 부탁드리겠습니다.

90

4월 20일

고후 시 미사키초 56번지에서

도쿄 시모무사시노(下武藏野) 기치조지(吉祥寺) 276번지 가메이 가쓰이치로에게

오늘, 귀한 책* 받아서 참으로 감사하게 생각합니다.

진심으로 축하의 말씀 올립니다. 언제나 형의 우정 가슴 깊이 느끼고 있습니다.

* 가메이 가쓰이치로 저 ≪동양의 사랑≫ (1939년 4월)

저도, 지금은 자중하여, 제 재능의 빈약함도, 학식의 부족함도 분명하게 알고, 모든 것이 지금부터라 생각, 다시 공부하고 있습니다. 앞으로 이삼 년만 지나면, 그럭저럭 조금은 좋은 작품을 쓸 수 있을 것 같은 기분이 듭니다.

지금 열심히 재출발의 준비를 하고 있습니다.

무욕無慾, 예지叡知, 의지意志, 이 세 가지에 대해서, 약간 깨달은 바가, 있습니다.

느긋한 마음으로 해 나가겠습니다.

형의 다정하고 성실한 친구가 될 생각입니다.

다자이 오사무

가메이 가쓰이치로 님.

91

5월 26일
고후 시 미사키초 56번지에서
아오모리 현 고쇼가와라마치 아사히초 나카바타케 게이키치에게

한동안 연락드리지 못했습니다. 그간, 그쪽에는, 별고 없으셨는지요? 여기는 별일 없습니다. 그럭저럭, 살아가고 있으니, 안심하십시오.

고후에서는, 역시 일하는 데, 이래저래 불편하기에, 이부세 씨와도 상의한 끝에, 6월 상순에, 아사카와淺川, 하치오지八王子, 고쿠분지國分寺 부근을 뒤져, 마땅한 집을 찾아서, 이사할 생각입니다. 그 부근이

라면, 도쿄까지 1시간 정도이고, 방문객도 그렇게 많지 않을 테고, 또, 고후만큼 불편하지도 않아, 일에는, 안성맞춤이라고, 생각합니다. 오기쿠보 부근이, 가장 편리하지만, 지금은 세놓는 집이 한 채도 없다고 합니다. 이번에 책을 냈기에,* 출판사로부터 이삼백 엔 받을 수 있으니, 그 돈으로 이사할 생각입니다.

조금씩 평판이 좋아지고 있습니다. 가나기金木의 여러분께도, 적당한 기회를 봐서 잘 좀 전해주시기 바랍니다.

얼마 전, <국민신문>에서 중견, 신진 30명에게 소설을 쓰게 했는데, 가장 나이 어린 제가, 뜻밖에도 1등을 차지했습니다.** 신문 오려서 동봉했습니다.

6월 중순까지는, 또 한 권, ≪여학생≫이라는 제목으로 아담한 단편소설집이 스나고야 출판사에서 출판될 예정으로 있습니다. 가능한 한, 또, 보내도록 하겠습니다.

하루라도 빨리, 자활할 수 있도록 노력하고 있습니다.

마지막으로, 부인께도 안부 전해 주십시오.

슈지 드림

나카바타케 님.

* 단행본 ≪사랑과 미에 대하여≫

** 국민신문이 기획한, 신진작가 30명의 단편소설 콩쿠르에 <황금풍경>이 당선

92

6월 4일

고후 시 미사카초 56번지에서

도쿄 시모코가네이무라신덴 64번지 히레사키 준에게 (엽서)

그날, 뵙지 못해, 안타깝습니다. 하지만, 그 신축중인 집, 찾을 수 있었으니, 마음 놓으시기 바랍니다. 안타까운 것은, 이미 계약이 끝나 버려서, 달리 손쓸 길이 없었으며, 이후 미타카, 기치조지, 니시오기西荻, 그리고, 결국에는 오기쿠보의 이부세 씨 댁까지 가게 되었습니다. 6리는, 족히 걸은 듯합니다. 세놓는다는 집이 하나도 없어서, 깜짝 놀랐습니다.

기치조지의 미타카 쪽으로, 이노카시라 공원 안쪽, 마쓰모토松本訓導 선생이 순직하셨던 강을 건너, 그 부근을, 뭐라고 부르는지는 모르겠지만, 어쨌든, 미타카, 키치조지 사이, 이노카시라 공원 뒤편 보리밭 가운데, 6채, 신축중인 집이 있었지만, 전부 27엔으로, 약간 비싸고, 집주인과 교섭해본 바, 6월 말에 그 6채 앞으로 다시 3채, 23~4엔 정도의 집을 지을 계획이라는 이야기를 듣고, 그렇다면, 그것을 짓기 시작할 무렵, 다시 도쿄로 나가서, 교섭하기로 하고, 고후로 돌아왔습니다.

6월 말에, 다시, 그곳으로 갈 생각인데, 히레사키 씨도, 시간이 있어서, 그 부근을 산책하실 기회가 있다면, 둘러보시기 바랍니다. 그 외에도, 좋은 곳이 있으면 알려주시기 바랍니다. 집세는, 23~4엔 이상이어서는 곤란합니다. 불일不一.

93

7월 25일
고후 시 미사키초 56번지에서
도쿄 스기나미 구 고엔지 5번가 882번지 기야마 쇼헤이에게

귀한 저서* 오늘 아침에 받아 보았습니다. 진심으로 감사의 말씀 전합니다. ≪억제의 날≫이라는 제목에서 문득 떠오르는 것이 있었습니다. 열심히 노력하는 모습 분명히 알 수 있을 듯한 기분이 듭니다.

제 집사람의 노모께서, 이즈시 출신이기에, 노모로부터 이즈시의 여러 가지 풍물에 관해서 들었습니다. 어떤 인연을 느꼈습니다.

지금부터 읽을 생각을 하면 가슴이 떨립니다.

저는 기야마 쇼헤이의 독자입니다. 서로 힘이 되었으면 좋겠습니다.

오늘은 우선 감사의 인사 올립니다.

7월 25일, 다자이 오사무

기야마 쇼헤이 님.

94

11월 9일
도쿄 시모미타카무라 시모렌자쿠 113번지에서
구라시키(倉敷) 시 아라카와초(新川町) 363번지 오모리 다카오(大森隆夫)에게

* ≪억제의 날≫

오늘, 사진을 받아 보았습니다. 어딘가, 사토 하루오 선생님을, 닮은 듯합니다.

오늘의 장미 이야기, 첫 번째 페이지, 장미가 빨간 봉오리를 내민 것을 발견했을 때의 기쁨, 그대로 느낄 수 있었습니다.

특별히 심리에 대한 설명이 없어도, 그 감동, 애정이, 참된 것이라면, 묘사만으로도, 잘 전달할 수 있는 법이라는 생각이 들었습니다. 굳이 앞뒤 형식을 갖춰서, **소설**로 만들지 않은 것이라 할지라도, 그렇게, 참된, 체험으로서의 감동의 대상물을, 극명하게 묘사하신 글을, 보여주셨으면, 합니다.

가지이 모토지로梶井基次郎의 <교미>라는 작품, 읽어보신 적, 있으십니까?

자신을 사랑하십시오.

다자이 오사무

오모리 다카오 님.

95

12월 15일

도쿄 시모미타카무라 시모렌자쿠 113번지에서

도쿄 세타가야 구 마쓰하라 2번가 574번지 무사시 아파트 다카다 에이노스케에게

오늘 아침에 기쁜 소식 받았습니다. 축하합니다. 오늘까지 두 분이 겪어 온 정신적인 고투도, 앞으로는 신의 자비에 의해, 충분히 보상받으리라, 믿고 있습니다.

부디 자잘한 일에는 신경 쓰지 말고, 탄탄한 가정을 만드시기 바랍니다. 참으로 사내의 일이란 30세 이후부터입니다. 충분한 자신감을 갖고, 천천히 경영해 나가시기를.

기다리고 기다려 / 올해 꽃 피웠네 / 복숭아꽃
흰빛이라 들었건만 / 꽃은 붉은빛
어쨌든 / 충심으로 축의를
부인께 / 안부 잘 좀 부탁하네.

봄옷의 빛깔 / 가르쳐주게 / 하늘의 종달새

31세
(1940년)

미타카 시절 I (2)

'요즘에는, 저도 얌전히 지내고 있기 때문에, 고향의 집에서도, 조금씩 저를 신용하기 시작한 듯해서 기쁘기 그지없습니다. 오늘은, 고향의 누님께서, 떡을 몰래 보내 주셨습니다. 올해는, 틀림없이, 좋은 일이 있을 것입니다.'

—수필 ＜요즘＞ 중에서

다자이의 당시의 심경을 엿볼 수 있는 한 구절이다. 미사카토우게 산중에서 보낸 때를 기점으로, 그 이전을 청춘의 착란, 혹은 청춘방랑의 시기라고 한다면, 이때는 안정되고 고요하고 편안한 시기라고 말할 수 있다. 작품에 있어서도 양과 질 모든 면에서 다자이 재능의 만족할 만한 진전을 보였다. 스승 및 친구들과의 사이에도 문제가 없었으며 그를 찾아오는 젊은이도 많았다. 11월에는 니이가타(新潟) 고등학교의 초청을 받아, 처음으로 강연 여행을 떠났으며, 돌아오는 길에 사도(佐渡)를 둘러보았다.

이해에, 자전적 작품인 ＜도쿄 팔경＞을 썼다. 다자이는 ＜추억＞, ＜도쿄 팔경＞, ＜고뇌의 연감＞, ＜15년간＞ 등의 자전작품을 남겼다. 작품 속에 때때로 자신을 성찰한 흔적이 보인다.

96

2월 2일
도쿄 시모미타카마치 시모렌자쿠 113번지에서
도쿄 스기나미 구 시미즈마치 24번지 이부세 마스지에게

여전히, 건강하신 듯하여, 무엇보다도 다행입니다. 저도 자리에서 일어나, 조금씩 걷는 연습을 하고 있습니다. 아직 상처가 크게 벌어져 있어, 하루에 세 번씩 고약을 갈아 붙여야 하는 처지이기에, 오기쿠보로 찾아뵙고 싶어 견딜 수 없지만, 뜻대로 되질 않습니다. 앞으로 일주일만 더 지나면, 마음대로 움직일 수 있을 듯합니다.

등기우편에 관한 일로, 벌써 3년이나, 선생님께 부탁을 드리고 있으니, 틀림없이, 번거롭고 신경이 쓰이실 줄로 알기에, 조마조마하지만, 저의 무력함 때문에, 고향에서 신용을 잃어, 직접 받을 수도 없는 일이고, 또, 그렇다고 해서 고향으로부터의 송금을 완전히 끊을 수 있을 정도의 용기도 없어, 참으로 추하고, 우물쭈물하다, 3년이나 선생님을 비롯하여 사모님, 여러분께 폐를 끼쳤습니다. 오늘, 나카바타케 씨를 통해서 형님께 부탁하는 글을 올렸습니다. 저도, 그럭저럭 한 달에 평균 50엔 정도의 고료가 들어오니, 지금까지처럼 90엔의 송금을 받으면 마음이 편치 않기에, 상당 부분 감액해 달라고, 제가 요청을 했습니다. 고료만으로는, 역시, 아직은 스스로 생활할 자신이 없으며, 또, 병에 걸리기라도 하면 어려움에 빠지게 되니, 혹시 고향에서, 앞으로 1년이든 6개월이든 송금을 계속해 주실 생각이라면, 그렇게 해달라고 부탁은 하겠지만, 90엔이 아니어

도, 그럭저럭 생활해 나갈 수 있을 것 같고, 또, 그렇게 해야만 하기에, 제 쪽에서 먼저 고향에 감액을 (아무런 조건도 없이) 청해 보았습니다. 저도 서른둘이나 되었기에, 마음이 괴롭습니다. 무엇보다도, 한심하다는 생각이 듭니다. 올해 안으로는, 어떻게 해서든, 자활의 기초를 다져야겠다고, 다짐하고 있습니다.

세상에는, 예기치 못한 일도 있고, 좀처럼 뜻대로는 되지 않지만, 하루라도 빨리, 분명하게, 명실 공히 한 사람의 인간이 되어, 비굴이라는 껍데기에서 벗어나고 싶습니다. 고향에, 액수를 줄인 뒤에, 만약, 한동안 더 송금을 해주실 요량이라면, 모쪼록 미타카로 직접 보내 달라고 청해 두었습니다. 머지않아, 나카바타케 씨로부터 답장이 올 것입니다. 그때까지는, 번거우시더라도, 만약 등기가 오면, 보관해주시기 바랍니다. 참으로, 부끄러울 따름입니다. 조용히, 착실하게 노력하고 있습니다. 오늘까지 살아올 수 있었던 것도, 전부, 선생님 덕분입니다. 간신히, 여기까지, 올 수 있었습니다. 전부, 선생님의 가르침에 따라서, 여기까지 올 수 있었던 것입니다. 소설은 아직도 서툴러서, 도무지 보여드릴 만한 것이 없습니다. 하지만, 여러 가지로 써 가며 연습하고 있습니다. 저는 가난에 약하기 때문에, 늘 조심하여, 빚 따위는, 죽어도 지지 않도록, 씀씀이를 넓혀가지 않고, 아껴가며 살아가고 있습니다. 건강하게 오래 살아서, 은혜에 보답하겠습니다.

이와쓰키 군*도, 그후 경과가, 좋아서, 2월 중순에 퇴원할 예정이

* 이와쓰키 히데오(岩月英男). 이부세 마스지에게 사사했다. 그런 관계로 다자이와 알게 되었다.

라는 편지를 받았습니다. 한시름 덜었습니다. 그리고, 선생님의 출판기념회, 언제쯤이 좋으시겠습니까? 2월 말쯤이면, 술을 조금 드셔도, 위에 문제가 없을지요? 역시, 3월쯤이 좋으십니까? 저도, 머지않아, 종기가 낫는 대로, 오기쿠보로 찾아뵙겠으니, 그때, 알려 주시기 바랍니다. 얼마 전, 닛타 군*이 왔기에, 그때 선생님의 출판기념회에 대한 얘기를 했더니, 꼭 참석하고 싶다며, 열성을 보였습니다. 또, 시모요시다下吉田의 다나베 군**으로부터도, '닛타에게서 편지로 기념회에 관한 얘기를 들었습니다, 저도 꼭 참석하고 싶으니, 시간을 가르쳐주십시오, 시모요시다에서 달려가도록 하겠습니다'라는 내용의 편지가, 오늘 아침에 도착했습니다. 모두가 기대하고 있는 듯하니, 몸이 완치되신 뒤에, 기념회를 열었으면 합니다.

어젯밤(1일 밤) 여기까지 쓰고 잠을 잤는데, 오늘 아침(2일 아침) 등기 틀림없이 받았습니다. 역시 90엔은, 미안하다는 생각이 들기에, 약간 액수를 줄여 달라고 청할 생각입니다.

해이해지지 않도록, 마음을 다잡아 정진할 생각입니다. 종기가 낫는 대로, 찾아뵙도록 하겠습니다. 선생님도, 부디, 건강에 유념하시기 바랍니다.

2월 2일 아침, 슈지 올림

이부세 마스지 님.

* 닛타 세이지(新田精治). <후가쿠 백경>에 닛타 씨에 관한 이야기가 나온다.

** 다나베 다카시게(田辺隆重). 역시 <후가쿠 백경>에 다나베 씨에 관한 이야기가 나온다.

97

4월 5일

도쿄 시모미타카마치 시모렌자쿠 113번지에서

도쿄 혼고 구 무코우가오카 야요이마치(弥生町) 1번지 야요이 아파트 야마기시 가이시에게 (엽서)

오늘 아침, 엽서를 받고, 여전한 자네의 의심을 추하다고 생각했네. 나도, 최선을 다해 노력하고 있으니, 앞으로도, 나의 말은, 단순하게 믿어 주기 바라네. I can과, I cannot을, 앞으로도, 나는, 분명하게 구별해서 써 나갈 생각이니.

사토 선생님께는, 어제 이른 아침에 다녀왔네. 일정대로 찾아뵈었네. 선생님께서 댁에 계시기에, 내가 용건*을 말씀드렸더니, 선생님께서는 "물론, 내가 발기인이 되는 건, 상관없지만, 야마기시가 싫어하지 않을까"라고 하시기에, 나는 "아닙니다"라고 대답하고, 언젠가 빔에 썼던 그것을, 품에서 꺼내, 읽어 내려갔네. 선생님께서도 납득하시고, "발기인이 되기로 하겠네만, 실은, 10일부터 20일까지, 시코쿠 지방으로 강연여행을 떠나야만 하네. 기념회 날짜를 조금 더 일찍 들었다면, 어쩌면, 여행의 일정을 조절할 수 있었을지도 모르겠지만, 지금은 미안하지만 참석할 수 없을 듯하니, 야마기시 군에게도, 기분 나쁘게 생각지 말아 달라고 전해 주게"라고 말씀하셨네. 그리고 "아쿠타가와론은 아직 절반밖에 읽지 못했기에, 전체적인 평은 할 수 없지만, 나도 곧 300매 정도의, 아쿠타가와론을

* 야마기시 가이시의 저서 ≪아쿠타가와 류노스케≫ 출판기념회의 발기인을 청하는 일

출판할 생각이니, 야마기시 군의 아쿠타가와론을 적극 참고할 생각이라네"라고 말씀하셨네.

기분이 매우 좋으신 듯, 우에노, 긴자 등, 하루를 함께 돌아다녔다네.

98

4월 무렵
도쿄 시모미타카마치 시모렌자쿠 113번지에서
도쿄 요쓰야 구 이가마치 12번지 다케무라 출판사 다케무라 히로시에게

일전에는 바쁘신데, 오랫동안 폐를 끼쳐서 참으로 죄송했습니다.

여러 가지 말씀을 들을 수 있어서 진심으로 즐거웠습니다. 오늘 엽서와 교정지 틀림없이 받았습니다. 교정은 내일 아침, 보내드릴 수 있을 것 같습니다.

원고가 부족하신 듯하니, 지금 곧 따로이 등기 속달로 <알토 하이델베르크> 한편을 보내도록 하겠습니다. 얼마 전에 막 발표한 것이니, 뒷부분 (<갈매기> 다음에) 넣어서 편집하시기 바랍니다.*

그 외에도 2편 정도 정월에 발표한 소설이 있었는데, 그것은 벌써 다른 출판사 분께서 가져가 버려 지금 제 손에는 아무것도 없습니다.

가와데 출판사인데, 6, 7월쯤에 원고가 모이는 대로 출판할 생각이라고 합니다.** 하지만 저도, 다케무라 씨의 책과 겹치지 않도록

* 1940년 4월 다케무라 출판사에서 간행한 ≪피부와 마음≫

가능한 한 뒤로 늦추어서 출판하도록 신경을 쓰고 있으니, 그 점은 안심하시기 바랍니다.

이상, 실정을 있는 그대로 말씀드린 것으로, 아무런 마음속 계산도 없다는 점을 믿어 주시기 바랍니다.

다케무라 씨에게는, 최근의 깊은 애정을 품고 있는 작품만 모아서 보냈습니다. 아름다운 단편집을 만들고 싶습니다.

＜알토 하이델베르크＞는 ≪부인화보≫에 발표했던 것인데, 이삼 년 간 쓴 것 중에서도 가장 제 마음에 드는 단편소설입니다. 23매짜리 작품인데, 왠지 읽고 나면, 마음이 편안해집니다. 저 자신도 잘 설명할 수가 없습니다.

잘 부탁드리겠습니다.

표지 디자인은 일임하도록 하겠습니다. 산뜻하게 해주시기 바랍니다.

어떤 식으로 나오게 될지 기대됩니다. 이번에야말로 많이 팔렸으면 좋겠다고 마음속으로 빌고 있습니다. 그럼, 다시 연락드리도록 하겠습니다.

99

5월 6일
도쿄 시모미타카마치 시모렌자쿠 113번지에서
도쿄 스기나미 구 아마누마 3번가 585번지 히라오카 도시오에게

** 1940년 6월 가와데 출판사에서 간행한 ≪여자의 결투≫

일전에는, 졸저拙著*에 대해, 과분한 말씀을 주셔서, 황송, 부끄럽기 짝이 없습니다. 한번 찾아뵙고, 사죄가 됐든 무엇이 됐든, 밀린 얘기를 나눠야겠다고 생각했습니다. 그런 생각을 품고 있었으면서도, 이래저래 그날 그날의 생활에 쫓기다 보니, 오늘까지, 연락을 드리지 못했습니다. 아무쪼록, 너그러이 봐주시기 바랍니다.

우에다 군에게, 5년 전에 병에 걸렸을 때 빌렸던 것도, 아직 갚지 못한 채로 있는데, 매일 마음에 두고는 있지만, 손을 쓰지 못하고 있고, 가끔 돈이 들어와도 가까운 곳에 있는 사람에게 먼저 지불을 하고, 좀처럼, 뜻대로 되지 않아서, 오늘까지, 우에다 군에게는 물론, 중재를 해주신 귀형에 대해서도, 참으로 뵐 면목이 없었습니다. 이제 와서 이렇다 저렇다, 나약한 변명 늘어놓지 않겠습니다. 제가 부족해서 그러니, 부디, 용서해주시기 바랍니다. 가끔 원고료, 인세가 들어와도 생활비로 쓰기에 급급했었지만, 얼마 전, 고향에서, 약간의 용돈을 보내왔기에, 동봉한 금액만큼만 보내겠습니다. 모쪼록, 귀형께서, 번거로우시더라도 우에다 군에게, 보내 주시기 바랍니다.

이제 와서 갚는다는 것도, 굉장한 실례이고 무례한 일이기에, 저도, 예전부터 갚는 것은, 그만두기로 하고, 그 대신 언제까지고 지난날의 은혜를 기억해 두었다가, 훗날, 훨씬 더 커다란 것으로 갚자고 생각했었지만, 그래도 다시 생각을 바꿔서, 나 자신은, 그렇게 굳게 결심했다 할지라도, 상대방에게는, 그런 마음이 전달될

* ≪피부와 마음≫

리도 없으니, 지금, 설령, 실례가 된다 할지라도, 어쨌든 이것만큼은 돌려드리고, 저의 속마음도 이해를 시키고, 나머지는 다시 그 뒤의 일이다, 라는 생각이 들었기에, 정말로, 이제 와서 갚자니, 오히려, 실례가 되지만, 저는 결코 '돌려 드리면 그것으로 끝'이라는 무례한 생각을 갖고 있는 것이 아니니, 그 점도 우에다 군에게 잘 좀 말씀해주시기 바랍니다. (말씀하시기 귀찮으시다면 이 부족한 글을 동봉하시어, 우에다 군에게 보내셔도 상관없습니다.)

우에다 군도, 이제 와서 받기가, 썩 내키지는 않겠지만, 그 점은, 참고, 눈을 감고 받아 주기를, 저도 간절히 바라고 있습니다. 아무쪼록, 잘 좀 부탁드리겠습니다. 굉장히, 어수선한 편지가 되고 말았습니다. 거짓말이 아니라, 땀을 훔쳐 가며, 쓰고 있습니다. 부디, 생각한 바를, 밝히 살피시어, 우에다 군에게 잘 좀 말씀해주시기 바랍니다. 저도, 지금은 힘껏 착실하게, 정진을 거듭하고 있습니다. 인기 작가가 되고 싶지는 않습니다. 조용하게, 오랜 시간에 걸쳐서 노력해 나갈 생각입니다.

다자이 오사무 올림

히라오카 도시오 님.

그리고 우에다 군의 주소는, 이미 알고 계시겠지만, 나카노 구 오타키초小瀧町 히가시나카노東中野 아파트 이시우에 겐이치로石上玄一郎입니다.

100

6월 7일
도쿄 시모미타카마치 시모렌자쿠 113번지에서
도쿄 고지마치 구 마루노우치 2번가 2번지 마루(丸) 빌딩 중앙공론사 내 부인공론(婦人公論) 편집부 노구치 시치노스케(野口七之助)에게 (엽서)

여름 기운이 완연합니다. 매일 바쁘실 줄로 알고 있습니다. 일전에는, 저야말로, 오랫동안 붙들고 있어서 실례가 많았습니다. 오늘은, 또, 청결한 편지를 주셔서, 감사히 생각하고 있습니다. 무슨 말씀이신지 잘 알았습니다. 개운합니다.* 지금도, 이 엽서를 쓰면서, 싱글벙글하고 있으니, 괜찮습니다. 참으로, 걱정을 끼쳤습니다. 결코 오만해서가 아니라, 아직 익숙하지 않고, 재주가 없어서 그러니, 그 점, 편집부 여러분께도, 오해 없도록, 잘 좀 말씀해주시기 바랍니다. 조만간, 다시, 시간 괜찮으실 때, 유쾌한 얘기 나눕시다.

101

6월 20일
도쿄 시모미타카마치 시모렌자쿠 113번지에서
도쿄 요쓰야 구 기타이가마치 12번지 다케무라 출판사 다케무라 히로시에게

정성스러운 엽서 받아보았습니다. 야쓰谷津에서, 저는 조그만 은어(3치 내외)를 20마리 잡았습니다. (제물낚시로.) 가메이 군도

* <큰 은혜는 말하지 못하고>가 ≪부인공론≫에 실리지 못한 것을 말함

열 마리 이상 낚았습니다. 가메이는, 태어나서 처음으로 낚싯대를 잡았는데, 금세 잡았기에, 뛸 듯이 기뻐하며, 앞으로는 한 달에 한 번은 낚시를 하겠다고 자신만만입니다. 은어가 굉장히 많습니다. 족대로도 잡을 수 있을 정도였습니다. 곤 간이치 군의 창작집 작업을 하신다고 하니, 만세입니다. 곤 군도 얼마나 기뻐할지 모르겠습니다. 바로, 곤 군에게도 통보하도록 하겠습니다. 24일 월요일(오후 2시경) 둘이서 찾아뵙도록 하겠습니다.

102

8월 2일
도쿄 시모미타카마치 시모렌자쿠 113번지에서
교토 쓰즈키(綴喜) 군 아오타니무라 16번지 기무라 쇼스케(木村庄助)에게 (엽서)

오늘 아침에 받은 긴 편지에 대해서, 매우 간단한 답장을 보냅니다. 이해해주시기 바랍니다. 귀형의 문학이 장래성이 있는가에 대해서는, 귀형이 앞으로, 5년 더, 자중하는 생활을 하신 뒤에, 답하도록 하겠습니다. 틀림없이 약속하겠습니다. 저도, 그때까지는 살아 있도록 하겠습니다.

몸이, 좋지 않으신 듯한데, 회복을 빌겠습니다. 꾸밈이 없는 일기* 를, 몸에 무리가 가지 않을 정도로, 써 보시면 좋을 것입니다. 어머님을, 소중히 생각하시기 바랍니다. 제가, 부탁합니다.

* <판도라의 상자>는, 기무라 쇼스케의 치료일기를 소재로 하여 쓴 것이다.

103

11월 1일
도쿄 시모미타카마치 시모렌자쿠 113번지에서
도쿄 혼고 구 고마고메 센다기마치 50번지 야마기시 가이시에게 (엽서)

어제는, 아침부터 밤까지, 여러 가지로 복잡하게 슬픔, 엄숙함, 친밀함, 그 외의 가득한 감동으로, 말로 표현하기도, 어색하여, 말없이, 가슴에 담아 두고 싶다고, 생각하고 있습니다.

부처님께서, 편안히 잠들기를 기원하고 있습니다. 저는, 1940년 10월 31일을, 잊지 못할 것입니다.

그후에, 샹클레르로, 야마다 군을 찾으러 갔다가, 주머니를 전부 털리고 왔습니다.

10엔은, 역시, 가까운 시일 안에 좋은 기회가 오면 쓰도록 하겠습니다.

104

11월 23일
도쿄 시모미타카마치 시모렌자쿠 113번지에서
도쿄 시타야 구 류센지초(龍泉寺町) 337번지 요미우리 신문 출장소 안 고야마 기요시(小山淸)에게 (엽서)

원고를, 여러 가지로 흥미롭게 읽었습니다. 생활을 어지럽히지 말고, 조용히 공부를 해 나가십시오. 지금 당장 대작을 써야겠다 생각지 말고, 느긋하게 **주위를 사랑하며** 생활하도록 하십시오. 그것만이, 지금의 당신에 대한, 저의 간절한 바람입니다.

105

12월 2일

도쿄 시모미타카마치 시모렌자쿠 113번지에서

도쿄 혼고 구 고마고메 센다기마치 50번지 야마기시 가이시에게 (엽서)

엽서, 받아 보았습니다. 술을 마시면, 저도, 대부분 뒤끝이, 좋지 않았었나? 몹쓸 짓을 했나? 하고 생각해봅니다. 술 마시는 사람들의 일반적인 버릇인 듯도 합니다. 그것이 어쩌면, 참맛일지도 모르겠습니다. 어쨌든, 저에 대해서는 걱정 마십시오. 저야말로, 죄송했습니다, 라고 말하고 싶은 기분입니다. 제게, 돈이 아주 많다면, 귀형과 실컷 놀고 싶습니다. 실컷 놀고, 실컷 배우고 싶습니다. 요즘 작업 어떻습니까? 저는, 매일, 쫓기고 있습니다. 12월 10일 이후에는, 쉴 생각입니다. 위로회는, 참으로 당연한 일이라고 생각합니다. 모든 것은, 백지로 환원하고, '망년회'는 어떻겠습니까? **망년**의 의미, 이제야 알 것 같은 느낌이 듭니다. 6일 오후 6시, 아사가야 역 북쪽 출구 거리의 '피노키오'에서, 문학을 이야기하는 모임*이 있는 듯, 저도 참석할 생각입니다. 형과 만날 수 있으면 좋겠습니다.

* 제1회 아사가야 모임. 이때의 총무는, 다바타 슈이치로(田畑修一郎), 나카무라 지헤이, 오다 다케오(小田嶽夫) 세 명이었으며, 회비는 2엔이었다.

106

12월 12일
도쿄 시모미타카마치 시모렌자쿠 113번지에서
도쿄 혼고 구 고마고메 센다기마치 50번지 야마기시 가이시에게 (엽서)

어젯밤에는, 고생을 했습니다. 닛포리日暮里에서 한숨 돌리고, 스가모巣鴨에서 내려 한숨 돌리고, 가메이는 토를 하고, 저는 잠들고, 다시 서로 격려해가며, 간신히 신주쿠新宿에서 전차를 탔는데, 이번에는 제가 전차 창밖으로 토하고, 가메이는 약간 정신을 차리고, 저는 정신을 잃고, 간신히 가메이가 등에 업듯 하여 미타카의 집까지 데려다 주었습니다. 귀형이 가장 셉니다. 식사는, 당일하면 될 것 같습니다.

모두에게도 안내장을 보냈습니다.

32세
(1941년)

미타카 시절 I (3)

중일전쟁이 더욱 치열해져서 일본은 진퇴양난의 상태에 이르렀다. 도조 히데키(東條英機) 내각은 문화정책이라는 미명하에 수많은 문인들을 징용하여 전선(戰線)에 파견, 종군 작품을 쓰게 했다. 또 일본 내에서는 드디어 생활필수품이 부족해져 배급의 통제가 더욱 엄격해져 갈 뿐이었다. 오사무는 11월에 문인 징용을 받고 혼고 구청에 출두했지만 신체검사 결과, 흉부질환 때문에 면제되었다. (이부세 마스지는 이때 합격하여 12월에 싱가포르로 출발했다.)

국수주의가 횡행하여 오사무에게는 잡지사로부터의 원고 청탁도 줄어들었다. 그런 중에서도 오래 전부터 집필해 오던 ＜신 햄릿＞을 완성한 것은 하나의 수확이었다. 시가 나오야(志賀直哉)의 ＜초봄의 여행＞, 도쿠다 슈세이(德田秋聲)의 ＜축도(縮図)＞와 함께 이 해의 눈에 띄는 작품 중 하나였다.

가정적으로는 장녀가 탄생, 10년 만에 고향의 생가(아오모리 현 가나기마치)를 방문했다. 12월 8일, 드디어 태평양 전쟁에 돌입했다.

107

2월 1일
도쿄 시모미타카마치 시모렌자쿠 113번지에서
도쿄 혼고 구 고마고메 센다기마치 50번지 야마기시 가이시에게 (엽서)

지난밤에는 실례했습니다. 또, 어제는, 격려의 엽서를 받고, 고마운 생각이 들었습니다. 오늘부터, 현안이었던 장편소설*을 쓰도록 하겠습니다. 300매 정도 예정입니다. 당분간, 다른 일은 거절하고 몰두할 생각입니다.

가메이 군에게, 책을 돌려주러 갔더니 미야코 신문을 보여주었습니다. 형의 글은, 따뜻한 말씀이었습니다. 역시 저는, 상당히 동생이라고 생각했습니다. 안심하고, 지금부터 노력할 수 있을 것이라는 생각이 들었습니다. 인내심을 갖고 지켜봐 주시기 바랍니다. 가메이 군의 응접실에 무사武者 씨가 홀연 나타났습니다. 뜻밖으로, 세련된 할아버지였습니다.

다음에, 또.

* <신 햄릿>

108

2월 8일

도쿄 시모미타카마치 시모렌자쿠 113번지에서

도쿄 혼고 구 고마고메 센다기마치 50번지 야마기시 가이시에게 (엽서 2장 연속)

① 배복.

엽서를, 몇 번이고 열심히 읽었습니다. 때때로 화가 나기도 하고, 부끄럽다는 생각이 들기도 했습니다. 그런 다음, 깊이 생각해서(물론 엄숙하게 과거를 살펴봤습니다.) 엽서를 썼다가, 3장 찢어 버렸습니다. 이삼일 기다려 볼까도 생각해봤지만, 문득 떠오르는 생각도 있었기에, 다시, 완전히 처음부터 답장을 썼습니다. 형은, 틀림없이, 제가 싫어진 것이라는 생각이 들었습니다. 거기에는 저의 최근의, 약간 거칠어지고 기운이 떨어진 작품 탓도 있을 것이라 생각됩니다. 그런데 그것 이상으로, 그 기운이 떨어진 작품까지도 의리를 생각해서 형이 칭찬한 탓에도 원인이 있다고 생각했습니다. S씨에게도, 틀림없이 저를 칭찬하셨을 줄로 압니다. 앞으로는, 의리를 생각지 마십시오. 자유분방하게 일을 해 나가시기 바랍니다. 저도, 언제까지고 같은

② 곳을, 헤매고 있지만은 않을 생각입니다. 올해는, 뭔가 하나를 보여드릴 수 있을 것입니다. 올해, 그렇게 못한다면, 버리십시오. 형은, 완전히 넌덜머리가 난 듯하지만, 1년만 더 참아 주실 수 없겠습니까? 저는 유다가 아닙니다. 저는, 후나바시에서, 누구 때문

에, 무엇 때문에 미쳐버렸는지, 아십니까?

저는, 지금은, 형의 약간은 좋은 친구라고 생각하고 있습니다. 그 점은, 부디 믿어 주시기 바랍니다. (저는 득실을 따져 가며, 형과 술을 마시는 게 아닙니다.)

숙제에 답하겠습니다.

1. 피에타. 잘, 했다고 속삭였습니다.

2. 야마기시는, 내가 가장 좋아하는 시인입니다. 지금은 약간 불행합니다.

3. 산타, 유다를 고용할 것.

두 번째 답안은, 아직 합격점이 아닌 듯합니다.

제가, 충분한 자신감을 가지고, 'Y는 천재'라고 답하고 싶습니다. 그렇게 될 것이라고 생각됩니다.

109

6월 7일
도쿄 시모미타카마치 시모렌자쿠 113번지에서
도쿄 스기나미 구 시미즈마치 24번지 이부세 마스지에게 (엽서)

지금 막, 무사히 태어났습니다. 여자아이인 듯합니다. 저희를 위해 이름까지 생각해주셨는데, 안타까운 일입니다. 하지만, 이 다음에는, 틀림없이 남자아이를 만들 테니, 모쪼록 그때 쓰도록 하겠습니다. 산모도 아이도, 건강합니다. 안심하십시오. 우선은, 가장 먼저 보고를 드립니다. 소노코園子라고, 붙일까 생각중입니다.

6월 7일 오전 1시

(커다란 아이로, 3.3킬로그램이라고 합니다.)

110

6월 18일
도쿄 시모미타카마치 시모렌자쿠 113번지에서
도쿄 시타야 구 류센지초 337번지 요미우리신문 출장소 내 고야마 기요시에게
(엽서)

귀하의 원고를 읽어보았습니다. 한두 군데, 귀중한 묘사가 있었습니다. 부끄러워할 이유는 없습니다. 후반, 허술합니다. 엉망입니다. 다음 작품을 기대하겠습니다. 분위기나 냄새를 의식하지 말고, 정확이라는 것만을 염두에 두면 좋을 것이라 생각합니다.

(그리고, 인간은 모두, 추한 것입니다.)

111

6월 25일
도쿄 시모미타카마치 시모렌자쿠 113번지에서
도쿄 스기나미 구 시미즈마치 24번지 이부세 마스지에게

배계拜啓.

일전에는, 실례 많았습니다. 또 그때는, 장어를 마음껏 먹었고, 머리고기와 간도 모두 맛있게 먹었습니다. 정말로, 감사합니다.

한편, 야마기시 군의 결혼 문제로, 여러 가지 걱정을 끼쳐 드려, 저 역시 진심으로 사과드립니다. 어제, 야마기시 군의 집으로 가서 상의했습니다. 여행도, 야마기시 군 혼자라면 기꺼이 참가하고 싶지만, 아무래도, 약혼자와 함께 하는 것은, 부담스럽기도 하고, 부끄럽기도 하니, 너무 힘들 것 같다고 합니다. 그래서 곧, 야마기시 군이 약혼자를 데리고, 시미즈마치의 댁으로 인사를 드리러 가기로 했습니다. 상당히 좋은 약혼자이니, 모쪼록 잘 봐주시기 바랍니다. 그리고 주례는 이부세 님 부부께서, 꼭 좀 맡아 주십사 하는 바람이었습니다. 틀림없이 평생의 좋은 길동무가 되어, 잘살 것이라 여겨지니, 선생님께서도, 그 점은, 조금도 걱정 마시고, 부디 흔쾌히 승낙해주시기 바랍니다.

28일쯤, 야마기시 군이 시미즈마치로 그 사람을 데리고 갈 예정이니, 부디, 그 사람을, 잘 봐주시기 바랍니다. 틀림없이, 납득하실 수 있으리라 여겨집니다. 나이는 서른한 살인 듯합니다. 센다이仙台의, 학교 선생님의 장녀로, 그 선생님은, 얼마 전 돌아가셨는데, 돌아가시기 전에 야마기시 군을 만나서, "딸을, 잘 부탁하네"라고 말씀하셨습니다. 임종 때에도, 야마기시 군이 센다이까지 갔습니다. 마침 저희가 고후의 도요칸東洋館에 있을 때의 일이었습니다. 그때, 야마기시 군이 고후에 온다고 했다가, 갑자기 급한 일이 생겨서 못 오지 않았습니까? 그때, 아버님께서 돌아가신 것입니다. 어머님은, 훨씬 전에 돌아가셨기에, 지금, 그 약혼자는 고아가 되었습니다. 따라서, 야마기시 군이 그때, 센다이에 갔을 때, 센다이의 친척들과는 모두 인사를 했다고 합니다. 그래서 결혼식 때, 센다이 쪽 사람들은 참석하지 않고, 그저, 야마기시 군의 숙부인 은행가 부부만 참석하고, 나머지는, 이부세 님 부부와, 가메이 군과, 사토 씨와, 저만이 참석하고, 식장도, 언젠가 사토 씨에게 대접을 받았던 우에노의 시오하라塩原 부근, 오후 5시 무렵부터, 아주 편안하게, 술을 마시기로 했습니다. 이부세 님께 번거로운 일은 조금도 부탁드리지 않을 생각이니, 그저, 주례자로서 꼭 부부께서, 신랑과 신부 곁에 앉아 계셔 주시기만 한다면, 대단히 감사하겠습니다. 꼭 좀, 부탁드리겠습니다. 28일쯤에, 야마기시 군이 약혼자와 함께 찾아뵐 예정이오니, 모쪼록 여러 가지 말씀 들어주시기 바랍니다. 저는, 내일, 음식점과 얘기를 하러 갑니다. 야마기시 군은, 이번 달 30일이 다이안(大安, 길일 _옮긴이)이니, 그날이 좋지 않겠느냐고 하고 있습니다. 하지만, 음식점의 방 때문에, 이삼일 미뤄질지도 모르겠습니다. 바로, 제가 다시 보고 드리도록 하겠습니다.

7월이 되면 더워져서, 신부가 땀을 흘리기 때문에 곤란하다고 합니다.

참으로, 번거로우시겠지만, 선생님에 대한 저희들의 존경의 정을 생각하시어 용서해주시기 바랍니다. 일이 확정되는 대로, 다시, 청을 드리러 찾아뵙겠지만, 우선은 위와 같이 중간보고를 드립니다.

다자이 오사무

이부세 님.

112

8월 2일

도쿄 시모미타카마치 시모렌자쿠 113번지에서

도쿄 스기나미 구 시미즈마치 24번지 이부세 마스지에게

중요한 용건을, 먼저.

'**쓰기 전**에는, 외국산보다, 뛰어난 순수 국산 비행기를 만들어 보겠다는 의욕이 있었습니다. 외국의 2류 3류 작가보다는, 일본의 작가가, 요즘에는 훨씬 더 뛰어나다는 점을 직접 증명하고 싶었습니다.

그리고 저의 과거의 생활감정을 완전히 정리해서 글로 남기고 싶다는 생각이 있었습니다. 그런 의미에서는, 사소설일지도 모르겠습니다. 그리고 형식은 희곡을 닮았지만, 연극이 아니라, 새로운 형식의 소설을 쓸 생각으로 써 내려갔습니다.

그런데 **쓰고 난 후**에는,

지금 제 능력에 한계가 있다는 사실을 깨달았습니다. 이것은 고마운 일이라고 생각합니다. 안타까운 마음도 있지만, 또 한편으로는 사람들로부터 지적을 받아도, '아뿔싸!'라며 낭패의 빛을 보이지 않습니다. 깨끗하게 포기한 부분이 있습니다.'*

이것으로 마치겠습니다. 쓰기가 매우 어렵고, 이부세 씨가 웃으실 것 같다는 생각이 들어서, 조금도 정리가 되지 않습니다.

오늘, 드디어 틀니가 완성됩니다. 그것도 임시 틀니라고 합니다.

* <신 햄릿>에 관한 감상

지난 1개월 동안, 참으로 우울해서 견딜 수 없었습니다.

오늘 틀니를 하고, 가장 먼저 이부세 씨 댁을 찾아가야겠다고 생각했었지만, 도저히 부끄러워서 안 되겠습니다. 조만간, 자연스럽게 찾아뵙도록 하겠습니다.

어제는, 아내와 아이가 댁을 찾아뵙고 환대를 받았다고 하니, 참으로 감사합니다.

지난 수요 모임은, 이부세 씨가 계시지 않았기에, 쓸쓸한 모임이었습니다. 기야마 군만이 장기에서 연전연승하여, "오늘 모임은, 좋은 모임이었어"라며 싱글벙글했기에, 모든 사람들의 웃음을 샀습니다. 다음 수요일에는, 장기 모임으로 할까 하고 말하기도 했습니다. 가능한 한 모시러 가겠습니다. 가메이 군은, 31일에 홋카이도로 떠났습니다. 고향에 제사가 있다고 합니다. 오륙일쯤에 돌아온다고 합니다.

치아 문제가 일단락 지어지면, 저도 여행을 떠나고 싶습니다.

고후 로케이션은 '고마 씨'입니까? 이와쓰키가, 지금 천하다실에 머물고 있는데, 매일 주인과 바둑을 두고 있다고 합니다. 그리고 미사카는 매일, 짙은 안개에 휩싸여 있다고 합니다.

조만간, 다시.

다자이 드림

이부세 선생님.

113

10월 9일
도쿄 시모미타카마치 시모렌자쿠 113번지에서
도쿄 혼고 구 고마고메 센다기마치 50번지 야마기시 가이시에게

이 세상에서 가장 가까운 세 사람과 여행할 수 있었기에, 이번에는 저야말로 가장 행복했었다고 감사하고 있습니다.

(듣기 좋으라고 하는 소리가 아닙니다, 진실된 마음으로 쓰고 있습니다.)

형에 대해서는 무사충정無私衷情입니다. 신뢰해주시기 바랍니다. 때로는 '건방진!' 혹은 '멍청한!'이라 생각되는 허튼 소리도 할지 모르겠지만, 그러나 형의 고투를 알고 있다는 생각입니다. 조만간 다시.

이 편지지는 중국 것이라고 합니다. 어젯밤 매형에게서 받았습니다. 중국의 문화에 경의를 느낍니다.

114

12월 2일
도쿄 시모미타카마치 시모렌자쿠 113번지에서
도쿄 시타야 구 류센지초 337번지 요미우리신문 출장소 내 고야마 기요시에게

어떻게 지내십니까? 매일, 조금씩 쓰고 계십니까? 당신 자신을 소중히 여기시기 바랍니다.

믿음을 갖고,

성공해야만 한다.

따로 미타카에, 일부러 오지 않아도 좋으니, 조금씩이라도 써 나가기 바랍니다.

(하루에 한 줄이라도)

115

12월 4일
도쿄 시모미타카마치 시모렌자쿠 113번지에서
도쿄 나카노 구 노가타마치 2번가 1230번지 기쿠타 요시타카(菊田義孝)에게
(엽서)

걱정스러운 편지 받았습니다.

살아 있는 자에게는, 시를 쓸 권리가 있습니다. 순수하게 살아가시기 바랍니다.

하늘 나는 새를 보라,
뿌리지 않고,
거두지 않고,
창고에 쌓지도 않고.

들판의 백합은 어떻게
자라는지를 생각하라,
스스로 힘쓰지 않고,

옷을 짓지 않는다.

자신을 사랑하기 바랍니다.

116

12월 31일

도쿄 시모미타카마치 시모렌자쿠 113번지에서

도쿄 세타가야 구 오하라마치 1070번지 곤 간이치에게 (엽서)

마침 엽서가 떨어져서, 이런 엽서에 보내, 미안합니다.

일전에는, 실례가 많았습니다. 오랜만에 찾아왔는데, 미안하다고 생각하고 있습니다. 돈 문제 때문에 시내에 나갔었습니다. 원고는, 가메이 군에게 부탁해, 틀림없이 문학계에 실을 수 있도록, 노력하겠습니다. 이번 것은 매수도 적당하고, 저도 자신이 있습니다. 정월에, 부디 놀러 오시기 바랍니다. 집안 여러분께도, 안부 전해 주십시오.

지금, 잠깐, 귀형의 원고를 들여다보며, 3매 정도 읽었습니다. 잘 썼습니다, 좋습니다.

117

12월 31일
도쿄 시모미타카마치 시모렌자쿠 113번지에서
도쿄 세타가야 구 오하라마치 1070번지 곤 간이치에게 (엽서)

귀형의 작품, 지금 막 읽기를 마쳤습니다. 좋은 작품을 쓰셨습니다. 기분이 아주 좋아서, 담배를 한 대 피웠습니다. 그리고 참을 수가 없어서 이 엽서를 썼습니다. 이 상태로, 이 상태로, 꼭 발표하도록 하겠습니다. 참으로, 기분이 좋습니다.

33세
(1942년)

미타카 시절 I (4)

"1942년, 43년, 44년, 45년, 우리에게는 참으로, 가혹한 시대였다. 나는 세 번이나 점호를 받았는데, 그때마다 죽창 돌격을 맹연습했으며, 새벽 동원이다 뭐다, 그동안 짬짬이 소설을 써서 발표하면, 그것이 정보국의 감시를 받고 있다는 소문이 떠돌았고, 1943년에 ＜우다이진 사네토모(右大臣實朝)＞라는 2백매짜리 소설을 발표했더니 ＜유다야 인 사네토모＞라고 지들 멋대로 읽더니, 다자이는 사네토모를 유태인 취급했다, 라고 무슨 소리를 하는 건지, 단지 악의만을 품고 나를 비국민 취급하여 탄핵하려 하는 비열한 '충신'도 있었다." —＜15년간＞ 중에서

＜꽃보라(花吹雪)＞는 게재하지 못했으며, ＜종달새 소리＞(200매)는 검열을 염려하여 출판을 뒤로 미뤘다.

유럽을 휩쓴 전쟁 상황도 드디어 고비를 넘기기 시작했다.

118

3월 22일

도쿄 시모미타카마치 시모렌자쿠 113번지에서

도쿄 시부야 구 하타가야하라마치 888번지 다카나시 가즈오(高梨一男) (엽서)

여행에서 돌아온 뒤로 이삼일, 귀찮은 잡무 산더미처럼 쌓여 있는 것을 정리하느라, 오늘, 간신히 책상에 앉을 수 있었습니다. 감사의 인사 늦어서 죄송합니다.

이번에는 아마도, 여러 가지로 애쓰셨을 줄로 압니다. 멋진 장정* 으로, 깜짝 놀랐을 정도였습니다. 감사합니다. 귀형의 두터운 마음과 뜻, 깊이 느끼고 있습니다. 지나는 길에라도 미타카에 들르시기 바랍니다. 대부분은 집에 있습니다. 귀형의 시詩 원고도 올 정월에, 잘 편집해 두었습니다.

119

6월 29일

도쿄 시모미타카마치 시모렌자쿠 113번지에서

도쿄 혼고 구 고마고메 센다기마치 50번지 야마기시 가이시에게 (엽서)

그런 일에 마음을 두시다니, 천의무봉天衣無縫도, 아직 참된 것이 아니로군요. 조만간 제가 혼고로 놀러 갈 생각입니다. 며칠 전, 졸저를 두 가지 보내드렸습니다. 짬이 나실 때 읽어보시기 바랍니다.

* 한정판 ≪직소≫

저는 어제부터 또 점호의 군사교련으로, 돌격! 왓! 하는 등의 연습. 오늘도 지금부터 나가봐야 합니다.

7월 6일에 점호의 실전이 있습니다.

120

7월 4일
도쿄 시모미타카마치 시모렌자쿠 113번지에서
도쿄 요쓰야 구 기타이가마치 12번지 다케무라 출판사 다케무라 히로시에게

조금 전 <알토 하이델베르크> 3천 부에 대한 인세 540엔 틀림없이 받았습니다. 직접 받으러 가야 하는데 이래저래 정신이 없어서, 보내 주시게 하여 참으로 죄송합니다. 아내가 오봉(お盆, 8월 15일의 명절 _옮긴이) 전까지 뭔가 사고 싶은 것이 있었다고, 매우 기뻐하며, 다케무라 씨가 최고라고 말했습니다.

저는 내일모레가 점호이기 때문에, 오늘은 칙유勅諭와 군인의 마음가짐 등을 공부하고 있습니다. 올 9월에는 소집이 있다고 합니다. 교련에 참가하여 돌격 연습 등을 했는데, 이내 열에 시달리고 마니 참으로 걱정스러운 병사입니다. 점호가 끝나면, 열흘 정도 온천에라도 가서 요양을 하고, 그런 다음, 적당한 기회를 봐서 요쓰야로 놀러 갈까 생각중입니다.

오늘은 정말로, 고마웠습니다.

다시 감사의 인사 올립니다.

7월 4일, 다자이 오사무

121

7월 24일
고후 시 스이몬초 29번지 이시하라 씨 댁에서
도쿄 시부야 구 하타가야하라마치 888번지 다카나시 가즈오에게 (엽서)

일전에는 좋은 밤이었습니다.

사오일 전부터 고후에 있는 아내의 고향으로 와서, 망연히 지내고 있습니다. 오늘은, 넓고 텅 빈 객실에서, 홀로 포도주를 마시고, '그대를 그리매, 떠오르는 생각이 있다'는 심정으로, 이 엽서를 썼습니다. 좋은 삶을 살아야겠다고 생각했습니다. 당신은, 저의 애정과 신뢰를, (거침없고, 노골적인 비천한 말을 썼습니다. 눈을 꾹 감고, 참아 주시기 바랍니다) 믿어도 좋습니다.

그리고 언젠가 저의 수필집 원고, 그것을, 하나로 다시 잘 정리하여, 한잔해야겠다고 생각하고 있습니다.

수필집*에 대해서는, 조만간 다시 상의하도록 하겠습니다.

월말에는 귀경할 예정.

122

8월 9일
도쿄 시모미타카마치 시모렌자쿠 113번지에서
도쿄 시타야 구 류센지초 337번지 요미우리신문 출장소 내 고야마 기요시에게

* ≪문조집(文藻集) 신천옹(信天翁)≫(1941년 11월 출판)

마침 엽서가 떨어져서, 이런 엽서로, 실례를 용서 바랍니다. 일전에는, 대접도 하지 못하고 실례했습니다. 다음에는, 천천히 놀다 가십시오. 이번 작품도, 좋았습니다. 저널리즘은, 눈코 뜰 새 없이 바쁜 와중이니 당신의 작품을 조용히 감상할 수 없는 것도 어쩌면 당연한 일이라고 생각하지만, 안타까운 일입니다. 하지만, 언젠가는 반드시, 정당한 평가를 받을 것이라 생각합니다. 지금처럼 공부를 계속하시기 바랍니다. 다음 작품도 기대하고 있습니다. 어쨌든 당신도, 다자이라는 독자를 확실하게 얻었으니, 그것만으로도, 조그만 성공 중 하나라 믿으시기 바랍니다. 저는 11일쯤에 여행을 떠납니다. 20일까지는 돌아올 것입니다. 그럼, 다시.

123

10월 9일
도쿄 시모미타카마치 시모렌자쿠 113번지에서
센다이 동부 22부대 이시야마(石山) 부대 도이시 다이이치에게 (엽서)

어떻게 지내시는지, 늘 생각하고 있습니다. 뭔가, 도쿄에서 보내주기 바라는 것이 있다면 사양 마시고, 말씀해주시기 바랍니다. 얼마 전, 쓰쓰미堤가 놀러 왔기에, '오마모리(부적_옮긴이)는?'이라고 물었더니, 27일(?)에 보냈습니다, 라고 대답했습니다. 댁에, 도착해 있을 것입니다. 도이시에게 맞는 군복이 있을 리 없으니, 곧 돌아오지 않을까, 하는 등의 얘기를 하기도 했었는데, 미나노가와男女川가 예전에, 센다이의 연대에 들어간 적이 있었다고 하니, 그때의 군복이 남아 있을지도 모르겠습니다. 어쨌든, 건강하십시오. **총알**에 맞아 죽는 한이 있어도 병으로 죽지는 말라, 는 말도 있습니다. 그럼 다시, 소식 띄우도록 하겠습니다.

124

10월 17일
도쿄 시모미타카마치 시모렌자쿠 113번지에서
도쿄 시부야 구 하타가야하라마치 888번지 다카나시 가즈오에게

지난밤에는 실례가 많았습니다. 누가 뭐래도, 좋지 않았습니다. 누가 뭐래도, 그곳은, 좋지 않았습니다. 그곳은, 역시 안 됩니다. 앞으로는 멀리하도록 하겠습니다. 하지만 몇 년 만에 그 곳을 찾아간 것인데, 역시 누가 뭐래도 안 좋습니다.

정말로 실례 많았습니다.

＜불꽃놀이花火＞*는 '전시에 불량한 내용을 쓴 것을 발표한다는 것은 좋지 않다'는 이유로 삭제되었다고 합니다. 물론 그 한 작품에만 한정된 것으로, 작가로서의 앞으로의 활동에는 아무런 지장도 없다고 하니, 그저, 저도 느긋한 마음으로 일을 계속해 나가겠습니다.

＜불꽃놀이＞ 다음에 언젠가, 보여드리도록 하겠습니다. 당분간은, 창작집에도, 넣을 수 없을 테지만, 어쨌든, 때를 기다리겠습니다.

* ≪문예≫ 10월호에 발표 되었지만 전문 삭제 명령이 떨어졌다. 전쟁 이후, ＜일출 전＞이라 제목을 바꿔 발표했다.

구키九鬼 씨의 창작도, 곧 찾아서 읽어볼 생각입니다. 제가 읽은 창작 두 편 중에서, 소년에 관한 내용을 쓴 것이 저는 좋습니다. 천천히 다시 써 보시는 게, 어떻겠습니까?

앞으로는 조금씩, 분별없는 사람과는 놀지 않도록 주의할 생각입니다. 다카나시 군 등 두어 명만 있으면, 제게는 충분하다는 생각입니다. 여행은, 부담은커녕 한껏 기대를 하고 있습니다. 수필집이라도 나오면, 청유淸遊하러 갑시다. 놀고 싶은 친구도 적지만, 함께 여행하고 싶은 친구는 훨씬 더 적으니, 그 점, 잘 부탁드립니다.

이번 달 20일 무렵쯤까지, 단편 등의 일을 전부 마무리 짓고, 그런 다음, 드디어 <사네토모>에 착수할 생각. **피를 토하며 우는 두견새** 같다는 기분입니다.

내년이면 저도 35세이니, 한번, 중기의 잘된 작품을 남기고 싶은 생각입니다. (빨리 죽고 싶어서 견딜 수가 없다.)

다자이 오사무

다카나시 가즈오 형.

125

11월 15일

도쿄 시모미타카마치 시모렌자쿠 113번지에서

미타카마치 무레(牟礼) 1137번지 아사미 씨 댁 오누마 단(小沼丹)에게 (엽서)

편지가 점점 밝아지고 있기에, 기쁘기 짝이 없습니다. 일을 하게 된 것은, 잘된 일이라고 생각했습니다. 힘든 일도 있을 줄로 알지만,

문학에서 동떨어진 생활은, 상당한 문학의 비료가 될 것이라 생각됩니다. 이와 같은 시대에, 마음을 느긋하게 먹는 것, 중요하다고 생각합니다. 이부세 선생님도 올해 안으로는 돌아오실 것 같습니다.* 조만간 다시.

* 이 무렵, 이부세는, 군 보도반원으로, 동남아시아 쪽에 파견되어 있었다.

34세
(1943년)

미타카 시절 I (5)

전쟁의 국면은 마닐라 점령(1월), 싱가포르 점령(2월)으로 일본의 호조인 듯했다. 하지만 4월에 처음으로 도쿄에 공습이 있었다. '일본문학보국회'(6월)가 결성되고 자유주의자는 발언을 금지 당했으며 황도문학(皇道文學), 고전부흥이 제창되어, 갑자기 ≪만엽집(万葉集)≫ 등이 읽히기 시작했다.

'요즘 몰라보게 얼굴이 희어지지 않았나? 만엽을 읽고 있다고? 독자를 너무 속이지 말게. 우쭐거리며, 사람을 너무 얕잡아 보면, 전부 폭로해 버리고 말테니.' ―＜어떤 충고＞중에서

당시의 풍조에 대해 오사무는 위와 같이 비아냥거렸다. 검열이 강화되어, 오사무의 ＜불꽃놀이＞가 ≪문예≫에서 전문 삭제 명령을 받기도 했다. 잡지 ≪개조≫는 발매금지, 연극 공연도 제한되었다. 오사무는 10월에 어머니가 위독하다는 전갈을 받고, 처음으로 가족들을 데리고 본가를 찾았다.

이해, 국민들에게는 알리지 않았지만 미드웨이 해전에서 참패, 이후 전쟁은 점점 일본에 불리해져 갔다.

126

5월 28일
도쿄 시모미타카마치 시모렌자쿠 113번지에서
아오모리 시 쓰쿠리미치초(造道町) 아베 고세이(安部合成)에게

작별의 잔도 나누지 못해 안타까운 마음입니다. 오늘은 또 진귀한 물건을 잔뜩 받아 이보다 더 소중한 보물도 없을 것이라며 아내가 기뻐하고 있습니다. 소노코도 먹었습니다. 진심으로 감사의 말씀 전합니다. 부인과 아이들의 건강은 어떻습니까? 모쪼록 모두에게 잘 좀 전해주시기 바랍니다. 여기는 벌써 장마가 시작되어 잔뜩 찌푸린 날씨가 계속되고 있습니다. 그래서 저는 여전히 화택火宅에서, 기거하고 있습니다. 평생 이럴지도 모르겠습니다.

도쿄에 오실 일이 있으면, 들러 주시기 바랍니다.

새 책이 나오면 또 보내 드려야겠다고 생각하고 있습니다. 다른 사람의 것이라도, 좋은 것이 있으면 보내드리도록 신경 쓰겠습니다.

느긋한 마음으로 순수하게 일을 계속해 나가시기 바랍니다. 개인전을 기대하고 있겠습니다.

5월 28일, 슈지

아베 님.

127

6월 22일
도쿄 시모미타카마치 시모렌자쿠 113번지에서
도쿄 시타야 구 류센지초 337번지 신문공동판매소 내 고야마 기요시에게 (엽서)

일전에는 실례.

'스와홋쇼諏訪法性'* 정말, 고맙습니다. 대충, 그렇지 않을까 생각하고 있었는데, 이제, 이것으로 안심했습니다. 건강하게, 좋은 단편을 쓰십시오.

128

7월 11일
도쿄 시모미타카마치 시모렌자쿠 113번지에서
교토 쓰즈키 군 아오타니무라 16번지 기무라 시게타로(木村重太郎)에게

이번의 비보에 대해서, 저로서는 뭐라 애도의 말씀을 드려야 할지 모르겠으며, 앞으로는 일가가 전과 다름없이 생활하시기를 바랄 뿐입니다. 쇼스케 님의 문재文才에 대해서는 저도 남몰래 기대한 바가 있었는데, 하지만 아직 나이도 젊으니, 앞으로 오륙년쯤 지난 뒤에 빛을 발하리라 생각하고 있었기에, 저로서도 참으로

* <가일>의 마지막 부분에 '스와홋쇼의 투구'라는 말이 있는데, '홋쇼'라는 글자를 잘 몰랐기에 고야마가 조사해서 알려준 것에 대한 답장이다.

어리둥절할 뿐입니다.

일기는 분명 소중하게 간직하겠습니다. 천천히 읽어본 뒤에 고인의 유지에 따르도록 하겠습니다.

무엇보다도, 진심으로 애도의 뜻을 표합니다.

7월 11일, 오사무

기무라 시게타로 님.

129

8월 17일
도쿄 시모미타카마치 시모렌자쿠 113번지에서
도쿄 스기나미 구 고엔지 1번가 50번지 나카타니 다카오에게

이번 일로, 심려를 끼쳐 드려서, 진심으로 죄송하게 여기고 있습니다. 오봉을 맞아 10일쯤에 고후에 있는 아내의 본가에 잠깐 들렀다가, 바로 돌아올 생각이었지만, 위가 심하게 아파 누워 있는 바람에, 오늘에서야 간신히 돌아왔습니다. 집에 돌아와 보니, 귀형의 편지가 와 있기에, 바로 읽었는데, 담백한 심경에 참으로 기쁘고 마음 든든하다는 생각이 들어, 지체 않고 답장을 쓰고 있습니다.

생각한 것은 무엇이든 즉석에서 말하는 태도는 참으로 상쾌한 것이기에, 부족하나마 저도 그렇게 해야겠다 마음먹고 있습니다.

편지에 의해서, 모든 것이, 깨끗하게 씻겨 내려간 듯한 기분입니다. 저는 단순한 사내입니다. 그야말로 유태인처럼, 언제까지나 꽁하고 마음에 담아 두지 않습니다.

○○ 군이라는 것은 하가 군*이었습니다. 하가 군이 술에 취해서, 사심 없이 그렇게 말했고 또 술꾼들이 언제나 그렇듯 그것을 잊었던 것일지도 모르겠는데, 어쨌든, 하가 군으로부터는 진심이 담긴 긴 편지도 받았고, 이 이상은 이러쿵저러쿵 사람을 의심하고 싶지 않으니, 그 문제는 이것으로 매듭짓고 싶습니다.

진심으로, 이번 일로 걱정을 끼쳐 드려서, 참으로 죄송하게 생각하고 있습니다. '사네토모'가 완성되면, 공손히 바칠 생각입니다. 여러 가지로 애를 먹인 작품입니다. 지난 달이었던가, 이부세 씨를 만났을 때, 이부세 씨가 나카타니 씨의 소설(문예춘추에 발표한 단편이었던 것으로 기억합니다)을, 진지한 작품, 이라고 말씀하셨습니다. 저는, 아직 읽지 못했습니다. 이번에 단편집이 나오면, 꼭 한 권 보내 주시기 바랍니다. 서로의 작품을 교환하는 것이, 선후배 사이에서도, 가장 굳건한 애정과 신뢰 관계를 맺게 하는 것, 이라고 최근, 자꾸만 생각하게 됩니다.

술을 마시고, 기괴한 불꽃을 피워 올리며, 악수를 하는 것은, 그다지 믿을 만한 것이 아니라는 생각이 듭니다. 요즘에는 저도 진심으로, 일밖에 없다고 생각하게 되었습니다. 한가로울 때는, 군용 배낭을 베고 낮잠을 자는 식입니다.

서른대여섯 살은, 아무튼, 살아가는 것조차도 힘겨운 나이가 아닐는지요. 나카타니 씨의 경험으로는 어떠셨는지요? 가을부터는, 또

* 하가 마유미(芳賀檀)를 말함. 다자이의 <우다이진 사네토모>를 '유태인 사네토모'라 읽으며, 비국민 취급한 자가 있다는 소리를 들은 다자이는, 그 장본인을 나카타니라 군게 믿고 힐난하는 편지를 보냈다. 그에 대해 나카타니로부터 사실이 아니라는 답장이 있었고, 이는 그에 대한 답장이다. 이 일련의 사건에 하가 씨가 개입되었다는 사실이 밝혀졌다.

다시 다음 장편을 시작해야만 합니다. 무사시노武蔵野의 한구석에서, 꼼지락꼼지락 살아가며, 길에서 만난 사람들도 저를 돌아보지 않고, 그렇게 내심, 그달 그달의 생활비만을 걱정하며, 출판사에서 가불하고, 그렇게 일생이 끝날 것이라는 것은, 각오했던 일이라고는 하나, 일에서 오는 어려움까지 거기에 더해져서, 자신도 모르게 한숨짓기도 하지만, 그러나, 이것은 저 혼자에게만 국한된 문제도 아닐 터인즉, 저도 모르는 새에 불평을 한 꼴이 되어 버리고 말았습니다. 그러나, 때로는 불평도 들어주시기 바랍니다. 시간이 있으실 때는, 이노카시라 공원으로 놀러 오시지 않으시겠습니까?

어쨌든, 오늘은, 여행에서 돌아오자마자 편지를 쓰기에, 내용이 어지럽지만, 저의 뜻하는 바를 잘 헤아려 주시기 바랍니다.

참으로, 속이 후련해졌습니다. 이 모두가 담백한 심경 덕분이라고 믿고 있습니다.

앞으로도, 잘 부탁드리겠습니다.

다자이 오사무

나카타니 다카오 님.

130

11월 17일

도쿄 시모미타카마치 시모렌자쿠 113번지에서

도쿄 아라카와(荒川) 구 닛포리초(日暮里町) 9번가 1080번지 미야카와 겐이치로(宮川健一郎)에게 일전에는 실례 많았습니다. 또 오늘 아침 편지 진심으로 감사합니다.

편지를 주지 않으셨다 할지라도, 제가 편지를 드릴 생각이었습니다. 그저께, 귀형의 작품을 읽어보았습니다.

14일, 이부세 씨와 마실 때, 그 자리에는 가메이, 가와카미河上, 나카지마中島, 오다 다케오 등도 있었는데, 이부세 씨가 갑자기 제게,

"미야카와 군의 소설* 읽어봤나?"라고 물으셨는데, 저는 그날 막 여행에서 돌아왔기에, "아직 읽지 못했습니다"라고 답했더니, 이부세 씨께서 말씀하시기를,

"좋은 작품일세, 나는 읽으면서 세 번이나 울었네, 눈물이 줄줄 흘렀네"라고, 그리고 가와카미 데쓰타로徹太郎와 나카지마 겐조健藏에게도, 꼭 그것을 읽어보라고 권하셨기에, 가와카미, 나카지마, 가메이도 모두, "그런가, 그렇게 좋은가, 그렇다면 꼭 읽어보겠네"라고 약속했습니다. 오다 씨도 반쯤 읽었는데, 아주 좋다, 바로 후반을 읽을 생각이라고 말했습니다.

그 이튿날, 저는 우시고메에 볼일이 있었기에, 그 잡지를 품에 넣어 가지고 가, 전차 안에서 귀형의 작품을 읽었습니다. 이부세 씨가, 너무나도 칭찬을 하시기에, 저는 조금 점수를 박하게 주기로 마음먹고 읽기 시작했지만, 저도 울고 말았습니다. 제가 운 대목은 한 군데뿐이었지만, 눈물이 뺨을 타고 흘러내려서, 손수건을 꺼내

* <전염병원>(동인지 ≪문예주조(文芸主潮)≫ 1943년 11월호에 발표)

눈을 덮어 버렸습니다. 최근에는 소설을 읽다 눈물을 흘린 적이 한 번도 없었는데.

하지만 이번에는, 이렇게 울게 만드는 것은 무엇일까, 그것에 대해서 다시, 약간의 의문도 생겨났지만, (그것 외에도, 또 두어 가지 정도, 불만스럽게 여겨지는 점도 있었지만) 그래도 다 읽고 난 뒤에는, 좋은 작품이다, 이것은, 좋은 작품이다, 라고 생각했습니다. 과연 이부세 씨의 눈은 틀림없다는 생각이 들어, 2중 3중으로, 기뻤습니다.

잘 썼습니다,

라고 말하며 미야카와 씨의 어깨를 두드려 주고 싶은 기분입니다.

아쿠타가와상 같은 것, 아무래도 좋으나, 하지만, 이부세 씨도 한 표 던지겠다고 말씀하셨고, 저도, 물론 그럴 생각입니다. 하지만, 그런 상 같은 것은, 기대하지 않는 편이 좋을지도 모르겠습니다. 상보다는, 우리들의 지지, 혹은 당신의 좋은 친구들의 지지를, 더 기쁘게 여기시기 바랍니다.

적당한 감언이설로 칭찬하는 사내들이 아니니.

언젠가, 또, 이부세 씨 등과 함께 술잔을 기울이며 천천히 얘기를 나누고 싶습니다.

간절하게, 자중하시기를 바랍니다. 어젯밤, 가메이 군을 만난 자리에서,

"미야가와 군의 소설은, 정말 좋았다"고 말했더니, 가메이 군도, "그런가, 그렇다면, 바로 읽어보기로 하지"라고 말했습니다.

저는, 그 잡지를, 젊은 친구에게 읽어보라고 권하며 빌려줬습니다.

저는 기쁩니다.

그럼, 이만.

11월 17일, 다자이 오사무

미야카와 군.

35세
(1944년)

미타카 시절 I (6)

도호(東宝) 영화사로부터 <가일>(영화의 제목은 <네 개의 결혼>)의 영화화 제의가 있어, 다자이는 야기 류이치로(八木隆一朗)와 함께 아타미의 산노(山王) 호텔에서 각본을 다듬었다. 다자이의 새로운 시도라 일컬어지던 이하라 사이카쿠(井原西鶴, 에도 시대의 문인 _옮긴이)의 글을 바탕으로 한 작품 <신석 제국 이야기(新釋諸國噺)>를 이 해 1년 동안 짬짬이 발표했다. 또한 새로운 여행기로써 <쓰가루>를 의뢰받아, 5월 중순부터 6월에 걸쳐서 출생지인 쓰가루 지방을 여행하고, 귀향 후에 완성했는데 명작이라는 평을 받았다. 8월에 장남 탄생. 10월부터 반장(隣組長)이 되었다. 12월에는 루쉰(魯迅)이 센다이에 있을 때의 사적을 답사하기 위해 센다이를 여행했다.

석간신문이 폐지되었으며 잡지는 정리 통합되었다. ≪개조≫≪중앙공론≫은 군부의 압력으로 회사를 해산했다. 미군이 사이판에 상륙함으로 해서 전쟁의 국면은 급변, 도쿄는 미군 B29에 의한 공습을 받기에 이르렀다. 도조 히데키 내각이 총 사퇴했다.

131

1월 30일

도쿄 시모미타카마치 시모렌자쿠 113번지에서

도쿄 세타가야 구 세이조초(成城町) 222번지 야마시타 료조(山下良三)*에게

아타미에서는, 여러 가지로 신세 많이 졌습니다. 진심으로 감사합니다. 원숭이 씨가, '하지만, 좋은 얼굴은 하고 있지 않았어'라고 한 말씀, 떠올려 보고는, 혼자 소리내어 웃었습니다.

각색 때문에, 여러 사람들에게 걱정을 끼쳐 드리고 있습니다. 하지만 저는 모든 것을 전부 맡긴 채 마음 편하게 지내고 있습니다. 신선하고 기품 있는 영화를 설레는 마음으로 기다리고 있습니다.

안사람의 몸이 약간 좋지 않아서, 저의 여행은, 2월 중순으로 미뤘습니다. 3일에는, 잠깐 모임이 있지만, 나머지는 대부분 집에 있을 예정이니, 생각나실 때, 훌쩍 기치조지吉祥寺에 와주시지 않으시겠습니까? 무명암無名庵 암자로 쳐들어가서 마십시다. 무명암은 오후 4시 반쯤이 가장 좋습니다. 단, 무명암에서는, 저 이외의 사람으로부터는 돈을 절대로 받지 않는다고 하니, 그런 각오로 오십시오. 미리 전보라도 주신다면, 제가 4시 반쯤 암자로 출장을 나가서 힘을 쓰겠습니다. 기치조지 역 바로 근처입니다. 아시지요?

요즘 전보는, 까다로워졌기 때문에, 전보 글귀를 잘 생각해야 합니다.

* 당시 도호 영화사의 프로듀서. <가일>의 영화화를 기획했다.

마실 생각만 하고 있는 것 같아, 부끄럽기 짝이 없습니다. 새해가 밝자마자, 문학보국회로부터 대동아 5대 선언을 소설화*하라는 어려운 명령을 받았는데, 이것도 나라를 위해서라고 생각, 다른 일은 뒤로 미뤘기에, 약간 마음고생을 하고 있습니다. 술만 마시고 있는 것은 아닙니다, 라는 등, 거듭 변명하며 붓을 놓겠습니다.

추위가 한층 더 혹독해지고 있으니, 일가 더욱 사랑하시기를 진심으로 빌겠습니다.

1월 30일, 오사무

야마시타 님.

캘린더, 정말 감사합니다.

132

4월 20일
도쿄 시모미타카마치 시모렌자쿠 113번지에서
도쿄 스기나미 구 마바시 3번가 283번지 오다 다케오에게

일부러 편지까지 주시고 감사합니다. 이번 호가 없다니, 안타깝습니다. 다음 호에 다시 나오면, 그때 부탁드리겠습니다. 14일에 나카무라 지헤이의 귀향 송별회에 참석했다가, 감기에 걸려 고열에 시달렸기에, 어제까지 누워 있었지만, 오늘은 날이 좋기에, 자리를 거두고 일어났습니다. 14일에는, 2차로 야에八重의 집으로 밀고

* <석별(惜別)>

들어가, 마셨습니다. 그 자리에 있던 사람은 이부세, 우에바야시上林, 기야마입니다. 저는 감기 기운이 있어서, 말을 많이 하지 않고, 다른 분들의 문학론에 귀를 기울이고 있었지만, 우에바야시 씨가 많이 취해서, 자꾸만 괴성을 질렀기에, 결국에는 야에의 빈축을 사게 되어, 모두 쫓겨났습니다. 야에는 저에게만 조그만 목소리로, "다음에 오다 씨와 둘이서만 오세요. 월요일이 좋겠네요. 아니 월요일이 아니라도 상관없어요"라고 말했는데, 제가 고열에 시달리느라, 결국 월요일이 지나 버리고 말았습니다.

133

7월 7일
도쿄 시모미타카마치 시모렌자쿠 113번지에서
도쿄 혼고 구 센다기마치 56번지 가쓰라 히데즈미(桂英澄)에게 (엽서)

배복.

어제는, 기쁜 소식을 받았습니다. 행복하게도 결혼한다는 말씀, 축하할 일이라 생각합니다. 앞으로, 더욱, 노력해야 할 것입니다. '병을, 이기십시오.' 이것이, 당신과 저의, 두 번째 약속입니다. 약속은, 지킬 것.

저도, 출산을 위해 아내를, 고후의 처가로 보냈기에, 혼자서 밥을 짓고, 방을 청소하고, 그리고 일에 정진하고 있습니다. 삼매경.

불일

134

7월 12일

도쿄 시모미타카마치 시모렌자쿠 113번지에서

아오모리 현 기타쓰가루 군 가나기마치 야마겐 쓰시마 사네(津島札) (엽서)

서류 잘 받았습니다. 혹시, 저희가 집을 비운 사이에, 6월 말에 배달을 왔다가 그냥 가지고 돌아간 게 아닐까, 싶어서 여쭤 본 것이었습니다.

올해는 세금이다 뭐다, 아주 비싸서, **비관**했었지만, 그러나 술을 자제하면, 문제될 것 없으니, 몸을 건강하게 하여 힘써 일에 정진할 생각입니다. 요즘에는 매일 6시에 일어나서, 밥을 짓습니다. 자취도, 익숙해지니, 그렇게 힘들지도 않습니다.

미치코의 출산은, 7월 하순이 될 것 같습니다. 어제, 도호 영화사 촬영장에 가서, 이리에 다카코, 야마다 이스즈 등에 둘러싸여서 사진을 찍었는데, 왠지, 품위가 없어 그렇게 좋은 느낌은 아니었습니다. 그리고 댁에 쓰가루 평야 같은, 뭔가 ≪쓰가루≫의 권두를 장식할 만한 사진이 있다면, 보내 주시기 바랍니다. 바로 다시 돌려 드릴 테니. 없다면, 없는 대로 상관없습니다. 답장에 대한 걱정도 하지 않으셔도 됩니다. 그럼, 여러분께 안부 잘 좀 전해주시기 바랍니다.

135

8월 29일

도쿄 시모미타카마치 시모렌자쿠 113번지에서

교토 시 사쿄(佐京) 구 쇼고인히가시초(聖護院東町) 203번지 모리토요(森豊) 씨 댁 쓰쓰미 시게히사(堤重久)에게 (엽서)

편지 잘 받았네. 어쨌든 여러 가지로 힘써 보겠네. 여기는 별고 없네. 사내아이가 태어났다네. 쓰시마 마사키正樹일세. 집은 동물원과 다를 바가 없네. 오늘은 부부싸움을 했다네. 일을 하고 있는데 견딜 수 없이 배가 고파서 "밥은 아직 안됐소?"라고 말했더니, 아내는 그게 마음에 들지 않았던 모양일세. "당신도 일을 독촉하면, 하기 싫어지잖아요?"라고 하더군. "아니, 아주 기분이 좋아. 화를 내는 것은, 당신 잘못이야. 후에 깨닫게 될 거야"라고 커다란 소리로 말해 아내에게 역습, 아내를 울려 버리고 말았네. 사소한 싸움이었다네.

오늘은, 지금부터 메구로目黑로 중국요리를 먹으러 갈 생각이네. 물론 혼자서. 가와카미 데쓰 씨가, 한턱내기로 되어 있다네. 교토에 가고 싶은 마음은 굴뚝같지만, 아무래도 너무 머네. '조만간, 때가 되면'이라고 해 두기로 하세. ≪가일≫이라는 단편집이 나왔네. 재미없어. 이삼 개월 안으로, ≪쓰가루≫와 ≪종달새 소리≫가 고야마 출판사에서, ≪신석 제국 이야기≫가 생활사生活社에서 나오네. 슬슬 루신魯迅에 착수할 예정이네. 지금은 사전 조사 삼아서 중국의 괴담* 등을 시험삼아 써보고 있네. 이것은 중국어로 번역될 예정. 요컨대 매일 일, 매일 불쾌. 집안 분들에게도 안부 전해 주게.

136

11월 11일
도쿄 시모미타카마치 시모렌자쿠 113번지에서
다카다(高田) 시 데라마치(寺町) 2번가 선도사(善導寺) 내 오다 다케오에게

일전에는, 정중한 편지를 보내 주셔서, 정말로 고마웠습니다. 봉투에 붓으로 쓴 필체를, 한 방문객이 감탄사를 연발하며 칭찬했습니다. 저도 우쭐해져서, "제가 알고 있는 사람들 중에서는, 글쎄요, 오다 씨와 이부세 씨 정도일 겁니다, 글씨를 잘 쓰는 사람은"이라고 말했습니다. 오늘, 신주쿠에 있는 야에의 집에, 이부세 씨가 전에 놓고 온 손목시계를 가지러, 잠깐 다녀왔습니다. 낮에 보니, 약간 무서운 느낌이 드는 사람입니다. 그쪽에서 천천히 '에치고越後 여행기'를 써 보실 생각은 없으십니까? 고야마 출판사와, 제가 교섭을 해볼 수도 있습니다.

137

11월 22일
도쿄 시모미타카마치 시모렌자쿠 113번지에서
도쿄 아라카와 구 미카와시마초(三河島町) 2번가 1084번지 신도(新藤) 씨 댁 고야마 기요시에게 (그림엽서)

* ≪죽청(竹靑)≫

저희야말로, 굉장히 맛있는 음식을 대접받고, 시답잖은 얘기를 커다란 소리로 떠들어대고, 실례했습니다. 이이다飯田 씨에게도, 모쪼록, 잘 좀 얘기해 주십시오. 다나카 군*도 저와 마찬가지로, 사람들로부터 오해를 사기 쉬운 성격이기에, 그날 밤에는 조마조마 했었는데, 이이다 씨로부터 '시원시원한 사람'이라는 말을 들은 듯하여, 안심했습니다. 앞으로도 잘 부탁드리겠습니다. 다시 한 번 감사의 말씀 올립니다.

불일

(그리고, 일이 완성되면, 보여 주십시오.)

138

11월 24일
도쿄 시모미타카마치 시모렌자쿠 113번지에서
다카다 시 데라마치 2번가 선도사 내 오다 다케오에게

지금 막 받아 본 편지, 감사합니다. 사실은 그날 밤, 요시하라에 술을 마실 수 있는 곳이 있다는 얘기를 듣고, 찬바람을 맞으며 탐험에 나섰습니다. 그리고 취한 듯, 취하지 않은 듯, 이런 기분으로 집에 돌아왔습니다. 다음에 상경하셨을 때는, 미타카에 있는 다자이 여관에 묵으시기 바랍니다.

송松・죽竹・매梅 세 가지 코스가 있는데, 송은 50센, 죽은 30센, 매는 10센, 다른 분들께는, 여러 가지로, 배울 생각입니다. 송에는

* 다나카 히데미쓰(田中英光)

술도 딸려 나온다고 합니다. (이즈모, 이와미石見) 여행기는, 다바타 씨 등이 쓴 고야마 출판사 총서(알고 계시겠지요?)인데, 부수는 얼마 되지 않는 듯합니다. (초판 3천 부 정도) 저도 <쓰가루>를 썼습니다. 편지로 고야마 출판사에 '다자이가 권하기에'라고 써서 보내시면, 바로 성사될 것이라 생각합니다. 일주일 정도 지나면, 저도, 고야마에게 말할 기회가 생길 듯합니다.

그때, 다짐을 받아두도록 하겠습니다.

전에도, 제가 가노 군에게, 슬쩍 말해 두었습니다.

(도쿄 고지마치 구 이이다초 2-11번지 고야마 출판사 가노 마사요시正吉 앞)

139

12월 13일
도쿄 시모미타카마치 시모렌자쿠 113번지에서
도쿄 아라카와 구 미카와시마초 2번가 1084번지 신도 씨 댁 고야마 기요시에게
(엽서)

수시로 계속되는 공습 때문에, 이른바 '신경쇠약'이라는 것에 걸리셨습니까? 저는 '신경'은 괜찮지만, 술을 마시러 갈 수가 없어서, 답답합니다. 공습이 있을 때마다, 아이를 돌봐야 하기 때문에, 집 밖으로 나갈 수가 없습니다. 연극 보셨습니까? 얼마 전의 공습으로, 간다에 있는 인쇄소가 폭격을 받아, 막 출간될 예정이었던 저의 ≪종달새 소리≫가 모두 불에 타버렸다는 소식이 들려와, 약간

김이 샜습니다. 하지만, 출판사에서는, 다시 인쇄를 하겠다고 했습니다. 담배, 그쪽은 어떻습니까? 남는다면, 아주 조금만이라도, 이쪽으로 보내 주시기 바랍니다. 뻔뻔스러운 부탁.

36세
(1945년)

고후 시절II ~가나기 시절(1)

이해 3월, 다자이는 공습을 피해 처자를 고후의 처가로 보내고, 미타카에서 문하생 고야마 기요시와 함께 동거하며 버텼지만, 4월 2일 새벽, 마침 와 있던 다나카 히데미쓰와 함께 피폭, 간신히 기치조지에 살고 있던 친구 가메이 가쓰이치로의 집으로 피난했다. 그후부터는 집을 고야마 기요시에게 맡기고 자신도 고후로 갔다. 고후에서는 고운무라(甲運村)로 피난을 와 있던 이부세 마스지와 오에 미쓰오(大江滿雄) 등 ≪중부문학≫ 사람들과 왕래했고, 다나카 히데미쓰, 가와카미 데쓰타로, 나카지마 겐조 등이 찾아오기도 했다. 7월에는 고후도 소이탄 공격을 받아 시가지 거의 전부가 불에 탔으며, 이시하라의 집도 전소했다. 다자이가 마지막으로 의지할 만한 곳은 결국 자신의 본가밖에 없었다. 젖먹이를 데리고 네 식구가, 공습경보 때문에 자꾸만 운행이 중단되는 열차를 타고 간신히 아오모리 현 가나기마치에 있는 본가에 도착한 것은 8월 2일의 일이었다. 나흘 밤낮이 걸렸다. 하지만 고향도 공습으로 떠들썩했으며, 이튿날부터 방공호 파는 일을 도와야 했다. 8월 15일 종전. 9월에 아사히신문사에서 ≪석별≫이 나왔고, ≪오토기조시(お伽草紙)≫도 출간되었으며, <가호쿠 신보>에 <판도라의 상자>를 연재하는 등 전후 곧바로 활동을 재개했다.

140

5월 9일

고후 시 스이몬초 29번지 이시하라 씨 댁에서

도쿄 시모미타카마치 시모렌자쿠 113번지 쓰시마 씨 댁 고야마 기요시에게

(엽서)

다나카 누님 댁에 다녀오셨다고, 감사하네. 그 누님은, 형제들 중에서도 가장 좋은 사람이라고 나도 생각하네. 생각날 때, 또 찾아가 보시기 바라네. 재미있는 책이라도 빌려준다면, 기뻐하실 것이네.

그리고 일전에는, 일부러 찾아왔는데, 제대로 대접도 하지 못해서, 부끄러울 따름이네. 모쪼록, 앞으로도, 한 달에 한 번쯤은, 놀러 오기 바라네. 고후 주변에는, 아직도 명소가 많다네. (올 때 가져오는 담배도, 요즘의 내 생활 중 최고의 즐거움이네. 부탁드리겠네.) 아무래도 담배가 없기 때문에, 일은, 능률이 오르지 않네. 그래도, 어제부터는 우라시마(浦島, 일본의 전래동화인 우라시마 타로 _옮긴이) 씨에 착수했네. 역시 일밖에 없더군. 그저 생각하는 것만으로는, 불안과 후회 때문에, 견딜 수가 없다네. 그쪽에서도, 부디, 남 몰래 일을. (시계는, 넉 장 반짜리 방의 옷장 위에 있었지? 그것을, 기치조지의 숙모님이 알고 계신다는 사람에게 맡겨 수리를 하면 어떻겠나?)

(기치조지의 숙모님께, 안부 전해주시기 바라네.)

141

6월 13일
고후 시 스이몬초 29번지 이시하라 씨 댁에서
도쿄 시모미타카마치 시모렌자쿠 113번지 쓰시마 씨 댁 고야마 기요시에게
(그림엽서)

무사히 집에 돌아갔을 줄로 알고 있네. 지금, 듣고 놀랐는데, 자네는 쌀도 아무것도 가져가지 않았다고 하니, 그건, 옳지 않았네. 요즘 같은 시대에는, 그건 무모한 행동과도 같은 일일세. 그런 일에서부터, 지난 오륙일 동안의 자네 모습을 여러 가지로 생각해보고, 자네의 생활에 어떤 조그만 위기가 있는 것 같다는 생각이 들었네. 그것은, 이 엽서를 읽은 날부터 반드시 극복해야만 하네. 그러기 위해서,

1. 고후에 오는 것은, 당분간 단념할 것. 이번에는, 내가, 쌀을 들고 놀러 가겠네. 담배도 걱정 말세.

1. 숙모와, 친구들을 위해, 돈을 많이 쓰지 말 것. 인색해질 것. **거절할 줄 아는 용기를 가질 것.** (과오를 범하지 않는, 조그만 고독한 생활을 영위할 것!)

1. 회사에서의 **일**, 집에 돌아와서의 독서와, 집필, 이 세 가지 이외의 곳에서 구원을 얻으려 하지 말 것.

이상, 부탁하네! 이 엽서에 대한 답장은 필요치 않음.

폭포처럼 결백해지게!

폭포는 도약하기 때문에 하얀 것일세.

나약함에서 도약하게!

자네도 서른다섯이 아닌가?

142

7월 20일

고후 시 신야나기마치(新柳町) 6번지 오우치 이사무(大内勇) 씨 댁에서

교토 시 사쿄 구 쇼고인히가시초 203번지 모리토요 씨 댁 쓰쓰미 시게히사에게

(엽서)

편지 고맙네. 이쪽은 전소했다네. 미타카에서는 **폭탄**, 고후에서는 **소이탄**, 다음에는 포탄일까, 아무래도 올해는 운이 좋질 않네. 지금 입고 있는 옷 외에는 아무것도 건진 게 없다네. 고후에도 있을 수 없게 되어, 동생과도 헤어져, 우리 처자는 결국 쓰가루로 가기로 했네. 앞으로 오륙일 후에 출발할 예정, 여정 3천 리, 죽음을 각오한 여정일세.

가나기에 가면, 오전은 공부, 오후는 농사짓는 일에 힘쓰는 생활을 하게 될 걸세. 톨스토이 백작에게 칭찬을 받지 않을까? 하지만 왠지 **우울**하네, 이삼일 전에, 도쿄에 잠깐 갔다가, 어젯밤에 돌아왔네. 도쿄에서 술을 마신 뒤, 나중에 살펴봤더니 400엔이나 탕진했기에 깜짝 놀랐네. 다음 달부터 우편물은, 아오모리 현 기타쓰가루 군 가나기마치 쓰시마 분지 씨 댁으로 부탁하네. 루쉰의 <석별>은, 지금 아사히신문사에서 인쇄중. 자네도 부디 몸조심하게나. 불일.

143

(월일 미상)
아오모리 현 가나기마치 쓰시마 분지 씨 댁에서
히로시마 현 후카야스(深安) 군 가모무라(加茂村) 이부세 마스지에게

오늘 아침 밭에서 풀을 뽑고 있는데, 조카딸이 '이부세 선생님에게서'라며, 그림엽서를 들고 왔습니다. 밭에서 읽어보고, 바로 쟁기를 둘러메고 집으로 돌아와서, 작업복을 입은 채로 이 편지를 쓰고 있습니다.

요즘에는, 하루에 두어 시간, 밭에 나가서 일하는 척하며, 기특한 귀농자처럼 살고 있습니다. 교훈에 따라서, 극도로 침묵하고, 사람들의 이야기에 그저 빙그레 웃으며 귀 기울이고 있습니다. 심경이 맑아진다는 둥 흐려진다는 둥, 애초부터, 그런 심경 같은 것은 없다, 는 것이 현재의 상태입니다. 한 1년 정도, 한가로이 지낼 생각입니다. 인쇄소를 하는 친척에게 원고지를 부탁해 두었는데, 그것이 완성되면, 장편소설을 천천히 써 볼 생각입니다. 어쨌든, 고향이 있어서 다행이라고 생각합니다. 도쿄에서 우물쭈물하고 있었다면, 혐오스러운, 후대에까지 불명예를 남길 만한 일을 하게 됐을지도 모르는 일이니.

후쿠야마도 공격을 받았다는 소식을 신문에서 보고, 안부를 걱정했는데, 일가 모두 무사하시다니 다행입니다. 자제분들의 건강만이, 행복입니다.

술, 담배, 그쪽은 어떻습니까? 이쪽은 일본주 1되에 50엔, 위스키,

산토리 급 1병 100엔 정도면, 그럭저럭 손에 넣을 수 있는 듯합니다. 담배도, 그냥, 그럭저럭이라 할 수 있겠습니다. 지난 1개월간, 매일 밤 형님의 반주飯酒 상대를 해주고 있습니다. 형님도 조금 늙었습니다.

제가 이쪽에 처음 왔을 때는, 아오모리가 **당했고**, 거기다 함재기艦載機가 가나기에도 **폭탄**을 너덧 발 떨어뜨려서, 불에 탄 집도 있고 사상자도 나와, 굉장히 소란스러웠습니다. 저희 집 지붕이 목표였다고, 원망하는 사람도 있었다고 합니다. 얼마 전에, 가니타蟹田에 있는 나카무라 데이지로 군의 집에 놀러 갔었는데, 거기도 폭탄이 방문을 해서, 나카무라 군의 집 창호가 거의 전부 부서져서 처참한 광경이었습니다. 가나기에서도 가니타에서도, 모두 들판이나 산에 오두막을 지어 놓고, 거기로 피난을 했었는데, 이번에는 그 오두막의 뒤처리에 고심들을 하고 있습니다. 마루야마 사다오丸山定夫 씨가 히로시마에서, 그 원자폭탄의 희생양이 됐다고요? 정말 저희 대신으로 돌아가신 것이나 다름없습니다. 원자폭탄 투하 일주일 전쯤에 제게 보낸 편지가, 얼마 전 가나기에 도착했었는데. 무엇인가를 느끼고 있었던 것일까요? 이상하게 유서 같은 편지였습니다. 줄무늬 홑옷이 있으니, 그것을 자네에게 주겠네, 라는 등의 말이 있었습니다. 아까운 친구를 잃었습니다.

인사가 늦었습니다만, 고후 재난 때는, 여러 가지 물건을 사모님으로부터 받아, 아내가 감격했었습니다. 부디 사모님께 감사의 말씀 잘 좀 전해주시기 바랍니다. 또 그때, 하얀 바지까지 받았는데, 저는 그것을 입고 가니타에 있는 나카무라 군의 집을 방문했습니다.

드리고 싶었던 말씀이 산더미처럼 많았었던 듯합니다. 그러나, 이제, 당분간은 죽을 일도 없을 듯하니, 서두르지 않고, 천천히 차례차례로 편지를 드리도록 하겠습니다.

마지막으로 한 가지, 이 지방에서 있었던 실화를 소개하도록 하겠습니다.

"전쟁에서도 졌고, 배상금도 어마어마하게 뜯길 거고."

"아니, 그런 일은 조금도 걱정하지 않아도 되네. 무조건 항복 아닌가? 정말 잘도, 무조건이라는 결론을 이끌어냈어."

아주 진지하게 대답했다고 하는 그 사람은, 옆 마을의 농업회장이었던가 그럴 듯한 신분을 가진 사람이었다고 합니다. 신의 나라 불멸일까?

지금부터 가을이 깊어지면, 양쪽 모두 시골은, 풍성해지지 않겠습니까? 쓰가루는 지난 열흘 동안의 좋은 날씨 덕분에 흉작의 위기를 간신히 넘기고 평년작이 될 것으로 보입니다.

그럼 부디 몸조심하시기를, 또 편지 올리겠습니다.

144

9월 23일
아오모리 현 가나기마치 쓰시마 분지 씨 댁에서
시즈오카 현 다가타(田方) 군 우치우라무라(内浦村) 미쓰(三津) 다나카 히데미쓰(田中英光)에게

일전에는, 저야말로 굉장한 실례를 범했습니다. 일부러 찾아오셨

는데, 그처럼 경황이 없는 중이었고, 게다가 얹혀살고 있는 몸, 이해해주시기 바라며, 선배도 가슴속에 비통한 마음이 있었습니다, 너그러이 봐주시기 바랍니다. 후일 도쿄에서 꼭 한잔 하도록 합시다.

회사 쪽이, 위험하다던데, 그래도 조급해하지 말고 휴양하며, 그리고 독서와 집필을 계속하시기 바랍니다, 문운文運이 크게 흥하고 있습니다.

사오일 전, 고야마 출판사의 가노 군이 가나기로 찾아왔습니다. 그는 군대에 가 있었다고 합니다. 매우 건강해졌고, 9월에 제대해서 돌아왔는데, 문운이 크게 홍할 조짐을 읽어내고, 조만간 문단에 뛰어들 준비를 하기 위해 상경한다고 합니다. 출판협회 안의 고야마 출판사에 연락을 하면 만날 수 있을지도 모르겠습니다. 오늘까지 제게 원고를 줬으면 좋겠다고 말해 온 곳 중 주요한 곳은, (신생 회사 중에는) 신기원사 나카노 마사히토中野正人, 간다 구 니시칸다西神田 2-21, 경국사経國社 히시야마 라이쇼菱山雷章, 교바시 구 긴자 니시 5번가 5번지, 가마쿠라 문고 창립사무소 고지마치 구 마루노우치 마루 빌딩 6층 693호.

전부 의욕들이 대단합니다. 근처에 볼일이라도 있을 때, 들러 보시는 것도 재미있지 않을까 생각되어, 앞에 적어 보았습니다. 어쨌든 좋은 소설을 쓰기 바랍니다. 생활비 정도는 벌 수 있으리라 생각됩니다.

저는, 이렇게 말하고는 있지만, 언제나, 게으름만 피우고 있기에, 참으로 면목이 없을 뿐입니다. 그러나 내일부터는 정진하도록 하겠습니다. 우선 센다이 <가호쿠 신보>에 연재소설을 쓸 예정. 하지만 100회 정도로 끊을 생각, 삽화는 나카가와 가즈마사中川一政*이며 고료도 1매당 10엔 정도라고 하니, 어쨌든 신문소설치고는, 괜찮은 조건이라고 생각합니다. 제목은 <판도라의 상자>로 했습니다. 잘 풀릴지, 굉장히 걱정되고 우울합니다.

그럼 또 연락할 테니, 건강하게 지내십시오. 자제분들을 소중하게.

부인께도 모쪼록 안부 전해주시기 바랍니다.

불일

야마하라 댁**에서는, 다나카 씨는 굉장히 좋은 사람이라고들 합니다.

145

10월 7일
아오모리 현 가나기초 쓰시마 분지 씨 댁에서
히로시마 현 후카야스 군 가모무라 이부세 마스지에게

편지 감사합니다. 일전부터, 편지를 드리고 싶어서 근질근질했었지만, 이래저래 어수선해서, 결국 실례를 범하고 말았습니다. 오늘 편지를 접했기에, 만사 제쳐놓고, 답장을 쓰기 시작했습니다. 편지를 쓰신 날짜가, 9월 26일이라 되어 있는데, 오늘은 10월 7일입니다. 10일이나 걸리니 말입니다. 제가 쓴 이 편지도 그쪽에 가 닿는

* <판도라의 상자>는 1945년 10월 20일부터 <가호쿠 신보>에 연재되었고, 삽화는 온치 고시로(恩地孝四郎)가 담당했다.

** 누님의 시댁. 가나기마치

것은, 10월 말이 되겠습니다. 답답하기 짝이 없습니다. 수해가 있었다는 소식에, 아마도 놀라셨겠지요. 이쪽도 일부에 수해가 있었지만, 큰일은 없었던 듯합니다. 여기도 역시 미군 주둔군 때문에 이래저래 시끄럽습니다. 3리 떨어진 고쇼가와라마치에 100명 정도 왔다고들 합니다. 트럭 두 대분의 미국 병사가 저희 마을을 통과했습니다. 그저 통과했을 뿐입니다. 하지만, 조만간 우리 마을에서도 숙박을 하게 될 듯. 그렇게 되면 저는, 어쩌면 통역으로 차출될지도 모르기 때문에 우울하기 짝이 없습니다. 저는 통역도 아무것도 할 수 없으니까요. 창피를 당할 것이 뻔합니다. 폭탄 이상으로 마음에 걸립니다. 어떻게든 핑계를 찾아서 거절할 생각입니다.

요즘 이 부근에서는, 소나 말을 잡아먹는 것이, 유행인 듯합니다. 미군에게 빼앗기는 것보다는 낫다는 생각들인 듯싶은데, 설마 미군도 말을 먹지는 않겠지요.

얼마 전에, 조카를 따라서 붕어 낚시를 갔었는데 조카는 이삼십 마리, 저는 두 마리라는 성적이었습니다. 초라하다는 생각이 들었기에 아는 사람 집에 들러, 붕어를 사가지고 돌아왔습니다. 말고기도 있다고 하기에 말고기도 샀습니다. 집으로 가지고 돌아왔는데, 말고기는 집사람이 꺼려서, 저와 소노코만이 먹게 되었습니다. 그런데, 고기가 너무 질겨서, 소노코는 씹다 말고 울음을 터뜨렸습니다. 폭소가 터져 나왔습니다.

분지 형님은, 정국이 갑자기 어수선해졌기에, 긴장한 듯합니다. 국회의원으로 나설 것인지 말 것인지 저로서는 알 수 없지만, 신문에서는, 이번에야말로 나설 것이라 보도하고 있습니다. 몸이 약하기 때문에, 저희가 보기에 입후보는 힘들지 않을까 여겨지지만.

아오모리 현 지사로 나설 것, 이라는 설도 있는 듯합니다.

자제분들은 어떻습니까? 낯선 땅에서 사모님의 고생이 많을 줄로 압니다. 저희 집에서도, 아내는 맹하니 있습니다. 아이들은 매우 건강하지만.

여기서는, 사과주는, 사람들에게 청하면 얼마든지 손에 넣을 수 있는 듯하지만, 이곳 사람들은, 사과주를 우습게 보기 때문에, 그다지 마시지는 않는 듯합니다. 그처럼 모든 사람들로부터 무시를 당하고 있는 사과주를 저 혼자서만 벌컥벌컥 마셔 미움을 사면 안 되겠기에, 저도 참고 있습니다. 고후의 포도주보다, 더 맛있는데 말입니다.

시골은 시골대로, 또 마음고생을 해야 하는 부분도 있습니다. 빨리 다시 도쿄 오기쿠보 부근의 닭꼬치 포장마차 같은 데서, 기세 좋게 마시며 커다란 소리로 문학담 등을 떠들어대고 싶습니다. 저의 소망은 그것뿐.

이곳은 벌써 추워져서, 밭에 나가기도 귀찮아졌기에, 매일, 집 안에서 빈둥빈둥하고 있습니다.

10월 16일부터 센다이의 〈가호쿠 신보〉에, 연재소설을 쓰게 되었습니다. 1매 10엔이라고 합니다. 삽화는 나카가와 가즈이치 씨가 그릴 예정이라고 합니다. 즐거운 마음으로 써 나갈 생각입니다. 어떤 내용을 써도 상관없다고 하니, 마음이 편합니다.

도쿄 사람들로부터는, 소식이 완전히 끊겼습니다. 식량 사정이 굉장히 나빠진 것이 아닐까요? 저희는, 어쨌든 굶어 죽는 일은 없을 테니, 그것만 해도, 다행이라고 포기하고 있습니다.

그럼, 다시 소식 전하도록 하겠습니다.

여러분 모쪼록, 건강에 유의하시기 바랍니다.

다자이 오사무

146

10월 10일
아오모리 현 가나기마치 쓰시마 분지 씨 댁에서
도쿄 고이시카와(小石川) 구 유비가야초 3번지 아사히나(朝比奈) 씨 댁 벳쇼 나오키(別所直樹)에게 (그림엽서)

어려움을 겪고 계실 모습 짐작이 갑니다. 그러나 또한, 혼자 떨어져 시골에서 생활하는 것도 편하지는 않습니다. 혼자 몸이라면 도쿄가, 먹을 것이 부족하다 할지라도 좋을지도 모르겠습니다. 그래도, 어쨌든, 내년에는 만날 수 있을 것입니다. 여러 가지를 써 놓으시기 바랍니다. 시도 읽어보았습니다. 도쿄의 슬픔을 앞으로도 한껏 노래해보시기 바랍니다. **새로운** 시가 될 것이라 여겨집니다. 이번 것 중에서는 <눈물>이 가장 좋은 것 같습니다. 분실되지 않게 잘 보관하고 있을 테니, 필요할 때는 언제라도 연락 주십시오. 마루 빌딩 6층 693호에 가마쿠라 문고 창립사무소가 있는데, 나가이 다쓰오長井龍男 씨 정도의 소개가 있으면, 바로 들어갈 수 있지 않을까 여겨집니다.

147

10월 30일
아오모리 현 가나기마치 쓰시마 분지 씨 댁에서
나가노 현 미나미사쿠(南佐久) 군 기시노무라(岸野村) 이마오카 사이토 다케조(齋藤武造) 씨 댁 히레사키 준에게 (엽서)

무사하신 듯하여 무엇보다 다행입니다. 지금부터는, 아주 좋은 그림을 그려 주십시오. 저도 차차로, 좋은 일을 하고 싶지만, 한동안, 얹혀살았기 때문에, 아무래도 사기가 오르질 않습니다. 하지만, 형님 부부가 아주 잘 해주셔서, 덕분에 저희 네 식구 건강하게 살아가고 있습니다.

시골 생활도 수련의 하나라고 단념하고 있습니다. 얼마 전, 바둑기사인 구레 기요하라吳清原(알고 계시지요?)가 형님 댁에 놀러 와서, 이틀을 묵고 갔는데, 재미있는 말을 했습니다. '신께서, 착한 사람만 살려 두실 것이다.' 불일.

148

11월 23일
아오모리 현 가나기마치 쓰시마 분지 씨 댁에서
히로시마 현 후카야스 군 가모무라 이부세 마스지에게

어떻게 지내고 계시는지, 늘 생각하고 있습니다. 자제분들, 사모님, 별고 없으신지요? 또, 할머님 등은 어떠신지요, 보통일이 아닙니니다. 하지만 저는, 먹을 것이 떨어지면 죽을 생각입니다. (당연한 일.) 먹을 것에 관한 얘기에는, 넌덜머리가 납니다. 먹을 것에 관한 얘기는 더 이상, 하지 않을 생각입니다. 더부살이도, 그야말로 살얼음 위를 걷는 것 같은 일이지만. 어떻게든 되겠지요. 이도저도 안 되면 모두 죽겠지요. 모두가 굶어 죽어 가고 있는데 설마 저 혼자서만 벽장 속에 머리를 처박고, 혹은 변소 같은 데 들어가서 빗장을 걸고, 몰래 맛있는 것을 먹을 리도 없겠지요. 이처럼 심경은 **자포자기**에 가깝습니다. 신문소설 시작을 하고 보니, 뜻밖에도 재미가 없어서, 120회를 약속했지만, 60회로 그만둘 생각입니다. 잡지사로부터의 주문도 여러 가지로 있었지만, 도저히 응할 수가 없어서, 두어 개밖에 쓰지 못했습니다. 어떤 세상이든 저널리즘의 경박함에는 몸서리가 쳐집니다. 독일이면 독일, 미국이면 미국, 뭐가 뭔지.

읽을 책이 없어서 적적합니다. 얼마 전에, 이 마을 절의 주지에게 놀러 갔다가 ≪야나기다루柳多留≫를 빌려와서, 이삼일은 재미있었지만, 그것도 따분해졌습니다.

분지 형님은 결국 국회의원 후보로 나설 생각인 듯한데, 워낙 반 환자와 다를 바 없어서, 감기를 달고 삽니다. 어떻게 될는지요.

고다테로 시집갔던 저의 동생이 14일에 죽었습니다. 21일에 장례식 때문에 아오모리에 다녀왔습니다. 저는 향을 올릴 때 울어서 추태를 보였습니다.

작은형 에이지, 이 사람 역시 병 때문에, 히로사키 병원에 입원했습니다. 분지 형님도 걱정스러울 것입니다. 작은형은, 병이 꽤 위중합니다. 결국에는, 이상할 정도로 도움이 되지 않는 슈지 씨만이 건강해서, 뒷거래 되는 술만 들이켜고 있는 형국입니다.

나카바타케 씨는 자유 경제가 되었기 때문에, 약간 기운을 회복해서, 암시장의 담배, 위스키 등을, 다자이 선생에게 보급하고 있습니다. 나카바타케 씨의 위스키는, 꽤 비쌉니다. 그러나 나카바타케 씨의 말에 의하면, 다자이 선생을 위해 동분서주하여 간신히 손에 넣는 것이라고 합니다. 저는 크게 감사의 뜻을 표하기 위해, 우편국으로 저금을 찾으러 달려갑니다.

얼마 전, 형님 댁에 바둑 기사인 구레 기요하라라는 사람이 놀러와서, 이틀 밤을 묵고 갔습니다. 분지 형님은, 구레 기요하라 수필의 팬입니다. 또 얼마 전에는, 신나이(新內, 샤미센의 반주에 맞춰 이야기를 하는 것 _옮긴이)의 명인이라는 사람이 와서, 두 개, 세 개 이야기를 했고, 저도 그것을 듣느라, 감기에 걸려 버리고 말았습니다.

미국 병사들은, 이따금 저희 마을에 찾아오는데, 저희 집에도 들어왔었습니다. 분지 형님이 제게 통역을 시켰는데, 저는 조금도 도움이 되지 못했기 때문에, 분지 씨는 굉장히 화가 났었습니다.

이상, 한심한 근황뿐. 11월 10일에 첫눈이 내렸고, 추워서 글씨를 제대로 쓸 수가 없었는데, 그후 다시 조금 따뜻해졌습니다.

오늘, 요토쿠사養德社의 쇼노 세이이치庄野誠一 군에게서 속달이 왔는데, 각 작가들의 대표작을 모아서 요토쿠 문고라는 것을 만들 생각인데, 이부세 씨의 <일로평안一路平安>은, 어떻겠느냐, 는 문의가 있었습니다. 쇼노 군은, 이부세 씨의 주소를 아직 모르고 있습니다. 그래서 저는, 쇼노 군에게 이부세 씨의 주소를 가르쳐주고,

작품의 선택도 직접, 이부세 씨와 상의를 하라고 답장을 보내 놓았으니, 그렇게 알고 계십시오. 그 문고에는, 그 외에도, 로한露伴의 ＜토우목우土偶木偶＞, 교카鏡花의 ＜데리하쿄겐照葉狂言＞, 오가이鷗外의 ＜구리야마 다이젠栗山大膳＞ 등이 있는 듯하니, 선생님께서도, 그들에게 지지 마시기 바랍니다. 만약 다른 출판사의 선집과 특별한 문제만 없다면 ＜일로평안＞도 괜찮지 않을지, 어쨌든, 쇼노 군은, 이부세 씨의 작품 중에서도 가장 좋은 것이 필요하다고 말했습니다.

술을 마시고 싶습니다. 저는 아무래도, 내년 초여름까지는, 쓰가루에 있어야 할 것 같으니, 제가 쓰가루에 있는 동안에, 한번쯤 선생님을 모시고, 사흘이고 나흘이고 연달아서 마시고 싶습니다. 저의 소망은 그것뿐. 공산주의고 자유주의고 나발이고, 인간이 욕심을 부리는 한, 이 세상은 좋아질 리가 없습니다, 일본 허무파라는 것이나 만들어 볼까요? 건강하십시오.

슈지

149

11월 28일
아오모리 현 가나기마치 쓰시마 분지 씨 댁에서
히로시마 현 후카야스 군 가모무라 이부세 마스지에게

편지 감사히 읽었습니다. 가와카미 씨와 먹고 마셨다니, 잘하셨습니다. 저는 상대할 사람이 없기 때문에, 홀로 방구석에 틀어박혀서,

헛기침만 해대고 있습니다. 분지 형은 선거도 가까워졌기 때문에, 이렇게 추운데도 어딘가로 나가는데, 집안사람들은 모두, '잠자리 잡으러, 오늘은 어디까지 갔을까?'하는 심경입니다. 더 이상은 스스로 살아갈 수도 없게 될 것이고, 선거 때문에 분주히 돌아다니다, 차라리 죽어 버리고 싶다, 이렇게 생각하는 밤이 있을지도 모르겠습니다. 조마조마합니다.

저희는, 언제 도쿄로 돌아갈 수 있을까요? 하지만, 이제, 내일 일에 대한 생각은 하지 않기로 했습니다. 도무지 감도 잡을 수 없으니. 소노코는 시골 사투리가 절반, 도쿄 말이 절반씩 섞인 기괴한 말을 구사하고 있습니다.

나카지마 씨의 일, 나카지마 씨만 상관없다고 한다면, 이용하셔도 된다고 전해주시기 바랍니다. 지금은, 고야마 기요시(도쿄 미타카마치 시모렌자쿠 113번지, 쓰시마 슈지 씨 댁) 혼자서 자취를 하고 있을 겁니다. 고야마 군도 나카지마 선생님으로부터 문학담 등을 들으면 즐거워할 것입니다. (어쩌면, 고야마 군도 결혼을 했을지도 모르겠지만, 어쨌든 고야마 군도 환영할 것이라 생각합니다. 틀림없이 아직도 혼자서 궁상을 떨고 있을 것이라 생각하고 있지만) 저의 책상과 **이불**도 남아 있을 테니, 그것도 사용하시도록, 하지만, 책 상자 안에는 여성으로부터의 편지들도 있으니 그것은 열어보지 말도록, 잘 좀 말씀해주시기 바랍니다. 이건 농담이었고, 어쨌든, 그런 집에서 견딜 수 있을지 없을지가 문제일 뿐, 저는, 아무 상관없습니다.

출판 경기가 좋다고는 하지만, 경기에는 지금까지 늘 속아만 왔고, 어쨌든, 저는 **비관론**만 품고 있습니다.

그저 술을 마시고 속물들에게 욕을 퍼부어 주고 싶은 생각뿐입니다.

부디 건강에 유의하시기 바랍니다, 또 연락드리겠습니다.

11월 28일, 다자이 오사무

이부세 선생님.

150

12월 14일
아오모리 현 가나기마치 쓰시마 분지 씨 댁에서
도쿄 시모미타카마치 시모렌자쿠 113번지 쓰시마 씨 댁 고야마 기요시에게
(엽서)

나야말로, 한동안 연락을 드리지 못했네. 워낙 춥고, 거기다 더부살이 생활도, 살얼음을 걷는 듯, 모두에게 신경을 써야 하기에, 매우 고단해서, 도쿄에 계신 여러분께 연락을 드리지 못했네. 가메이 군을 보면, 안부 좀 잘 전해주시기 바라네. 그리고, 이번에는, 매형이 도쿄에서 굉장한 도움을 받은 듯, 사람은 좋지만, 너무 태평해서, 실수만 한다네. 매형의 말에 의하면, 자네의 생활도 편하지만은 않은 듯, 그러기에 빨리 어디 직장을 알아보라고 권하지 않았는가? 지금부터라도 늦지 않았으니, 지쿠마筑摩 출판사에 가서 상의를 해보게. 자네가 멍하고 있으면, 나도 우울해져서 견딜 수가 없으니, 부디 살펴 주기 바라네. 그리고 자네의 <그녀>라는 장편, 지쿠마 출판사에 가져갈 것을 권하네. 어쨌든 움직이지 않으면 안 되네. 다나카 히데미쓰도 지금 굉장히 어려운 듯하지만, 여기저기 원고를

보내고 있네. 신초샤에도 자네의 원고가 가 있을 터.

담배와, 소노코의 목걸이, 정말로 고맙네.

151

12월 31일
아오모리 현 가나기마치 쓰시마 분지 씨 댁에서
아오모리 현 기타쓰가루 군 우치카타무라(內潟村) 이마이즈미(今泉) 오노 사이하치로(小野才八郎)에게 (엽서)

31일 오후에 긴 편지를 받았습니다. 기분이 굉장히 좋았습니다. 호두에 관한 얘기도 좋았습니다. 오노라는 이름은 잊을지 몰라도, 호두 선생은 잊지 못할 것입니다. 저는 어제부터, <미귀환 친구에게>라는 제목의 소설인지 편지인지 모를 것을 쓰고 있습니다. 오타카大高 군으로부터도, 조금 전에 편지를 받았습니다. 다자이가 또 만나고 싶어하고 있다고, 전해주시기 바랍니다. 그리고 당신도 보고 싶습니다. 저는 정월 5, 6, 7일을 빼고는, 집에 있을 예정입니다. 건강하길.

불일

37세
(1946년)

가나기 시절(2)~미타카 시절Ⅱ(1)

생가의 널따란 안채 뒤쪽에 있는, 방이 4개나 되는 별채에서 살게 된 다자이는 줄줄이 작품을 써 나갔다. 마치 샘물이 솟는 듯했다. 억눌려 있던 것이 한꺼번에 분출되어 나온 것이라 해도 좋을 것이다. 이렇게 해서 다자이 문학의 제3기가 시작됐다.

이 시기의 다자이는 "공산주의고 자유주의고 나발이고, 인간이 욕심을 부리는 한, 이 세상은 좋아질 리가 없습니다, 일본 허무파라는 것이나 만들어 볼까요?"라고 말한 것으로 보아, 전후 급격하게 '문화입국'을 주창하기 시작한 사람들의 과장스러운 몸짓에서 가식적인 냄새를 맡은 듯하다. 또 자신을 '무뢰파', '단순한 건달'이라고 칭하고, "좀 더 나약해져라! 위대한 것은 네가 아니다!"라며 속물의 위선에 통분해 하기도 했다. 전후 다자이 작품의 주인공들은 전부, 무뢰파라고 할 수도 있을 것이다.

11월 12일에 가나기를 출발, 도중에 센다이에서 1박, 미타카의 옛집에 도착한 것은 14일이었다.

152

1월 11일
아오모리 현 가나기마치 쓰시마 분지 씨 댁에서
도쿄 고이시카와 구 유비가야초 미세키(三關) 씨 댁 벳쇼 나오키에게

건강하게 지내십니까? 세계관에 대해서, 뭔가 새로운 발명을 하지 않으면 안 됩니다. '새로운 현실'은, 만만한 것이 아닙니다. 경박한 시류에 휩쓸리지 말고, 시원시원하게 살아갈 수 있도록 궁리를 해보시기 바랍니다. 나도 그럴 생각. 한 번 버렸던 목숨 아닙니까. 서로가.

153

1월 12일
아오모리 현 가나기마치 쓰시마 분지 씨 댁에서
가나가와 현 아시가라시모(足柄下) 군 시모소가무라(下曾我村) 소가야쓰(曾我谷津) 오자키 가즈오에게 (엽서)

이번에는 참으로 고마웠습니다. 건강하신 듯하여, 무엇보다도 다행입니다. 저는 도쿄에서 우물쭈물하는 동안, 미타카의 집이 **폭탄**에 무너져, 고후에 있는 아내의 친정으로 피란을 갔었는데, 거기도 역시 소이탄 때문에 완전히 불타 버려서, 하는 수 없이 이곳으로 왔더니, 바로 전쟁 끝. 지금은 동장군의 기습을 받아, **우울**하기 짝이 없습니다. 5월쯤에는, 오다와라의 시모소가쯤에서 살았으면

좋겠다는 등의 공상을 하고 있는데, 쓸만한 집은 없겠지요? 조금만, 신경을 써 주시기 바랍니다. 요즘 또 문단은 새로운 유행에 편승, 씁쓸하기 짝이 없으며, 이 나쁜 경향과도 크게 한바탕 싸워 보고 싶은 마음입니다. 저는 무슨 일에나, 시절을 읽고 있는 것 같은 얼굴을 하는 사람에게는 반대입니다. 원고* 도저히 마감까지 완성하지 못할 것 같으니, 봄까지로 해주십시오. 편집부에도, 사죄의 엽서 보내 놓았습니다. 모쪼록 건강하시길.

불일

154

1월 15일
아오모리 현 가나기마치 쓰시마 분지 씨 댁에서
히로시마 현 후카야스 군 가모무라 이부세 마스지에게

새해 복 많이 받으십시오. 또 덧없이 나이만 한 살 더 먹었습니다. (이 원고지는, 이 마을의 절에 계신 스님에게서 빌렸습니다. 마한암馬寒庵이라는 아호雅號인 듯합니다) 요즘 잡지의 새로운 유행에의 편승으로 씁쓸하기 짝이 없는데, 대충 이렇게 되리라 생각하고는 있었지만, 너무나도 심해서, 홧술이라도 먹고 싶은 기분입니다. 저는 무뢰파이기 때문에, 그런 기풍에 반항하고, 보수당에 가맹하여, 당장 기요틴(Guillotine, 단두대_옮긴이)에 걸려들고 싶습니다. 프랑스 혁명 때도, 이유야 어찌됐든, 기요틴으로 처형한 녀석은 악인이고, 처형당한

* ≪와세다 문학≫으로부터 의뢰를 받은 <내 문학의 고향>이라는 제목의 원고

귀족 미녀는 선인이라고, 후세의 시인들은 적어 주었습니다. 가나기의 저희 생가도, 지금은 '벚꽃 동산'입니다. 우울하기 짝이 없는 일상입니다. 저는 여기에 한 표 넣을 생각입니다. 이부세 씨도 그렇게 하십시오. 공산당 따위와 저는 정면으로 싸울 생각입니다. **일본** 만세라고 지금은 진심으로 말하고 싶습니다. 저는 단순한 건달입니다. 약한 쪽 편입니다.

문학이 다시, 15년 전으로 돌아가, 이데올로기 운운하며, 시끄러운 평론만이 나오겠지요? 넌덜머리가 납니다. 저는 이곳에 와서 <판도라의 상자>라는 장편 하나와, 그리고 여자들의 험담 등을 쓴 콩트 서너 개, 이번 달에는 또 그런 콩트를 두어 개 쓰고, 그런 다음 6월 무렵까지 50~60매짜리를 두 편 쓸 생각입니다. 저널리즘에 선동되어 민주주의 타령을 할 생각은 없습니다.

가메이 군에 대한 험담을 실은 잡지를 두어 개 봤습니다. 하지만 곧 가메이도 응수를 하겠지요. ≪신초≫ 11월호에 가메이가 시마키島木를 애도하는 글을 발표했는데, 좋은 글이었습니다. 비약이라고 한다면 너무 과장스럽겠지만, 매너리즘은 아니었습니다. 전쟁중에 일본 편을 드는 것은 일본인으로서 당연한 일로, 한심한 부모라 할지라도 다른 사람과 싸움을 하다가 부모가 흠씬 두들겨 맞으면 그래도 역시 부모 편을 들고 싶어지는 법입니다. 말없이 보고 있기만 한다면, 그런 사람과는, 사귀고 싶지 않습니다.

○○○○라니, 대체 그건 무슨 말을 하려 했던 걸까요? 일본의 문화라는 것을, 이렇게 경박하고 비위에 거슬리게 한 것은, 그 녀석들입니다. 녀석들이 생각하고 있는 '살롱문화'와, 싸워야만 한

다고 생각합니다. 무슨 무슨 의학박사네, 뭐네, **득시글**합니다.

보수파를 권하고 싶습니다. 지금의 일본에서는, 보수적인 태도가 가장 아름다운 듯합니다.

일본인은 모두, 전쟁에 협력했던 것입니다. 그 때문에 마닐라 사령부로부터 벌을 받는다면, 1억이 한마음으로 한꺼번에 감옥에 들어갈 것을 희망할지도 모릅니다. 염려하실 필요 없습니다.

그쪽은 따뜻하겠지요. 이쪽은 춥고 춥고, 너무나도 추워서 머리가 다 아플 지경입니다. 3월쯤에 한번 상경해서, 도쿄의 주거 식료 사정을 살펴보고 올 생각입니다. 하지만, 저는 이번에는 오다와라나 미시마 부근의 시골에 조그만 집을 빌려서 눌러앉을 생각입니다. 7월이나 8월쯤이면 좋겠다고 생각하고 있는데, 어떨는지요.

이마 군은 어떻게 지내고 있을까요? 아직 돌아오지 못한 친구들이 마음에 걸려 견딜 수가 없습니다.

그쪽 가족 분들은 모두 건강하십니까? 이쪽도, 덕분에 그럭저럭, 술도 있고 담배도 있지만, 연애 흉내라도 내볼 만한 여성이 한 사람도 없습니다. 짜증이 납니다. 저도 벌써 서른여덟이 되었는데.

그럼 여러분 건강하시기를, 마지막으로 사모님께도 인사의 말씀 잘 좀 전해주시기 바랍니다.

경구

1월 15일, 다자이 오사무

이부세 선생님.

155

1월 25일

아오모리 현 가나기마치 쓰시마 분지 씨 댁에서

교토 시 사쿄 구 쇼고인히가시초 203번지 모리토요 씨 댁 쓰쓰미 시게히사에게

어쨌든 무사한 듯하여, 천만 다행일세. 나는 여기저기 떠돌다, 결국에는 생가로 돌아왔지만, 올 여름까지는 오다와라, 미시마, 또는 교토, 등을 생각하고 있네. 도쿄에는 집이 없을 테니, 도쿄에서 기차로 두어 시간 떨어진 곳, 그 부분에 자리를 잡게 되지 않을까 여겨지네.

천황이 교토로 간다고 한다면, 나도 갈 생각이네. 최근의 심경 어떤가? 걱정에 잠겨 있지나 않은지? 괴로워지면 소식을 전하는 사람이니 말일세.

최근의 일본, 바보 같다는 느낌, 송사리들이 골빈 송사리의 뒤를 따르는 형국으로, 그저 이리 어슬렁, 저리 어슬렁, 가끔 안색을 바꾸기도 하고, 붉은 깃발을 흔들기도 하고, 한심하네.

다음에 명확한 지침을 내릴 테니, 그것을 믿으며 한동안 지낼 것.

1. 10년을 하루 같이 변하지 않는 **정치**사상이라는 것은 미몽에 지나지 않는다. 20년 만에 사바세계로 나와서, 이 **새로운 현실**에서 호령을 하려 해도, 그건 무리다, 고문에게 부탁해 봅시다, 명예회원은 어떠신지.

자네, 이제 와서 붉은 깃발 흔들며, '우리 젊은 병사 프롤레타리아

여'라는 노래, 부를 수 있겠나? 못할 걸세. 자신의 감각에 어긋나는 (어색함을 느끼게 하는) 행동은 일절 피할 것, 반드시 커다란 파탄이 발생한다.

1. 지금의 저널리즘, 커다란 추태, 새로운 유행의 편승이라 할 만한 것. 문화입국이고 나발이고 우스운 것. 전쟁 때의 신문과 똑같지 않은가? 낡았네. 어쨌든 모두 낡았네.

1. 전쟁의 고통을 전부 부정하지 말 것.

1. 지금 떠들어대고 있는 무슨 무슨 주의, 무슨 무슨 주의는, 전부 일시적이고 임시변통과도 같은 것이니, 다음에 전혀 새로운 사조가 대두하기를 기다릴 것.

1. 교양이 없는 곳에 행복도 없다. 교양이란, 우선, **수치스러움**을 아는 것.

1. 보수파가 될 것. 보수는 반동이 아님. 현실파임. 체호프를 생각할 것. <벚꽃 동산>을 생각할 것.

1. 혹시 문헌이 있다면, 아나키즘에 대한 연구를 시작할 것. 윤리를 원자(아톰)로 삼아 아나키즘적 사조, 어쩌면 신일본의 활력이 될지도 모름. (크로포트킨이든 무엇이든, 자네가 읽은 뒤에, 내게 빌려주게. 가나기로 보내 주기 바라네.)

1. 천황은 윤리의 본보기로써 이것을 지지하라. 사랑할 만한 대상이 아니면, 윤리는 허공에서 떠돌 염려 있음.

아직 여러 가지가 있지만, 천천히 가르쳐주겠네. 어쨌든 서둘러서는 안 되네.

나는 지금, 원고 주문이 매일 쇄도하지만, 전부 거절. 거절하는 엽서나 전보를 보내는 것도 큰일일세. 글쎄, 올 여름부터는, 일본인 중에서도 조금씩 깊이 생각하고 노력하는 인물이, 희미하게나마 보이게 될 것일세.

거절하기 어려운, 의리를 지켜야 하는 곳에, 두어 작품을 발표해야 하지만, 그래도 4월쯤부터 ≪전망≫에 희곡을 쓰겠네. 그리고 한 계간잡지에 장편 <인간실격人間失格>을 연재할 예정. 그 계간 잡지는, 내가 그 장편을 집필하는 동안에는, 다른 곳에 글을 쓰지 않아도 내 생활비를 지급해줄 듯. 나도 서른여덟이니 말일세. (자네도, 벌써 지긋한 나이가 되었겠지.) 마흔까지는, 일생의 걸작을 하나 써 두고 싶네. 하지만 그것은, 마음속 생각일 뿐, 어떻게 될는지.

천천히 천천히 해나갈 생각.

돈이 든다네. 나는 벌써 암시장의 담배를 1만 엔 정도 피웠다네.

부인을 비롯해서 모두에게 안부 전해 주게.

아이들을 소중히 여길 것. 경구

분지 씨, 국회의원 선거에 출마한다고 하네. 어리석은 동생도 연설을 해야만 하는 걸까?

156

1월 28일

아오모리 현 가나기마치 쓰시마 분지 씨 댁에서

다카다 시 데라마치 2번가 선도사 내 오다 다케오에게

지금도 여전히 다카다에서 건강하게 지내시는 듯하여, 마음 든든하게 생각하고 있습니다. ≪문예책자≫는 도쿄의 민주주의 타령이라는 유행의 편승 (불쾌하기 짝이 없는) 따위보다, 얼마나 더 고급스러운지 모르겠습니다. 우치야마 야스노부內山泰信 선생님의 여성론, 통쾌했습니다. 고매한 스님의 지식 같음. 훌륭한 스님. 저는 요즘 보수주의자가 되었습니다.

<벚꽃 정원>을 잊을 수가 없습니다. 지금 가장 용기가 있는 태도는 보수라고 생각합니다. 저는 바보스러울 정도로 정직하기 때문에, **애매**한 태도를 취하고 있을 수가 없습니다. 저는, 이번에는 사회주의자들과, 싸울 생각. 물론 반동은 아니지만, 그래도, 끝까지 천황폐하 만세로 갈 생각입니다. 그것이 참된 자유사상.

157

3월 (날짜 미상)
아오모리 현 가나기마치 쓰시마 분지 씨 댁에서
아오모리 현 히로사키 시 모토테라마치(元寺町) 아오모리 사범학교 내 오노 마사후미에게

건강하신 듯, 저는 미타카의 집은 폭탄 때문에 반파되었고, 그래서 고후에 있는 처가로 피난을 했지만, 거기도 역시 소이탄 때문에 불타 버렸고, 어찌할 방도가 없었기에 작년 8월, 종전 직전에, 처자를 데리고 가나기의 생가에 와서, 당장은, 형님 댁에서 더부살이하고 있습니다. 요즘에는 또, 무슨 무슨 주의, 무슨 무슨 주의 하며 이상한

풍조의 운동뿐, 참으로 한심하기 짝이 없습니다. 저는 지금 <겨울의 불꽃놀이>라는 3막짜리 희곡을 쓰고 있습니다. 희곡도 꽤 어려운 작업입니다.

다름 아니라, 오늘은 한 가지 부탁드릴 것이 있는데, 제 둘째 형인 에이지 씨의 외아들인 쓰시마 가즈오津島一雄가 복귀하여, 이번에 사범에 들어가고 싶다고 하고 있는데, 그 절차 등을, 가즈오의 어머니에게 가르쳐주시기 바랍니다. 가즈오는 성격이 온화한 듯하니, 학교 선생에 적합하리라 생각됩니다. 다행스럽게도 귀형이 사범의 선생님으로 계시다고 하니, 가즈오에게도 잘된 일입니다. 잘 좀 부탁드리겠습니다.

어차피 저도, 조만간 히로사키에 갈 일이 있을 테니, 그때는 반드시 사범에 들러서 오랜만에 청담淸談을 나누고 싶습니다. 쓰가루에 와서 가장 힘든 일은, 이야기 상대가 없다는 것입니다. 묵어가실 생각으로 가나기에도 한번 놀러 오시기 바랍니다.

건강하시길.

다자이 오사무

오노 학형.

158

3월 2일

아오모리 현 가나기마치 쓰시마 분지 씨 댁에서

오구라(小倉) 시 교마치(京町) 9번가 257번지 모리(森) 씨 댁 이마 하루베에게

(엽서)

편지 봤습니다. 무사하다니 다행. 악수 악수 크게 악수하고 싶습니다. 참으로 걱정했습니다. 이젠 됐다, 는 심정. 편지에 대한 답장을 이런 엽서에 쓰는 것은 참으로 뜻한 바 아니었으나, 오늘(3월 2일)은 신화폐로 바뀌는 날이라고 해서, 우표 살 돈을 구하지 못해, 이런 몰골, 용서해주시기 바랍니다. 저는 미타카의 집은 **폭탄** 때문에 반이 무너져, 생매장 되었다가, 그런 다음 고후로 갔는데, 거기도 완전히 불에 타고, 하는 수 없이, 쓰가루의 오지로 물러났는데, 추워서 견딜 수가 없습니다.

지금 <겨울의 불꽃놀이>라는 3막짜리 비극을 쓰고 있습니다. 공연할 만한 것은 아니지만, 지쿠마 출판사에서 나오는 ≪전망≫이라는 문예잡지에 발표할 생각입니다. 마루야마 사다오가 죽은 것은, 참으로 안타까운 일. 전쟁은 우자에몬과 사다오를 앗아갔습니다. 민주주의가 됐지만, 제 사상은, 별반 변하지 않았습니다. 무슨 무슨 주의라는 둥 무슨 무슨 주의라는 둥, 핏대를 세워가며 외쳐대는 것을, 어리석은 짓이라 생각합니다. 까딱 잘못했다가는, 일본이 더욱 나빠질 것 같다는 생각이 듭니다. 도쿄행은, 굉장한 신중함을 요하는 것이 아닐까요? 저도 4월쯤에 도쿄의 상황을 살피러 갈 생각이지만. 분지 형님은 이번 국회의원 선거에 입후보했습니다.

그럼 다음에 천천히.

불일

159

3월 15일
아오모리 현 가나기마치 쓰시마 분지 씨 댁에서
도쿄 나카노 구 노가타마치 2번가 1230번지 기쿠타 요시타카에게

귀형의 작품을 전부 읽고, 약간 우울함에 빠져 있는 상태입니다. 아무래도 신통치 않습니다. 제가 그렇게 오랜 시간에 걸쳐서, 좋은 작품을 읽게 하고, 암시를 주었는데, 아직도 '예술'을 깨닫지 못한 듯해, 답답합니다. 단편소설은, 좀 더 또렷하고 선명한 감각의, 하나의 선을 긋는 것이 중요합니다.

당신 말을 빌려 말하자면, 그야말로 독자에 대한 '봉사'입니다. 이웃을 위해 목숨을 버리는 것입니다.

당신은 조금도 '봉사'하고 있지 않고, 버리지도 않았습니다. '아름다움'이란 어떤 것일까,에 대해서 생각해보시기 바랍니다. 당신은 옛날의 예술품의, 어떤 점에 가장 마음이 끌렸었는지, 그것을 생각해 보시기 바랍니다.

세 가지 중, <미신>은 약간 흥미로운 테마이지만, 작가의 느낌이 조금도 명료하지가 않습니다. 명료하지 않다면, 명료하지 않음을 분명하고 강하게 나타낼 것. 이건 명료하지 않은데, 애매하게 **정리**를 하려 했기 때문에, 결국 뭐가 뭔지 모를 작품이 되어 버리고 말았습니다. 언젠가 이것을 다시 마음을 다잡고 고쳐 쓴다면 좋은 작품이 될 것입니다.

'마음을 다잡고'라는 것은 품행을 말하는 것이 아닙니다. 그러니까

결국, 도덕과 같은 것이 되기도 하겠지만, '아름다움'에 대한 결벽성이라 해야 할지, 그런 의미에서의 새출발입니다.

＜떡＞은, 의도는 좋았지만, 너무 엉성합니다. 대화체는, 그 대화의 주인공들의 육체가 느껴질 정도가 되어야 합니다.

그래서는, 남자인지 여자인지조차 알 수가 없습니다. 셋 중에서 이것이 가장 나쁩니다.

＜윤활유＞는, 앞부분의 **극명**한 사실을 높이 사겠습니다. 하지만, 나머지 작가의 감상은, 너무나도 평범, 범凡은 범대로 맛있는 범도 있지만, 이건 너무나도 오만한 범. 진부합니다. 어째서 당신에게는, 이처럼 이상한, 가르치려 드는 교훈벽敎訓癖이 있는 것인지. 오히려 탁함을 느끼게 합니다. 이것은 가호쿠 신보사에서 내고 있는 ≪도호쿠 문학≫에 보내겠습니다. 채택될지 어떨지는 알 수 없지만, 그곳에서는, 고료도 1매당 10엔 정도이고, 창간호도 지방잡지치고는 드물게 충실한 것이었으니, 첫무대로써는 그다지 부끄럽지 않을 것이라 생각합니다. 고료가 좋은 도쿄의 문학잡지에는 조금 어려울 듯합니다.

더욱 심혈을 기울여서, 다음 작품에 정진하시기 바랍니다.

＜미신＞＜떡＞은 지금 별봉 서류로 당신에게 반송하도록 하겠습니다.

경구
다자이 오사무

기쿠타 님.

160

4월 1일
아오모리 현 가나기마치 쓰시마 분지 씨 댁에서
도쿄 고지마치 구 마루노우치 빌딩 588구 중앙공론사 출판국 우메다 하루오(梅田晴夫)에게 (엽서)

오랜만이었습니다. 여전히 건재하신 듯하여, 무엇보다 반가웠습니다. <판도라의 상자>는, 가호쿠 신보사에서 나오게 되었습니다. 이에 종전 후의 제 작품 중에서 가장 완성도가 높은 것이라 생각되는 중편, 단편을 모아서 (<15년간>이나 <판도라>는, 그다지 완성도가 높지 않습니다. 6월경 까지는, <전망>과 그 외에, 저의 정말, **새로운** 역작이 발표될 예정이니, 그런 것만 모아서) 한권으로 정리해 부탁드리고 싶습니다. 그러니 한두 달만 더 기다려 주십시오. 지원해주신데 보답할 수 있으리라 생각됩니다. 어쨌든, 정리가 되면 연락드리도록 하겠습니다.

불일

161

4월 22일
아오모리 현 가나기마치 쓰시마 후미지 씨 댁에서
교토 시 사쿄 구 쇼고인히가시초 15번지 3 모리토요 씨 댁 쓰쓰미 시게히사에게

또, 우울해하고 있는 것 같군. 원래 인생, 그야말로 태어나지

않는 편이 좋은 것이고, 원래부터 지옥으로, 즐거울 리 없는 것이지만.

최근 '문화인'들의 한심스러움, 어떻게 된 게 아닌가? 눈빛이 바뀌었네.

가메이에게는 내가 문의를 했네. 원고 매수 관계로 내가 부탁해 놓았던 ≪리버럴≫에는 어려울 듯, 다른 데 생각해둔 곳도 있는 듯. 조만간 자네도 근황을 물어보도록 하게. 무슨 일이든 일곱 번의 70배일세. 인내와 느긋함이라고 하네. 선거는, 나는 무엇 하나 돕지 않고, 그저 경황없는 틈을 이용해서 술만 마셔, 모두에게 커다란 빈축을 샀다네. 매일, 구석에 처박혀서 원고를 한 장, 두 장씩 쓰면서, 바쁘다 바빠 라고 말하고 있다네. 서두를 것 없네. 천천히 써 가도록 하겠네.

지금 ＜미귀환 친구에게＞라는, 30매 정도 예상의 작품을 쓰고 있네. 이것이 끝나면, ＜커다란 까마귀＞*라는 제목으로 가식적인 문화인들의 활약(＜아Q정전＞ 같은)을 조금 긴 것으로 해서 써볼까 생각중이라네. 그리고 또, ＜봄의 고엽＞이라는 3막 비극도 쓸 생각. 그것이 끝나면 드디어 ＜인간실격＞이라는 대장편에 들어갈 생각, 이것만으로도 30대에 해야 할 일, 넘쳐 나네.

전에 썼던 ＜겨울의 불꽃놀이＞라는 3막극, 이건 실로 굉장한 비극(웃어서는 안 되네). 연극계, 문학계에 원자**폭탄**을 투하하는 심정, 이것은 이미 지쿠마 출판사에서 내고 있는 ≪전망≫에 보냈다

* 다자이는 이 작품의 서두를 유고로 남겼다.

네. 6월호에 게재될 예정. 요즘에는 ≪전망≫ 등이 가장 좋은 잡지로 인정받고 있는 듯하네. 그런데 요즘 잡지들의 늑장대응에는, 놀라지 않을 수가 없네. 원고를 발송하고 나서 대략 서너 달째가 돼서야, 그것이 인쇄되어 시장에 나오니 말일세, 김이 빠지네. 별지, 우습다고? 여겨져 동봉했네. 역시 지드는 멋진 사람이야.

프랑스가 독일에게 졌을 때, 역시 그 패전 책임자를 가리기 위해 떠들썩했는데, 그때 지드는, 다음과 같은 멋들어진 풍자를 말했다.

콩고 지방 토인들의 우화인데, 한 커다란 강을 건너기 위해, 많은 사람들이 커다란 배에 발 디딜 틈도 없이 올라탔다. 초만원이었기에 배는 강가의 흙에 처박혀 버리고 말았다. 누군가를 배에서 내리게 해야만 했는데, 누구를 내려야 좋을지 몰랐다. 그래서 우선은 뚱뚱한 상인과 궤변가와 질이 나쁜 고리대금업자와 유곽의 포주를 내리게 했다. 배는 그래도 진흙에 박혀 있었다. 그래서 이번에는, 도박장의 주인과 노예상인과, 고지식한 사람까지 몇 명을 내리게 했지만 꼼짝도 하지 않았다. 하지만 배는 점점 가벼워져서, 젓가락처럼 바싹 마른 한 선교사가 내린 순간, 마침 배가 움직이기 시작했다. 그러자 토인들이 커다란 소리로 외쳤다. '저 녀석이다! 저 녀석이 배를 누르고 있었다, 해치워라!' (≪세계문학≫ 창간호에서)

이곳 쓰가루를 떠날 날이, 언제가 될지, 알 수는 없지만, 언젠가는 떠나야만 하네. 교토로 이주할까도 생각중이네. 하지만 집이 없겠지? 어떤가?

162

4월 23일
아오모리 현 가나기마치 쓰시마 분지 씨 댁에서
히로사키 시 모토테라마치 아오모리 사범학교 오노 마사후미에게

지금 막, 가즈오의 어머니가 오노 선생님으로부터 좋은 소식을 받았다고 희색이 만면하여 알리러 왔었습니다. 저도, **잘됐다, 잘됐다,** 고 말했습니다.

신세 많았습니다. 진심으로 감사드립니다. 부장님께도 적당한 때를 봐서, 인사 전해주시기 바랍니다. 조만간 희곡이라도 (≪전망≫에서 원고를 받았다는 전보가 그 뒤에 와서, 한시름 놓았습니다. 6월호라고 합니다) 발표가 되면, 그 품평회 형식으로, 여러분과 이야기를 나누고 싶습니다.

병원에 있는 작은형도, 기뻐할 겁니다. 누가 뭐래도, 외아들이니까요.

5월 5일 무렵부터, 가나기 언덕에서도 벚꽃놀이가 있다고 합니다. 묵어가실 예정으로 놀러 오시기 바랍니다.

벚꽃보다는 낙엽송의 새싹이, 귀형에게는 더 마음에 들지도 모르겠습니다. 아오모리, 히로사키에는 없는, 러시아 소설의 냄새가, 희미하게 풍깁니다, 이 쓰가루의 들판에서는.

저는 지금, 변변찮은 것을 쓰고 있습니다. 이 변변찮은 것을 빨리 끝내고, 다시 역작에 몰두하고 싶습니다. 귀형의 작품에 대한 감상, 다음에 만났을 때, 천천히 말씀드리도록 하겠습니다.

≪도호쿠 문학≫보다는 ≪신초≫나 ≪인간≫이 좋을 것 같은데, 곧 만나서 상의하도록 합시다.

몸조심하길.

경구

다자이 오사무

163

4월 30일
아오모리 현 가나기마치 쓰시마 분지 씨 댁에서
도쿄 스기나미 구 아마누마 2번가 400번지 가와모리 요시조(河盛好藏)에게

언제나 편지에 엽서가 더해져 있었기에, 그렇게 긴 편지를, 그것도 대선배로부터 받았으니, 저도 편지로 답장을 보내고 싶었지만, 그러나, 엽서가 동봉되어 있었기에, 이 엽서에 쓰지 않으면 실례가 될지도 모른다, 고 생각하여, 울며 겨자 먹기로(약간 과장) 그 엽서에 답장을 했습니다. 오늘도, 역시 엽서가 아니면 안 되겠구나 싶어서, 생각 끝에, 마음을 정했었는데, 마침 친척 중 한 사람이 와서, 낮부터 술을 마시고, 그 사람이 지금 기차로 돌아갔기에 (이 기차는 재미가 있습니다, 저희 아버지가 오우선奧羽線을 고쇼가와라에서 가나기, 그리고 쓰가루 반도의 북단까지 철도를 깔 계획을 세웠지만, 그것은 완성되지 못할 듯합니다. 낙엽송 수풀 사이를, 조그만 기차가 달리는 광경은, 러블리합니다. 숲속에서 갑자기, 기차가 달려 나오는 것도 나쁘지는 않지요?) 그래서, 그 사람이 (정오의) 그 기차로 돌아갔기에, 저는 배웅을 나갔다가, 지금 집으로 돌아와서, 이번에는, 가와모리 씨에게도 뒤지지 않을

정도로 긴 편지를 써야겠다고 생각했습니다. 저는, 한심할 정도로 겁이 많기 때문에, 잡지사에서 답장용으로 쓰라고 10센짜리 우표를 동봉해 보내면, 그것을 돌려보내지 않으면 죄를 추궁당하는 게 아닐까, 굉장히 두려워져서, 번민하다, 그러다 답장을 보내, 손해를 보는 경우가 다반사입니다. 다음부터는, 부디, 그 엽서를 동봉하지 마시기 바랍니다.

가와모리 씨의 <프랑스 수첩>이었던가, 그, <나쁘지 않은 이야기> 말이야, (취했습니다. 무례한 말투를 쓰고 말았습니다. 용서해 주시기 바랍니다) 아주 좋아서, 그런 거라면, 얼마든지 쓰고 싶지만, 일본의 독자는 이상할 정도로 고지식하기만 해서, 그런 것을 쓰면, 콩트라는 둥 우스갯소리라는 둥 하며, 극단적으로 경멸합니다. **타락**했다고들 하니까요. 너무들 합니다.

문화文化라고 쓰고, 거기에 수줍음이라는 해석을 덧붙이는 것에, 대대적으로 찬성. 저는 우優라는 글자를 생각합니다. 이는 빼어나다는 뜻의 글자로, **우량가**優良可라고 쓰기도 하고, 우승이라고도 쓰지만, 그러나, 또 하나의 독음법이 있지 않습니까? '다정하다'라고도 읽습니다. 그리고 이 글자를 가만히 들여다보면, 사람인변에 '근심하다'라고 씁니다. 사람을 근심하다, 타인의 외로움 쓸쓸함, 괴로움에 민감한 것, 이것이 다정함이며, 또 인간으로서 가장 뛰어난 점이 아닐까, 그리고 그런 다정한 사람의 표정은, 언제나 '수줍게' 보입니다. 저는 수줍음 때문에, 스스로 제 몸을 망치고 있습니다. 술이라도 마시지 않으면, 말도 제대로 하지 못합니다. 바로 거기에 '문화'의 본질이 있다고 저는 생각합니다. '문화'가, 만약 그런 것이라고 한다면, 그것은 나약해서, 지고 말 것입니다. 그것으로 족하다고 생각합니다. 저는 자신을 '멸망의 백성'이라고 생각합니다. 져서 멸망해서, 그 중얼거림이, 저희들의 문학일지도 모르겠습니다.

어째서 사람들은, 자신을 '멸망'이라고 단언하지 못하는지 모르겠습니다.

문학은, 언제나 <헤이 가平家 이야기>(헤이 가의 성쇠를 그린 대표적 군담 중 하나 _옮긴이)라고 생각합니다. 제 한몸의 안녕을 생각하는 녀석은, 멍청이입니다. 몰락할 뿐이 아닙니까?

간사이關西 지방에서 나오는 ≪세계문학≫이었던가? (그 잡지 다른 사람이 가져가 버렸기에) 그 권두에 실려 있는 지드의 대전 이후의 감개, 통쾌했습니다. 읽어보셨겠지요?

그, 콩고 지방 토인들의 배 이야기, 혼자서 큰소리로 웃었습니다. 전쟁범죄자라니, 참으로 난센스.

지금 다시, 체호프의 희곡전집을 읽고 있습니다. 다음에 또 희곡을 쓰겠습니다.

작품의 완성도가 마음에 들면 보내드리도록 하겠습니다.

6월 말까지의 것은 늦어질지도 모르겠지만, 9월 말까지의 것은 시간에 맞추도록 하겠습니다. 저를 믿어 주십시오. 그리고 신뢰받는 작가는, 십자가입니다. 그렇게 각오도 하고 있습니다.

사함을 받은 일이 적은 자는 적게 사랑하느니라. 누가복음 7장 47절. 예수가 술꾼이고, 그리고, 그 때문에, 도학자道學者들로부터 비난을 받는 모습이, 성경에 있는데 알고 계십니까? 분명하게 적혀 있습니다.

164

5월 1일
아오모리 현 가나기마치 쓰시마 분지 씨 댁에서
히로시마 현 후카야스 군 가모무라 이부세 마스지에게

'도쿄 사람들은 친절하다'는 말씀, 뼈저리게 느끼고 있습니다. 시골에서 생활하고 있는 저희 같은 사람이 아니면 알 수 없는 의미심장한 말입니다. 하지만 도쿄도, 요즘 다시 갑자기 식량 위기를 맞게 되었다고, 그점도 우울해서, 상경할 뜻을 포기했습니다.

신임 국회의원은 얼마 전 상경했다가, 이삼일쯤 전에 빈대에게 물어뜯긴 자국투성이가 되어 돌아왔습니다.

선거중에, 저는 분주한 틈을 타서 그저 술만 마시고, 무엇 하나 도움이 되지 않았기에, 빈축을 샀습니다. 정치는 우울해서 견딜 수가 없습니다.

가와모리 요시조 선생님이 보내신 편지 속에 ≪전망≫에 발표한 이부세 님의 소설, '전쟁중의 울분을 이부세 씨답게 자연스럽게 배어나도록 표현한 굉장히 소중한 작품입니다'라는 글이 있었습니다.

저도 ≪전망≫에 ＜겨울의 불꽃놀이＞라는 3막짜리 비극을 얼마 전에 보냈습니다. 6월호에 게재된다고 합니다. 전후의 절망을 써 보았습니다. 저는 전쟁 때보다도 이른바 '일본의 문화'라는 것이, 더욱 저하되었다고 생각합니다. 최근 잡지들의 **하찮음, 꼴사나움,** ≪전망≫이 가장 나은 듯합니다. 여러 잡지가 나오지만, 종이가 아까워서 견딜 수가 없습니다. 일본은, 훨씬 더 엉망이 되어 버릴지도 모른다는 생각이 듭니다.

실로 매일, 죽고 싶을 만큼 우울합니다. 그렇지만, 한동안은, 도저히 몸을 움직일 수가 없습니다. 더부살이도, 남보기 좋지 않은 것입니다.

오늘부터, 또 희곡을 써 보고 싶습니다. 현실의 견딜 수 없는 우울을 써 볼 생각입니다.

술을 마시고 싶지만, 그러나, 마셔 봐야, 더욱 즐겁지 않습니다. 취해서 잠에 들 뿐입니다. 저희가 살아 있는 동안, 늘 이럴지도 모르겠습니다. 저는 아오모리 지방의 이른바 '문화운동'에는 일절 관여하고 있지 않습니다. 누구와도 친구가 되지 않았습니다. 매일, 아침부터 밤까지, 별채의 구석방에서, 빈둥빈둥하고 있습니다. 누가 뭐래도, 먹지 않으면 살아갈 수 없다는 것은, 굉장히 몰염치한 말이지만, 아무래도, 이것만은. 참으로 쓴웃음이 나옵니다.

(제 원고지는, 이것입니다. 이부세 님의 것이, 더 좋은 듯합니다. 이것은 펜이 걸려서 못 쓰겠습니다.)

아무쪼록 모두를 소중히 여기시기 바랍니다. 뵙고 싶어서 견딜 수가 없습니다. 쓰가루에는, 지금 매화가 피었습니다. 벚꽃은, 이삼 일 더 있어야 합니다.

경구

다자이 오사무

이부세 선생님.

165

5월 3일
아오모리 현 가나기마치 쓰시마 분지 씨 댁에서
가나가와 현 가마쿠라 시 니시미카도무라 기무라 구니노리(木村久邇典)에게

한동안 연락드리지 못했습니다. 건강하신 듯하군요. 그 뒤로, 소설을 쓰고 계십니까? 요전의 소설은, 좋은 소재는 있지만, 약간 번잡합니다, 쓸데없는 선線이 너무 많습니다. 단편은 역시, 테마 하나를 선명하게 표현해야 하는 것 아닐까요? (중략) <겨울의 불꽃놀이>는 ≪전망≫ 6월호 예정. 불일

166

5월 12일
아오모리 현 가나기마치 쓰시마 분지 씨 댁에서
도쿄 교바시 구 쓰키치(築地) 아카시(明石) 국민학교 내 사사키 긴노스케에게

건강하신 듯, 이곳은 추워서, 도무지 견딜 수가 없습니다. 올 가을 무렵까지는, 다시 간토關東로 돌아가고 싶습니다. 저는 지금 <겨울의 불꽃놀이>라는 3막짜리 비극을 완성했습니다. 연극계에 원자**폭탄**을 투하하는 기분, 발표되면 비평을 부탁드리겠습니다.
경구

167

5월 13일
아오모리 현 가나기마치 쓰시마 분지 씨 댁에서
야마나시 현 미나미코마(南巨摩) 군 마스호무라(增穗村) 아오야나기(靑柳) 구마오 도쿠헤이(熊王特平)에게 (엽서)

저는 너무나도 그리워지면, 오히려 편지를 쓰지 못하는 성격입니다. 믿어 주십시오. 굉장히 많이 많이 드리고 싶은 말씀이 있어서, 더 이상 편지로는 답답하기에, 만나서 술이라도 마시며, 밤새도록 이야기 나누고 싶은 심정인데, 참으로 이것저것 헤어진 이후의 일신상의 일들을 이야기하고 싶어서 견딜 수가 없습니다. 잡지에도 구마오 씨에 대한 추억 등을 쓰고 싶지만, 도무지 **함부로** 쓸 수가 없는 기분이기에, 초조함을 느끼고 있습니다. 조만간 상경을 하면, 고슈에도 찾아갈 생각입니다. 단, 술은 제가 가져가겠습니다.

불일

168

5월 21일
아오모리 현 가나기마치 쓰시마 분지 씨 댁에서
교토 시 히가시야마(東山) 구 신몬젠(新門前) 우메모토초(梅本町) ≪동서(東西)≫ 편집부 기시 야마지(貴司山治)에게

선배이신 당신으로부터, 종종 정중한 친서를 받으니, 참으로 황송합니다. 지금까지 제가 만나 왔던 선배들은, 많든 적든 제게 선배다운

부분을 느끼게 하려 해 왔지만, 당신의 편지에는, 조금도 그것이 없기에, 보기 드문 미덕처럼 제게는 진심으로 감사하게 느껴집니다.

편지 왕복은, 이제 더 이상 잡지에 싣지 말았으면 합니다.* 아무래도, 부끄러워서 견딜 수가 없습니다. 부디, 편집 방침을 그렇게 변경해주셨으면 합니다.

현실은 더욱 밑바닥을 향해서 달려가고 있는 듯한데, 그러나, 편지의 내용은 차분해서, 거기에 휩쓸리지도 않는 꿋꿋한 태도에 감탄을 금할 길이 없습니다.

저는 지금 희곡을 쓰고 있습니다. 전망 6월호에 <겨울의 불꽃놀이>라는 3막 비극이 발표될 예정인데, 그후 바로 <봄의 고엽>이라는 3막 극을 시작하여 지금도 고전하고 있습니다. 연극계를 발칵 뒤집어 놓고 싶지만, 어떻게 될지 모르겠습니다.

어젯밤에 체호프의 시베리아 기행을 읽었는데, 등장하는 인물들이 이곳 쓰가루 지방 주민들과 너무나도 비슷해서, 한숨이 나왔습니다. 5월 초에 이 지방의 벚꽃놀이가 있었는데, 저는 가지 않았지만, 후에 사람들의 말을 들어보니, 싸움 40여 건과, 그리고 강간이네 화간和姦이네 뭐네, 차마 눈뜨고 볼 수 없었다고 합니다. 싸움은 이 지방 농민들은 주로 달려들어 물어뜯는 듯, 귀를 절반 정도 잘렸다는 둥, 가슴살을 가로세로 2촌(약 6센티 _옮긴이) 가량 물어뜯겼다는 둥 하는 말을 들었습니다. 탁주는 묘하게 좋지 않게 취하게

* <석별>이 인연이 되어 다자이와 기시 야마지 사이에 편지 왕래가 시작, 두 사람이 주고받은 편지를 기시가 편집하던 잡지 ≪동서≫에 연재하기로 하고, ≪동서≫ 1946년 3월호에 제1회를 게재했다. 이 기획은 1회만으로 종료되었다.

해서 사람을 발광상태로 만드는 듯합니다.

올 늦가을까지는, 이곳에서 벗어나기 위해 고심을 하고 있습니다. 교토에 친구가 있기 때문에, 어쩌면 도쿄를 그대로 지나쳐 교토로 옮겨갈지도 모르겠습니다. 그때는, 잘 좀 보살펴 주시기 바랍니다. 후지사와藤澤* 씨와도, 혹시 만날 기회가 있으시다면, 안부 전해주시기 바랍니다.

그리고 도호쿠에 오실 기회가 있으시면, 모쪼록 발길을 뻗쳐서, 쓰가루에도 들러주시기 바랍니다. 몰락 직전의 <벚꽃 동산>을 보실 수 있으실 겁니다.

원고에 관한 건, 지금의 희곡이 완성되기 전에, 다른 일에는, 도저히 손을 댈 수 없는 형편이니, 모쪼록, 한동안만 기다려 주시기 바랍니다. 건강을 빌겠습니다.

경구

5월 21일, 다자이 오사무

기시 님.

169

6월 20일

아오모리 현 가나기마치 쓰시마 분지 씨 댁에서

아오모리 현 기즈쿠리마치(木造町) 가사이 히사쓰구(葛西久二)에게 (엽서)

* 후지사와 다케오(桓夫)

화창한 날, 아침의 그 기차가 좋다네. 언제라도 오시게. (단, 21일은 우리 집에서 제사) 그쪽에서 소, 돼지, 닭 무엇이든 상관없네만, 고기 이따금 손에 넣을 수 있는지? 만약 손에 넣을 수 있다면, 이번에 그것을 가지고 오기 바라네. 물론 값은 즉석에서 신화폐로 치르도록 할 테니, 제아무리 비싸다 해도 상관없네. 그 고기를 들고, 자네와 둘이서 가나기의 산에 가서, 삶아 먹을 **심산**인데, 찬성해주지 않겠나? 술은 여기에 있으니, 걱정하지 말게. 그리고 휴대 연료라는 편리한 것도 내게 있다네. 한껏 호화로운 식사를 해보고 싶네. 경비는 전부 선생이 낼 테니, 마음껏 풍성하게 가져오기 바라네. 빠를수록 좋네.

이상, 검붉은 인텔리가, 창백한 나리에게.

170

7월 3일
아오모리 현 가나기마치 쓰시마 분지 씨 댁에서
나라(奈良) 시 기타이치초 73-2번지 요코타 도시카즈(横田俊一)에게 (엽서)

정성스러운 편지 감사합니다. 쌀을 팔아서까지 잡지를 손에 넣으셨다니 그 고심, 저도 열심히 해서 (목숨이 줄어드는 한이 있어도) 좋은 작품을 써야겠다고 생각했습니다. <겨울의 불꽃놀이>의 127쪽 셋째 줄의 '누나가 와서'라고 되어 있는 곳은 '동생이 와서'의 오자이니, 고쳐 주시기 바랍니다. 지금 다음 희곡인 <봄의 고엽>이라는 것을 쓰고 있는데, 어찌해야 할 바를 몰라서, 약간 고생을 하고 있습니다. 이 쓰가루에서 벗어나면, 도쿄를 지나서, 나라나 교토에 주거를 정하고 싶다는 등의 공상을 하기도 합니다. 건강하십시오.

불일

≪판도라≫가 나오면, 보내드리겠습니다.

171

7월 13일
아오모리 현 가나기마치 쓰시마 분지 씨 댁에서
아오모리 현 기즈쿠리마치 가사이 히사쓰구에게 (엽서)

고기가 없다고, 엉엉 울며, 엉뚱한 곳에 화풀이를 하다니, 참으로 꼴사납네. 눈물을 닦고, 코를 풀게.

≪전망≫ 6월호의 <겨울의 불꽃놀이> 읽었는가?

오늘 가와구치 마쓰타로川口松太郎라는 사람 (이 사람은 신생신파의 매니저인 듯)으로부터, 어머니 역에 하나야나기 쇼타로花柳章太郎, 가즈에數枝 역에 미즈타니 야에코水谷八重子로 공연해 보고 싶으니, 공연 판권을 달라고 말해 왔지만, 그 연극은 좀 더 소규모 극단에서 하는 편이 낫지 않을까도 싶어서, 대답을 보류하고 있다네. 이번 희곡도, 어제쯤부터 드디어 틀이 잡혀, 더욱 고투중일세. 호평도 악평도, 작가의 뼈를 깎아내는 듯한 정진에는 당할 수 없는 법일세. 공부하기 바라네.

불일

172

7월 18일
아오모리 현 가나기마치 쓰시마 분지 씨 댁에서
도쿄 메구로 구 미도리가오카 2321번지 이마 하루베에게 (엽서)

충고 감사합니다. (아직, 미적지근) 앞으로도, 저의 귀중한 친구가 되어 주시기 바랍니다. 부탁입니다. 희곡도, 작가의 길을 걷는 저의 수행 중 하나라 여기고, 굉장히 고심하며 쓰고 있습니다. 지금 <봄의 고엽> 이라는 것을 쓰고 있습니다. 단 3일에 1매 정도의 속도로 **지긋지긋**, 시사에 대한 비평은 조금도 들어맞지 않습니다. 전부 그 반대(콘트라스트)입니다. 이번 것을 다 쓰고 나면, 다음에는 다시 소설을 쓸 생각입니다. 피난 생활도 우울합니다. 9월에 상경하여 한번 둘러보고, 그런 다음 10월에는, 어쨌든 처자를 데리고 도쿄로 이주할 예정입니다. 누구와도 교제가 없기 때문에, 술을 **혼자**서 마십니다. 둘러보니 꽃도 단풍도 없구나.

<겨울의 불꽃놀이> 는, 신생신파로부터 공연 의뢰가 들어왔습니다.

173

7월 (날짜 미상)
아오모리 현 가나기마치 쓰시마 분지 씨 댁에서
교토 시 사쿄 구 쇼고인히가시초 15번지 쓰쓰미 시게히사에게 (엽서)

의욕으로 넘쳐나는 듯하여, 기쁩니다. 저도 10월쯤에 이곳에서 나가, 어쨌든 미타카의 반쯤 무너진 집으로 갔다가, 그런 다음 다시 집을 알아볼 방침입니다. 원고는 지금, 희곡 두 번째 작품 때문에 **와신상담**, 당분간, 다른 어떤 일에도 전혀 손을 댈 수 없을 것 같습니다. 희곡이란, 참으로 고된 작업입니다.

<겨울의 불꽃놀이>에 대한 올바른 해석의 열쇠는, 누가복음 7장 47절, '사함을 받은 일이 적은 자는, 적게 사랑하느니라' 즉, '죄가 깊은 자는, 사랑도 깊다'는 데 있습니다. 그건 그렇고, 예수는 술꾼이었기에, 민중들로부터 비난을 받았습니다, 마태복음 11장 19절.

174

8월 17일
아오모리 현 가나기마치 쓰시마 분지 씨 댁에서
도쿄 미타카마치 가미렌자쿠 97번지 곤 간이치에게 (엽서)

다정하고 긴 편지에 대해서, 이런 엽서로 답하는 것은, 굉장히 실례되는 일이지만, 이삼일 전부터 둘째 사내놈(저도 자식 복 많은 놈이 됐습니다)이, 기력을 잃어 의사다 약이다 정신이 없기에, 긴 편지를 쓸 수가 없습니다. 용서해 주십시오. 만나서 여러 가지로 나누고 싶은 이야기가 있습니다. 아주 많지만, 원고는 사실은, 귀형의 도쿄의 주소를 잊어버렸기에, 조만간 그쪽으로부터 지시가 있겠지, 그때 보내자 생각하고, 지금까지 '온전히 보존'하고 있었습니다.

오늘, 고쇼가와라 사람에게 부탁해서 후지사키藤崎 농업회의, 곤 님에게 전해 달라고 조치를 해 놓았습니다.

요즘의 신문 잡지 어쩐지, **한심하고, 멍청하고**. 건강하시길.

경구

175

8월 22일
아오모리 현 가나기마치 쓰시마 분지 씨 댁에서
도쿄 스기나미 구 아마누마 2번가 400번지 가와모리 요시조에게

이 원고지는, 전에도 말씀드렸는지 모르겠지만, 우리 마을 절 스님의 원고지입니다. 마한암이라는 곳에서 단가短歌를 짓고 있습니다. 아오모리 현에서도, 아키타 우자쿠秋田雨雀나 이시자카 요지로石坂洋次郎 등과 그 외의 작가 시인들이 무슨 무슨 문화회다, 연구회다 의 위원이 되어, 활발하게 강연이며 좌담회 등에 참석하며 돌아다니고 있는 듯하지만, 저는 쓰가루의 구석에 처박혀서, 그와 같은 일들은 전부 거절하고 있기 때문에, 이 지방에서는, 평판이 굉장히 좋지 않은 듯합니다. 하지만 저는 '지방문화'라는 것이 무엇인지, 조금도 알지 못합니다. 매일, 집에서 책을 읽기도 하고 쓰기도 하고 있습니다. 하고 싶은 말이 아주 많습니다. 아직 그 누구도 언급하지 않았던 문제나 그리고 새로운 사상의 발아에 대해서도, 저는 약간의 발견을 했다고 자랑스러워하고 있지만, 기염을 토할 상대가 없기 때문에 재미가 없습니다. 가끔 도쿄에서 편집자가

옵니다. 그럴 때면, 마음껏 기염을 토해야겠다고 생각하지만, 편집자는 '그런데, 원고는……'이라고 말을 하기 때문에, 흥이 깨져 버리고 맙니다. 두세 달 전에 아쿠타가와의 히로시 군이 놀러 와서, 호수로 가서 술을 마셨는데 유쾌했습니다. 구레 기요하라도 놀러 왔었지만, 그 사람은 술을 마시지 않기 때문에 재미가 없었습니다. 가와모리 씨가 한번 놀러 와 주신다면, 얼마나 기쁠지 모르겠습니다. 하지만 그건 어렵겠지요? 그래도, 문화강연회나 그런 것을 핑계로 기회를 만들어 보시기 바랍니다. 저도 9월 말에 한번쯤 도쿄의 주택 사정을 알아보러 상경할 생각입니다.

올해 안으로는 도쿄로 옮겨가고 싶습니다. 일은, 이제야 간신히 3개월이나 걸려서 희곡 두 번째 작품을 완성했고, 그리고 단편을 하나 쓰고, 그런 다음 ≪신초≫의 일에 들어갈 생각입니다. 처음 신초의 기념호에는, '신판 타르튀프'라는 것을 쓸 생각이었지만, 그것은 상당히 긴 것이 될 듯하여, 다른 것을 쓸 생각입니다.* <겨울의 불꽃놀이>는, 굉장히 좋지 않게 말하는 사람도 있는 듯하여 안타깝습니다. 말씀하신 것처럼, 가즈에라는 여성에게서 매력을 느껴 주신다면, 저는 그것으로 대체로 만족합니다. 그리고 그 드라마의 사상은, 누가복음 7장 47절의 '사함을 받은 일이 적은 자는, 적게 사랑하느니라'입니다. 자신의 죄에 대한 의식이 없는 자는 무정하다, 죄가 깊은 자는 사랑도 깊다, 는 것이 테마로, 그렇기 때문에, 어쩔 수 없이, 아사는 그와 같은 과거를 가지고 있어야만

* <친구 교환>

합니다. 한번 과오를 범한 여자는 다정하다, 는 것이 저의 확신입니다. (미즈타니와 하나야나기를 주연으로 공연을 하고 싶다는 청이 있었습니다. 신생신파에서) 모두 공부를 하지 않기 때문에, 조금도 이해하지 못합니다.

여기서도, 올 여름에는, 곳곳에서 축제가 있었습니다. 조그만 마을에서도 등롱의 초 값만 해도 몇 만 엔이나 들어간 호화로운 네부타 마쓰리(도호쿠 지방에서 행해지는 칠석 행사 중 하나. 부채, 인형, 동물 등의 모양을 본 따 만든 커다란 등롱에 불을 넣어 끌고 다닌다 _옮긴이)가 있었기에, 굉장히 마음 든든하게 여겨졌습니다. 그런 낭비를 아이들에게 보여주고 싶었습니다. 여러 가지로 드리고 싶은 말씀 많지만, 편지는 비밀로 해주십시오. 다른 사람들의 오해를 사게 되면, 큰일을 당하게 될 테니까요.

편지는, 언제나 되풀이해서 읽고 있습니다. 카뮈라는 작가의 심정, 잘 알 수 있을 것 같은 기분이 듭니다. 뜨거운 여름, 부디 몸조심하시기 바랍니다.

오사무 올림

176

8월 24일

아오모리 현 가나기마치 쓰시마 분지 씨 댁에서

도쿄 시모미타카마치 시모렌자쿠 113번지 쓰시마 씨 댁 고야마 기요시에게

(엽서)

자네로부터 전보가 왔기에, 바로(13일) 전보환으로 300엔 보냈네. 어제 자네로부터 **아직 불착**不着이라는 전보를 받았기에, 가나기 우편국으로 가서 알아보았더니, 우편국에서, **쓰시마 슈지 씨 댁**을 빼먹고 발신한 사실이 밝혀져, 바로 조치를 했는데, 이 엽서가 도착할 때까지도, 자네에게 도착하지 않는다면, 이 엽서를 가지고, 기치조지 우편국으로 가보기 바라네. 자네와 나 사이에 돈을 보내고 받는 일은 언제나, **잘되지** 않는군. 신께서 **그만두라**고 하시는 게야.

177

8월 31일
아오모리 현 가나기마치 쓰시마 분지 씨 댁에서
미토(水戸) 시 니시하라초(西原町) 3700번지 요시무라 도미 씨 댁 호치 유지로(保知勇二郎)에게 (엽서)

편지 잘 받았습니다. 긴 편지에 대해서, 이런 엽서로 답을 한다는 것은, 굉장한 실례이지만, 어쨌든 인사 대신으로, 이것을 썼습니다. 가능한 한 마음 가는 대로 살아보시기 바랍니다. 청춘은 에너지뿐이라고 발레리 선생께서 말씀하신 듯합니다.

불일

178

8월 31일
아오모리 현 가나기마치 쓰시마 분지 씨 댁에서
도쿄 고지마치 구 마루노우치 빌딩 588구 중앙공론사 출판부 우메다 하루오에게

정성스러운 편지 감사합니다. 지쿠마 출판사 쪽에는 제가 양해를 구해 두었습니다. 그래서 중앙공론사에서 출판을 해주셨으면 하는데, 초판 부수를 1만 부로 했으면 합니다. 인세를 조금이라도 더 많이 받고 싶다는 **치사**한 마음에서 그러는 것이 아니라, 이것은 저의 자신감입니다. 다른 출판사에 말할 때도, 왠지 7천 부라고 하면 김이 새고 비참하여 흥이 깨져 버리고 마니, 대범하게 1만 부로 해주셨으면 합니다. 이것만은 꼭 좀 그렇게 해주십사, 간절하게 부탁드립니다. 흔쾌한 수락을 기다리겠습니다. 다른 회사와의 관계도 있기 때문에, 1만 부가 아니면, 아무래도 제 입장이 곤란해집니다. 부탁드리겠습니다.

나머지는 전에 편지로 말씀드렸던 대로, 잘 좀 부탁드리겠습니다. 표지 장정이고 뭐고 전부 우메다 선생님께 일임하겠습니다.

목차는 별지에 적었습니다. 전부 종전 후의 작품들뿐입니다. ≪인간≫의 <봄의 고엽>은, <겨울의 불꽃놀이> 이상으로 고심한 희곡입니다. 어쩌면 10월호가 될지도 모르겠지만, 교정지는 9월 말이면 손에 넣을 수 있으리라 여겨집니다.

<겨울의 불꽃놀이>는, 미즈타니와 하나야나기를 주연으로 하여 공연하고 싶다며, 신생신파의 가와구치 씨가 요청을 해 왔지만,

아직 공연일은 확정되지 않았습니다.

그럼, 어쨌든, 1만 부의 건, 출판회의 때 의논하셔서, 결정해주시기를, 답장 기다리고 있겠습니다. 이쪽은 아침저녁으로 시원하여, 사뭇 사람이 그리워집니다. 상경은 10월이 될 듯합니다. 그럼 어쨌든 1만 부 건을, 부탁드리겠습니다. 경구

다자이 오사무 창작집 ≪겨울의 불꽃놀이≫ 목차

<겨울의 불꽃놀이>(희곡) 70매(≪전망≫ 6월호)

<봄의 고엽>(희곡) 80매(≪인간≫ 9월호)*

<고뇌의 연감> 20매(≪신문예≫ 제1 소설 특집호)*

<미귀환 친구에게> 30매(≪조류潮流≫ 5월호)

<찬스> 20매(≪계간 예술≫ 제1집)

<쓰가루통신>

<정원> 10매 (≪신소설≫ 3월호)

<이제 끝이구나> 10매(≪월간 요미우리≫ 3월호)

<부모라는 두 글자> 10매(≪신풍新風≫ 1월호)

<거짓말> 20매(≪신초≫ 2월호)

<참새雀> 20매(≪계간 사조≫ 제3집)

이상 약 290매.

*표는, 잡지가 아직 나오지 않았습니다.

<고뇌의 연감>은, 교정쇄 받았습니다.

<봄의 고엽><참새>도 교정쇄를 요청할 생각.

179

8월 (날짜 미상)
아오모리 현 가나기마치 쓰시마 분지 씨 댁에서
센다이 시 히가시 10번가 1번지 도이시 다이이치에게 (엽서)

엽서 지금 도착했네. 전에 보냈다는 엽서는 끝내 오지 않을 모양일세. 그건 그렇고 무사 귀환하신 것을 축하하네. 조금은 현명해져서 돌아왔는가? 얼마 전에 도호쿠 제국대학의 야마모토山本 군 외 1명이 가나기로 와서, 자네가 무사하다는 소식을 전해 주었네. 가나기에는 언제든 와도 상관은 없지만 자네들은 술을 너무 많이 마시기 때문에 귀찮네, 내가 마실 술이 없어지니. 9월에는 나도 센다이로 놀러 갈 생각일세. 술을 잔뜩 짊어지고 갈 생각이니, 그때까지 만남을 기다리는 건 어떻겠나. 하지만, 기다릴 수 없다면, 언제든지 와도 상관없네. 느닷없이 찾아와도 상관없네. 환영일세. 건강은 어떤가? 잘 돌보기 바라네. 경구

180

9월 18일
아오모리 현 가나기마치 쓰시마 분지 씨 댁에서
오카야마 현 오다 군 니이야마무라 기야마 쇼헤이에게 (엽서)

무사 귀환하신 듯, 경축할 일입니다. 이쪽 분도, 저쪽 분도, 목숨에 지장 없는 분들뿐. 이마 군은 북중국에서 귀환, 현 주소, 메구로

구 미도리가오카 2321번지. (이마 하루베二馬春部라고 개명.) 곤 간이치 군은, 해군에서 귀환, 도쿄 시모미타카마치 가미렌자쿠 97번지에 있습니다. 시오쓰키 군은 베이징에서 귀환, 세타가야 구 기타자와 4-385번지, 반伴 씨 댁에 있습니다. 가메이 군은, 전에 있던 곳에 있습니다. 그러고 보니, 전에 중앙선 부근에 살던 사람들뿐으로, ≪스나오素直≫라는 계간 잡지를 낸다고 하는데, 자세한 것은 가메이 군에게. 이부세 씨는, 히로시마 현 후쿠야마 시 소토가모무라입니다. 저도 올해 안으로는 도쿄로 옮겨갈 생각입니다. 경구

181

10월 12일
아오모리 현 가나기마치 쓰시마 분지 씨 댁에서
센다이 시 히가시 3번가 170번지 가호쿠 신보사 출판국 무라카미 다쓰오(村上辰雄)
에게

편지를 받을 때마다 센다이에 가고 싶어서 견딜 수가 없습니다. 히노日野 씨도 본사로 돌아오셨다고 하니, 더욱 센다이에 가보고 싶어졌습니다. 하지만 할머니의 장례식이 끝나기 전까지는, 아무래도, 멀리는 갈 수가 없는데, 분지 형님이 곧 도쿄에서 돌아오겠지만, 그때부터야 장례식 날짜를 결정하는 등, 결국 장례식은 월말이 될 듯하니, 어차피, 다음 달이 아니고서는 움직일 수 없습니다. 게다가 또, 일이 있어서, 살이 빠져 버렸습니다.

도이시에 대해서는, 아무쪼록 잘 좀 지도해주시기 바랍니다. 너무

느긋한 면이 있기는 하지만, 그러나 사람을 배신할 줄은 모르는 사내입니다. 검도 3단이지만, 그러나, 폭력을 휘두르는 일은 절대로 없습니다. 자기는 그런 자신을 스마트하다고 생각하고 있는 듯, 그것이 유일한 결점입니다.

미야자키 씨에게도, 모쪼록 안부 전해주시기 바랍니다. 경구

10월 12일, 다자이 오사무

무라카미 님.

182

10월 18일
아오모리 현 가나기마치 쓰시마 분지 씨 댁에서
교토 시 사쿄 구 쇼고인 히가시초 15번지 쓰쓰미 시게히사에게

계啓. 여전히 건강하십니까, <정의와 미소> 어제 읽어 보았는데, 역시 오자가 있어서, 별지에 적어 두었으니, 교정할 때 고쳐 주시기 바랍니다. 문장부호도, 가능한 한 별지에 있는 대로 삽입해주시기 바랍니다. 그리고 인지印紙는, 귀찮으니, 그쪽에서, 다자이의 도장을 만들어, 당신 책임 하에 마음껏 찍으시기 바랍니다.

그리고 ≪동서≫의 원고는, 반드시 쓸 생각이었지만, 도저히 사정이 허락하지 않아, 다카시 씨에게도 곧 전보로 사죄할 생각이니, 당신도, 이 편지를 다카시 씨에게 보여주시기 바랍니다.

형이 어제 도쿄에서 돌아와서, 갑자기 할머니의 장례식을 시작하게 되었는데, 이 지방은 불교가 성하고 특히 할머니는 독실한 신자였

기 때문에, 지금부터 장례식 날인 27일을 중심으로, 친척과 지인들이 매일 밤낮으로 다수 모여들 것이고, 이것도 글쎄 몰락 지주의 마지막 만찬과도 같은 것이겠지만, 참으로 혼잡이 시작되어, 더부살이하고 있는 저도, 방관하고 있을 수만은 없기에, 매일 조문객을 받는다, 어쩐다, 접대를 하지 않을 수 없으며, 작은형이 지금 병으로 입원해 있어서, 형의 동생은 저 혼자로 책임도 가볍지 않기 때문에, 28, 9일쯤까지는 이번 장례식 때문에, 일도 제대로 할 수 있을 것 같지 않습니다. 그리고, 그것이 끝나면, 도쿄 이주를 위한 사전 답사로, 아무래도 한번쯤은 상경하지 않을 수 없으며, 또 상경을 하면 하는 대로 도쿄에서의 잡무가 산더미처럼 쌓였기에, ≪동서≫ 신년호의 원고 마감까지는, 아무래도 맞출 수 있을 것 같지가 않습니다. 정말입니다.

그러니, 아무래도 이번만은, 사정을 좀 봐주십사, 다카시 씨에게, 엎드려 간원하는 수밖에 없겠습니다.

모쪼록 부탁드리겠습니다. 양해해주기시를, 바랍니다.

여기는 추워서, 벌써 싸라기눈이 내리고 있습니다.

다자이 오사무

쓰쓰미 군.

183

10월 23일

아오모리 현 가나기마치 쓰시마 분지 씨 댁에서

가나가와 현 니노미야초(二宮町) 야마노테 우메다 하루오에게 요즘 병의 경과도 좋지 않은 듯하고, 게다가 이런 시대이니, 틀림없이 암담하고 우울해하고 계실 줄 압니다.

하루라도 빨리 낫기를, 진심으로 바라고 있습니다.

저는, 원고가 정리되어, 언제라도 보내드릴 수 있지만, 지금 보내면, 당신이 책임을 느껴서 무리를 하게 되지나 않을지? 누군가, 회사 분들 중에서 당신의 일을 대행하고 계신 분이 계십니까?

중앙공론의 출판부는, 어떻게 돌아가는지 저는 잘 모르겠지만, 이번 ≪겨울의 불꽃놀이≫는, 당신의 책임으로 출판하기로 되어 있는 것 아닙니까? 또, 편집자의 입장에서도, 자신이 별로 좋아하지도 않는 작가의 것을, 중간에 맡게 되면, 의욕이 저하되는 것 아닙니까?

예전에 저는 한 출판사에서 책을 내게 되어, 저와 친하게 지내던 편집자와 여러 가지로 상의를 하고, 그런 다음 출판에 들어가기 직전이었는데, 그 편집자가 징용되어, 그다지 친하지 않은 다른 편집자의 손에 넘어가, 그렇게 돼서, 완전히, 모양이 바뀌어서, 굉장히 거북한 결과를 낳은 적이 있었는데, 가능하다면 저는, 처음부터 담당하신 편집자의 손으로 끝까지 해주셨으면 하는 바람입니다. 하지만 이런 말을 하면, 당신이 또 병을 참아 가며 출판을 하는 것이 아닐까 하여, 저도 정말 어떻게 해야 좋을지, 난감합니다.

당신이 병에 걸렸다는 말을 듣고, 갑자기 거절한 냉혈한이라 여겨진다는 것은, 참으로 괴로운 일이니, 저는 이제 와서 거절하는 일은 결코 없을 것입니다. 단, 당신에게도 무리가 가지 않도록, 또 회사의 다른 분의 손에 넘기는 것도 미덥지 않은데, 이것도 결국, 당신과 저의 마음의 교류가 너무나도 부드럽고 감상적이기조차 한 결과라고 생각해주시기 바랍니다.

실은 그 뒤로 연락도 아무것도 없었기 때문에, 원고는 언제까지 보내면 좋을지, 문의하는 전보를 칠까 생각중이었습니다. 두 번째 희곡인 <봄의 고엽>이라는 것도, ≪인간≫ 9월호에 실려, 여러 가지로 평판이 있는 듯합니다.

저는 10월에 상경할 생각이었지만, 이번 달 27일에 할머니의 장례식이 있는데, 시골에서는 아직도, 장례식을 크게 치르기 때문에, 그 전후에도 여러 사람들이 찾아오는 듯, 10월 상경도 어려워졌습니다. 사실은 지금의 기차를 생각하면 여행한다는 것도 굉장히 마음을 무겁게 하기 때문에, 상경도 언제가 될지, 저로서도 감이 잡히지를 않습니다.

≪겨울의 불꽃놀이≫를 꼭, 당신이 내주셨으면 좋겠다고 마음을 정하고 있었는데, 이번 병 때문에, 저도 맥이 풀려 버렸습니다. 다른 편집자의 손에 넘어가 의붓자식 취급을 받게 되는 것은, 도저히 견딜 수 없는 일이니까요. 틀림없이 의붓자식 취급을 받을 것 같다는 생각이 들고, 어쨌든, 다시 한 번 잘 생각하신 뒤에, 당신의 의견을 (아무런 거리낌 없이!) 들려주시기 바랍니다. (대필로 부탁드리겠습니다.)

당신이, 그래도, 걱정 마시고 보내라고 하신다면, 두말할 필요도 없이 바로 보내드리겠지만.

경구

다자이 오사무

우메다 님.

모쪼록, 오해는 마십시오.

184

10월 24일
아오모리 현 가나기마치 쓰시마 분지 씨 댁에서
도쿄 메구로 구 미도리가 오카 2321번지 이마 하루베에게 (엽서)

편지를 읽고, 흥분하여, 담배를 피웠더니, 손가락이 떨려 왔습니다. 신용할 수 있는 극작가에게서 **기탄**없는 비평을 듣고 싶어서, 어물쩍거리고 있었습니다. 아무래도 합격인 듯, 참으로 안심했습니다. 그것만 해도 굉장히, 고쳐 쓰고 고쳐 쓰며, 고생을 한 것입니다. 한동안 희곡은 쉬고, 이번에는 단편소설을 두어 개 썼습니다. 12월 무렵부터 ≪전망≫에 실을 100매 정도의 역작 소설*에 들어갈 생각입니다. 시골에 있으면, 주위가 음울하기 때문에, 어두운 것만 쓰게 됩니다. ≪판도라의 상자≫는, 오늘 가호쿠 신보에 이마 님 앞으로 두 권 보내 달라고 말해 두었습니다. 한 권은 오리구치** 선생님께 드리시기 바랍니다. 판도라는 또, 너무 밝고, 희망에 넘쳐나서, 작가 스스로도 부끄러울 정도의 것이니, 오리구치 선생님도, 이건 좀 더 어두워도 좋겠다고 말씀하실지도 모릅니다.

* <비용의 아내>
** 오리구치 시노부(折口信夫). 문학자, 시인

185

10월 30일
아오모리 현 가나기마치 쓰시마 분지 씨 댁에서
아오모리 현 나카쓰가루 군 고마고에무라(駒越村) 도리이노(鳥井野) 오다카 마사히로(大高正博)에게 (엽서)

저는 11월 10일 무렵에, 도쿄 미타카마치 시모렌자쿠 113번지로 이주하기로 했습니다. 그 전에, 사오일쯤에, 혹시 시간이 되시면, 또 모두가 함께 오시기 바랍니다. 하지만 무리를 해서는 안 됩니다. 먼 데서 친구가 있어 찾아오면… 이라는 것은, 마음의 내유來遊를 의미하는 것이라고 하니. 어쨌든 그쪽 형편에 맡기겠습니다.

경구

186

12월 24일
도쿄 시모미타카마치 시모렌자쿠 113번지에서
도쿄 고지마치 구 다이칸초(代官町) 1번지 마에다(前田) 출판사 내 마시오 마스히로(眞尾倍弘)에게

일전에는 실례 많았습니다. ≪쓰가루≫는 모쪼록 잘 좀 부탁드리겠습니다. 오늘은 한 가지 부탁드리고 싶은 일이 있는데, 평소에 방만한 정책 탓에, 연말이 되자 굉장히 궁해져서, ≪쓰가루≫에 대한 약속의 표시라는 명목(명목은 뭐가 됐든 상관없지만)으로 우선, 인세 중에서 2천 엔 정도, 이른바 연말 자금으로, 주실 수 있다면,

당장 급한 불을 끌 수 있을 것 같습니다. 이곳으로 옮긴 뒤, 집을 수리하는 등 이래저래 의외로 돈 들어갈 곳이 많았기에, 억지라는 것을 알면서도, 식은땀을 흘려 가며 도움을, 청하는 바입니다. 물론, 이것은 이른바 연말 자금으로, 부탁은 이번 한 번뿐이며, 차후로는 책이 나올 때까지 절대로 이렇게 뻔뻔스러운 일로 청을 드리지 않을 테니, 모쪼록, 이번 한 번만 들어주시기 바랍니다.

이 학생은, 제가 알고 지내는 가와구보川久保 군이라는 사람으로, 조금도 걱정할 필요 없는 사람이니, 믿으시고, 건네주시기 바랍니다. 제가 찾아뵙고 청을 드려야 하지만, 돈을 가지고 집으로 오는 도중에, 술집 등에 잠깐 들러서 기껏 마련한 연말 자금이고 뭐고 전부 날려 버릴 염려도 있기 때문에, 알고 지내던 학생에게 부탁을 하기로 했습니다.

사정을 생각하시어, 아무쪼록 잘 좀 부탁드리겠습니다.

경구

1946년 12월 24일, 다자이 오사무

마시오 님.

38세
(1947년)

미타카 시절 II (2)

도쿄로 이주한 뒤부터 여러 잡지사에서 찾아오는 등 다자이는 최고의 인기작가가 되었다. 1월에 친분이 있던 오다 사쿠노스케(織田作之助)의 장례식에 참석했으며, 함께 지내던 고야마 기요시를 홋카이도 유바리(夕張) 탄광으로 보냈다. 2월에 가나가와 현 시모소가의 오타 시즈코(太田静子)를 방문, 그 걸음으로 다나카 히데미쓰가 있는 이즈의 미쓰하마(三津浜)로 가서 3월 초순부터 머물며 <사양> 한두 장을 썼다. <사양>은 오타 시즈코의 일기를 토대로 쓴 것으로, 6월에 완성했다. 그러는 동안 3월에 차녀가 태어났다. 시모렌자쿠의 자택은 아이들도 많아졌고, 찾아오는 사람도 많아 일에 적합하지 않았기 때문에 다른 곳에 작업실을 빌려 도시락을 들고 그곳으로 가 작업을 했다. 일을 마치고 저녁이면 역 앞 거리의 포장마차에서 술잔을 기울였다. 그 포장마차에서 야마자키 도미에(山崎富榮)를 만났다. 이듬해 다자이는 도미에와 함께 다마가와 상수에 몸을 던진다. 이해 5월 ≪봄의 고엽≫(희곡)이 이마 하루베 각색, 연출에 의해 NHK에서 방송되었다. 이해의 커다란 수확은, 스스로 진심으로 쓴 작품이라고 칭했던 <비용의 아내>, 대표작 중 하나로 꼽히는 <사양>일 것이다.

187

1월 15일
도쿄 시모미타카마치 시모렌자쿠 113번지에서
도쿄 메구로 구 미도리가오카 2321번지 이마 하루베에게 (엽서)

지금, 오늘의 일을 일단락 짓고, (오후 3시) 그 장어집에서 한잔 한 뒤, 장어집에서 이 엽서를 쓰고 있습니다. 사진*(이런 농담을 할 수 있게 된 것은, 어쨌든 좋은 일입니다) 오늘 아침에 도착했습니다. 도중에 검열에 걸렸었다고 합니다. 사진을 보고, 저도 모르게 고개를 돌렸습니다. 그리고 장어집 주인도 흥분을 했습니다. 그리고 라디오에 관한 일, 전부, 이마 씨에게 맡기겠습니다. 저는 (정말로) 얼마 전, 집에 돌아와서, 굉장히 우스웠기 때문에 (이마 씨의 실망하는 모습이) 누워서 낄낄 혼자서 웃었습니다.

언제라도 3시에, 장어집에 오시길 바랍니다. 반드시 있을 것입니다.

경구

188

4월 2일
도쿄 시모미타카마치 시모렌자쿠 113번지에서
시즈오카 현 다가타 군 우치우라무라 미쓰 다나카 히데미쓰에게

편지 보았네. 아무래도 당신에게는 도쿄가 불길한 곳인 듯합니다.

* 1940년 4월, 온천으로 여행을 갔을 때 이마 씨가 찍은 다자이의 나체 사진

물론 나도 지금 죽고 싶을 정도로 괴로워서, (깊은 관계를 맺게 된 여자도 생겨서, 어떻게 해야 좋을지 결단을 내리지 못하고 있기도 하기에) 다른 사람을 보살펴 줄 만한 여유는 없지만, 어쨌든, 신초샤에 부탁해보겠습니다.

그러나 내 생각으로는, 원고를 들고 가서 바로 원고료를 달라고 하면, 흔쾌히 응할 잡지사는 거의 없지 않을까 생각됩니다. 그런 상태가 되어 버렸습니다. 당신에게 지금의 사회 상황에 대해 설명하는 것은, 공자 앞에서 문자 쓰는 격으로, 부끄러울 따름이지만, 아무래도 그런 듯합니다.

신초샤보다, 실업의 일본사의 구라사키倉崎 씨 쪽이, 원활하게 진행할 것도 같은데, 어떻습니까? ≪전망≫으로부터는 아직 아무런 연락도 없지만, 조만간 나는 다른 일로 지쿠마 출판사에 갈 생각이니, 그때 물어보도록 하겠습니다. ≪전망≫은 매달 1편씩 실을 방침인 듯하니, 4월호에는 누구, 5월호에는 누구 하는 식으로, 꽤 멀리까지, 계획이 잡혀 있지 않을까 생각됩니다. 그 사이를 비집고 들어가는 것인만큼, 작품의 가부可否보다는, 그런 편집 기술 때문에라도, 바로 발표를 결정하는 것이 가능할지, 어쨌든, 저도 부탁은 해보겠지만.

사면초가에 빠졌을 때는, (저도 참으로 자주, 그런 경험을 했으며, 지금도, 언제나 그런 위기에 노출된 상태로 살아가고 있지만) 초조하게 광분하기보다는, 아내에게 사과하고, 조용히 새우잠을 자는 것이 가장 좋은 방법인 듯합니다. ≪인간≫의 고료로, 잠시 휴전을 하는 게 어떻겠습니까? 10월쯤에 상경을 할 것이라 들었는데, 생고생만

하고 이렇다 할 소득은 얻지 못하는 게 아닙니까? 저도 문단에서는 고립되어 있는 형국으로, 무리를 이루고 있는 동료들도 없으며, 인간으로서의 신용도 그다지 좋은 편은 아니기에, 일자리를 봐준다는 것은, 아무래도 내 힘에 부치는 일이라는 느낌이 들기도 합니다. 그래도, 가능한 한, 신경을 쓰도록 하겠습니다. (취직 건은, 가와바타에게, 상의하는 게 좋지 않을지?)

반송된 소설 원고를, 센다이 시 히가시 3번가, 가호쿠 신보사 ≪도호쿠 문학≫ 편집부, 미야자키 다이지로宮崎泰二郎 씨에게 보내는 건, 어떨까 생각중입니다. (결코 억지로 권하는 건 아니지만) 고야마 기요시의 100매짜리 원고도 채택된 듯합니다. 고료도, 최저 30엔인 듯합니다. 비교적 빨리 결정되는 듯합니다. 제가 소개를 했다고 말하고, 그쪽에서 직접 보내도 좋을 듯합니다.

저도 돈이 떨어져 가기 시작해서, 어제 오늘, SOS 전보를 쳤습니다. 지급 전보至急電報의 가격이 올랐는데, 40 몇 엔이라고 하기에, 놀랐습니다.

아이는 3월 30일에 태어났습니다. 여자아이입니다. 이름은 아직 정해지지 않았습니다. 장녀와 장남이 동시에 홍역을 앓았는데, 장녀는 괜찮지만 장남이 좋지 않아, 마음에 걸립니다. 모두 앓아누웠기에, 할머니를 한 명 고용했습니다. 오늘은 바람이 거세어, 저는 얌전히 독서 등을 하고 있습니다. 하지만 앞으로 해결해야 할 문제들이 많아서, 그것을 생각하면 가슴이 떨려 와, 39세인 저도, 울고 싶어집니다.

위태로운 국면, 돌파를 빕니다.

서둘러서는 안 됩니다. 우선, 조용히 엎드려 있는 것이 최선.

경구

4월 2일, 다자이 오사무

다나카 형.

189

4월 30일
도쿄 시모미타카마치 시모렌자쿠 113번지에서
도쿄 메구로 구 미도리가오카 2321번지 다카사키 히데오(高崎英雄, 이마 하루베)에게 (엽서)

＜아버지＞는 그렇게 칭찬을 받을 만한 작품이 아닙니다. ＜아버지＞를 읽고 난 뒤에, 다음에는, 꼭 ＜비용의 아내＞라는 것을 읽어 주셔야만 합니다. ＜비용의 아내＞는 ≪전망≫ 3월호에 실려 있습니다. ＜아버지＞와 일맥상통하는 부분도 있지만, 진심으로 '소설'을 쓰기로 결심하고 쓴 것입니다. 종전 후, 제 소설 중에서 가장 긴 소설입니다. ≪전망≫은 이미 나와 있으니, 부디 구해서 읽으시기 바랍니다. 사진 감사합니다. 예전 사진의, 커다란 얼굴에 몸서리가 쳐졌고, 이후 얼굴에 자신감을 잃었기에, 그처럼 풀이 죽은 얼굴이 되었습니다. 그날 밤, 너무 취해서, 힘들어서, 그래서 서둘러 헤어진 것입니다. 제 뜻이 아닙니다. 라디오, 역시 고엽이 좋지 않을까요? 좀 더 움직임을 많게 해서. 조만간, 상의라는 명목하에, 미타카에 오시길 기다리겠음. 불일

190

4월 무렵

도쿄 시모미타카마치 시모렌자쿠 113번지에서

아오모리 시 렌페이초(練兵町) 494번지 쓰시마(對馬) 씨 댁 오노 마사후미에게

몸은 좀 어떻습니까? 4, 5, 6월은 우리 같은 체질을 가진 사람에게는 좋지 않은 듯합니다. 조심하시기를.

귀하의 원고를 동봉했는데, 마지막 한 장이 찢어져 있는 것을 발견, 깜짝 놀랐습니다. 이사를 할 때, 상자에 넣었는데, 그때 찢겨나간 듯. 정말로 죄송하게 되었습니다. 용서해 주십시오. 이 작품은, 귀형의 작품 중에서는 중상中上 정도라고 생각합니다. 회심작이 완성되면, 보여주십시오. 사와沙和 군과 만나고 있습니까? 저는 그 사람이 좋습니다. 만나면, 인사 잘 좀 전해주기 바랍니다. 부탁드리겠습니다.

다자이 오사무

오노 님.

191

5월 21일

도쿄 시모미타카마치 시모렌자쿠 113번지에서

교토 시 사쿄 구 쇼호인히가시마치 15번지 쓰쓰미 시게히사에게 (엽서)

편지 읽었습니다, 건강하신 듯하여 무엇보다 다행입니다. 얼마

전, 동생*이 놀러 왔었습니다. 그래서 함께 마셨습니다. 요즘 미타카에 카바레, 영화관, 마켓 등이 생겨, 굉장히 하이칼라하고, 번화하게 변했기에, 저는 일을 마치면, 술과 여자로 분주한 나날을 보내고 있습니다. 쓰쓰미 군도, 진득하니 견디시기 바랍니다, 끈기가 제일입니다. 당신은, 끈기가 있는 듯하여, 마음 든든하게 생각하고 있습니다. "다자이 씨의 얼굴을 보면, 올 6월에 죽을 상이다, 나의 관상은, 지금까지 한 번도 틀린 적이 없었다, 만약 틀린다면, 내 목을 걸겠다"라고 단언한 젊은 여성이 있습니다. 다자이 6월 사망설은 과연 맞을지 어떨지, 요즘 화제의 중심. 하지만, 아무래도 죽을 것 같지 않습니다. ≪전망≫ 3월호에 실린, 비용의 아내, 읽어보시기 바랍니다. 셋째 아이가 태어났습니다. 여자 아이, 사토코里子라 이름 지었습니다.

192

6월 2일
도쿄 시모미타카마치 시모렌자쿠 113번지에서
도쿄 메구로 구 미도리가오카 2321번지 이마 하루베에게

일전에는 고생 많으셨습니다.

또, **우리** 젊은이들이, 무대 연습에 정신이 없는데 참관을 위해 찾아가 폐를 끼쳤다니 참으로 죄송합니다.** 하지만 두 사람의

* 쓰쓰미 야스히사(康久). <정의와 미소>는 이 사람의 일기를 바탕으로 쓴 것이다.
** <봄의 고엽>이 이마 하루베의 연출로 NHK를 통해서 방송되었는데, 그 연습을 참관하기

보고에 의하면, '역시 이마 씨는 훌륭했다. 좋은 사람이었다. 태도가 깨끗했다. 왜냐하면, 우리가 쭈뼛쭈뼛하며 찾아가면, 이마 씨로부터 쌀쌀맞은 대접을 받을 것이라 각오하고 갔었는데, 오히려 이마 씨가 먼저, 조금도 **거들먹**거리지 않고 편하게, 이야, 어서 와요, 일전에는 실례했어요, 라고 웃으며 말씀해주셨기에, 저희는 진심으로 감격했습니다' 라고 했습니다. 저도, 그야 당연하지, 그 사람과 나는 실로 오래 된 친구인데 말이야, 라며 귀형의 자랑 같은 얘기를 한바탕 늘어놓았습니다.

한편, 그날 밤의 라디오, 그날 밤은 술도 마시지 않고 집에서 라디오 앞에 들러붙어 있었지만, 과연 싸구려 라디오로, 제2방송은, 귀를 바싹 들이대야 간신히 들릴 정도, 참으로 불안해서, 그랬기에, 드릴 말씀이 아무것도 없습니다. 단 노나카野中 교사, 저희 집 라디오 때문인지, 굉장히 나이를 먹은 느낌으로, 멋진 콧수염이 있는 노후한 교사 같은 얼굴이 떠올랐습니다. 여자 쪽이, 더 잘하지 않았습니까?

들은 사람들의 비평은, '약간 어렵다'는 것이 압도적으로 많았습니다. 하지만, 그것은, 어쩔 수 없습니다. 다음에는, 더 어려운 걸 합시다.

또 미타카에 오시기 바랍니다. 이번에는 묵어가실 각오로 오십시오.

동봉한 것, 가나기에서 제게 반송되어 왔는데, 어떻게 해야 좋을지. 만약 귀형, 방송국에 가실 때, 관계자에게 지불을 정정할 수

위해 노하라 가즈오(野原一夫, 당시 신초샤 출판부 직원)와 야마자키 도미에가 갔던 일을 말함

있다면, 그렇게 해달라고 말씀 좀 해주시지 않으시겠습니까?

달리 방법이 없다면, 버릴 수밖에 없겠지요. 하나는 이미 수령 기한이 지나 버렸습니다만. 그리고 앞으로는 지불도 미타카로 보내라고 말씀 좀 해주십시오. 경구

193

6월 3일
도쿄 시모미타카마치 시모렌자쿠 113번지에서
시즈오카 현 다가타 군 우치우라무라 미쓰 다나카 히데미쓰에게 (엽서)

마치 다나카 출판사의 수금원이 된 듯한 기분일세. 얼마 전 미야자키 씨에게, 고료 빨리 보내라고 말해 두었는데, 그렇다면, 다시 한 번 말해 두겠네.

아무래도 술꾼은 살아가기 어려운 시대가 되어 버린 듯하네. 얼마 전에 가와가미 데쓰 씨를 우연히 만났는데, 가볍게 마시고 금방 헤어졌네. 데쓰 씨도 늙었더군. 또 얼마 전, <인민신문>(알고 있지?)의 기자가 사진반을 데리고 와서, 인터뷰. 커뮤니스트들의 공감을 사고 있는 작가인 듯하네. 나는, '인간은 사랑과 혁명을 위해서 태어난 것입니다'라고 그럴 듯한 얼굴로 말했다네.

194

6월 20일

도쿄 시모미타카마치 시모렌자쿠 113번지에서

도쿄 스기나미 구 아사가야 2번가 603번지 아오야기 미즈호(青柳瑞穗)에게 (엽서)

지난밤에는 외출중에, 오셨다고 하던데, 참으로 죄송했습니다. 또, 좋은 책을 주셔서, 진심으로 감사합니다. 술과 여자와 일 때문에 정신이 없어서, 연락을 드리지 못했기에, 조만간 사과를 하러 아사가야의 자택으로 찾아뵙고, 억지로 끌어내서, 모처某處로 안내하여, 통음痛飮해야겠다고 생각하고 있지만, 생각뿐, 좀처럼 실행에 옮길 찬스가 없으니, 오후 3시, 미타카 역 남쪽 출입구에서 똑바로 100미터, 강가에 장어집이 있는데, 그곳의 주인에게 물어보면, 제가 있는 곳을 **반드시 알아낼 수** 있습니다.

195

12월 2일

도쿄 시모미타카마치 시모렌자쿠 113번지에서

교토 시 사쿄 구 쇼호인히가시초 15번지 쓰쓰미 시게히사 (엽서)

편지 고맙네. 실은 말일세, 여러 가지로, 위험하네. 한번쯤 만나고 싶네. 이런저런 사람들의 험담을 하고 싶네. 안심하고 그것을 말할 수 있는 사람이, 아무도 없다네. 모두 **천박**해서 안 되네. 거지 같은 표정을 하고 있네. 무리를 해서라도 오도록 하게. 자네 꿈을 꾼

적도 있다네.

196

12월 9일
도쿄 시모미타카마치 시모렌자쿠 113번지에서
홋카이도 유바리 시 후쿠즈미(福住) 9기숙사 고야마 기요시에게 (엽서)

편지 및 엽서 잘 보았습니다. 그쪽도 매우 어려운 듯, **회복을 빌겠습니다**. 저도, 뭐가 뭔지, 병에 걸린 데다, 여자 문제가 여러 가지로 복잡하게 얽혀서, 말 그대로 반생반사 상태. 가도카와 출판사 쪽에는, 당신에게 급히, 고료를 보내라고 말해 두었지만, 당신도, 이시이石井 군에게, 당신의 형편을 말해 재촉하기 바랍니다. 이야말로, 죽지 못해 살고 있을 뿐.

197

12월 11일
도쿄 시모미타카마치 시모렌자쿠 113번지에서
아오모리 현 가나기마치 쓰시마 겐스케(津島賢輔)에게

건강하시리라 믿습니다. 이쪽도 별고 없습니다. 아이가 셋이 된 것이 유일한 변화입니다.

이번에 다자이 전집(약 15, 6권 예정)이 나오게 되었고, 그 전집 각 권 서두에 사진을 실을 예정인데, 도쿄에 있는 저의 사진만으로는 재미가 없기 때문에, 가나기의 생가에 있는 사진, 그리고 어렸을 때의 사진 등도 넣고 싶다는 출판사의 의견이 있었고, 출판사 쪽에서, 촬영을 위해 가나기로 갈 수도 있다고 하고는 있지만, 그것도 만만한 일은 아닐 터, 우선, 당신께서 다음 사진들을 좀 보내 주셨으면 합니다. 이 사진들은, 여기서 복사를 한 뒤, 바로 그쪽으로 보내드릴 테니, 그 점은 걱정 마시기 바랍니다.

1. 아버지의 사진. 이것은 2600년 기념이었던가에 가나기 향토사였던가 하는 책이 나왔었죠? 그 권두에 아버님이 연미복을 입고서 계신 사진이 있는데, 그것이 꼭 필요합니다. 가나기의 관청에서 간행한 책인데, 가나기의 대부분의 집에 있을 겁니다. 이치노헤一戸씨*도 틀림없이 가지고 계실 겁니다.

1. 그리고, 어머니의 사진.

1. 그리고, 형의 사진. (이건, 큰누님께 부탁하시기 바랍니다. 제가 고등학교에 입학했을 때 기념으로, 분지 형과 그리고 후지타藤田 형제들과 히로사키의 사진관에서 찍은 것이 있을 것입니다. 제가 가운데고, 형이 사진 오른쪽 끝에 있었던가 하는 사진입니다. 그것은 아직, 분명히 가나기에 남아 있을 테니, 큰누님께 부탁해서 빌려주십시오. 그리고 어머니의 사진도, 그리고 다음 사진도.)

1. 가나기 생가의 사진.

1. 정원 사진.

(전부 반드시 돌려 드릴 테니, 빌려주십시오. 쓸 만한 것이 없으면, 당신이 사진사나 다른 사람에게 부탁해 찍어서 보내 주십시오. 그리고 그때 든

* 가나기 우편국장. 다자이의 누나의 양자

비용은, 반드시 알려주십시오. 바로 비용을 보내드리겠습니다.)

1. 아시노 호수나, 혹은 쓰가루 평야의 쓸 만한 사진. (이것은 이치노헤 씨와 상의하는 것이 어떨까요? 새로 찍어도 상관없습니다.)

1. 그리고 예전, (제가 열두 살 무렵의) 쓰시마의 친척 모두, 분지 형님을 중심으로 하여 정원에서 찍은 커다란 사진이 있을 터인데, 만약, 가나기의 집에 있다면, 그것도 빌려 달라고 부탁해보시기 바랍니다. 사용을 마치는 대로 돌려 드릴 테니.

1. 그리고 저의 어렸을 때 사진.

1. 그리고 중학교 시절이나, 고등학교 시절이나 대학교 시절의 사진이 있으면, 어쨌든 일단 보내 주시지 않으시겠습니까? 그것을 전부 사용하는 것이 아니라, 출판사에서 적당히 고를 겁니다. 어쨌든 사용을 마치는 대로 바로 보내드릴 테니, 잘 좀 부탁드리겠습니다.

책은 1권에 200엔 정도 하는 호화판이 될 예정인데, 보답으로 겐스케 씨에게, 매권 출판될 때마다, 반드시, 전부를 증정할 것을 약속할 테니, 아무쪼록 발 벗고 나서서 힘이 되어 주시기 바랍니다.

올해는, 맛있는 탁주를 빚었습니까? 여기서는 술지게미로 빚은 소주가 대유행인데, 별로 좋은 것이 아닙니다, 멀리하고 있습니다.

도시 누님, 부인께 안부 전해주시기 바랍니다. 경구

다자이 오사무

겐스케 님.

39세
(1948년)

미타카 시절Ⅱ(3)

다자이 최후의 역작 ＜인간실격＞은, 병고와 복잡한 사생활에서 오는 불안 속에서 집필되었다. 집필을 위해서 다자이는 3월 10일부터 아타미로 들어갔으며, 4월에는 미타카의 작업실, 그리고 오미야(大宮) 시의 후지나와(藤縄) 씨 댁으로 옮겨 다녔고, 완성은 5월 12일이었다. 그 이전에, ≪신초≫ 3월호부터 연재 발표한 ＜여시아문(如是我聞)＞은, 신성시되었던 시가 나오야(志賀直哉, 1883-1971)에 대한 반항으로 문단 안팎으로 파란을 불러일으켰다. 4월에는 야쿠모 출판사에서 ≪다자이 오사무 전집≫의 제1차분 배본 ≪허구의 방황≫이 나왔다. 표지에는 작가의 희망대로 가문의 문장(紋章)이 찍혀 있었다. ＜아사히신문＞에 연재할 예정이었던 ＜굿바이＞를 제10회분까지 정리하여 넘겼는데, 이 무렵에는 몸에 과로가 많이 쌓였고, 불면증도 심해져 각혈까지 하는 상태가 되었다. 6월 13일 심야, 야마자키 도미에와 함께 근처에 있던 다마가와 상수(玉川上水)에 투신. 끊임없이 퍼붓는 빗속에서 수색한 결과, 두 사람의 사체가 발견된 것은 19일 아침이었다. 이날은 그의 서른아홉 번째 생일이었다. 묘소는 미타카 시 시모렌자쿠 296번지 젠린지(禪林寺)에 있다.

198

3월 4일
도쿄 시모미타카마치 시모렌자쿠 113번지에서
아오모리 현 가나기마치 쓰시마 겐스케에게

일전에는 사진을, 많이 보내 주셔서 감사합니다. 이와키 산岩木山의 사진도 받았습니다. 지금 전부 출판사에 가 있는데, 아무래도 '예술적'인 사진이 적어서, 출판사에서도 애를 먹고 있는 듯합니다.

에이지 씨에게서 들었는데 야마겐의 집도 결국 팔리게 되었다고 하던데, 그렇다면 쓰시마의 소유로 있는 동안에, 그 집의 기념사진을 찍어 놓는 것이 좋을 듯한데, 어떻겠습니까? 아마추어의 사진이 오히려 재미있을 겁니다. 어디 그런 취미를 가진 사람 없습니까? 그 집은, 정원의 연못 쪽에서 창고 등을 넣어 옆면에서 찍으면 재미있을 것이라고 저는 생각합니다. 사진 비용 등은 당연히, 출판사에서 낼 테니, 걱정 말고. 어쨌든 급한 것은 아니니, 여러 가지로 연구한 뒤에, 부탁드리겠습니다. 당분간은, 이쪽 도쿄에서 찍은 사진으로도 충분하니. 제1차분 배본은 곧 나올 겁니다. 나오면 보내드리겠습니다. 여기서 찍은 여러 가지 사진은, 꽤 미남으로 나왔다는 평판입니다. 그럼, 급한 것은 아니니, 한번 궁리를, 해주시기 바랍니다.

마지막으로 누님, 부인께 안부 좀 전해 주십시오. 경구

다자이 오사무

겐스케 님.

우편국의 시인들에게도 안부 전해 주십시오.

199

3월 10일
아타미 시 사키미초(咲見町) 하야시가쿠보 기운각(起雲閣) 별관에서
도쿄 시모미타카마치 시모렌자쿠 113번지 쓰시마 미치코에게

위의 주소에서 일을 하고 있소. 19일 밤에 일단 돌아갔다가, 21일에 다시 이곳에서 일을 계속하겠소. 여기는 산꼭대기로 틀어박혀 일하기에는 최적인 듯합니다. 집을 비우는 동안 조심하기를, 급한 일 있을 시에는 **지쿠마 출판사**로. 불일

200

3월 15일
아타미 시 사키미초 하야시가쿠보 기운각 별관에서
도쿄 우마고메 구 야라이초 신초샤 노히라 겐이치(野平健一)에게

부인께서 제가 없는 동안 집안일을 돌봐주러 가주신다니, 고맙습니다. 부인께도 인사 전해 주십시오.

다음은 업무.

1. 19일 오전 2시 무렵, 회사로 가겠습니다. 그때, 3판 5천 부(전에 2만 엔 받았습니다)에 대한 나머지 인세 받겠습니다. 노하라 군에게, 그렇게 전해주시기 바랍니다.

그때, 같이 <사양> 세 권을 받고 싶으니 그것도 노하라 군에게 말해 주십시오.

1. 그리고, 또 한 가지, 노하라 군에게, 전에부터 있었던 <사양>을 영화화하는 건, 마쓰다케松竹, 도호, 다이에이大映 영화사 모두 취소되었으니, 언젠가 노하라 군에게 건네주었던 위임장, 제게 돌려주거나, (노하라 군에게 반환해도 상관없음) 어쨌든 백지 상태로 돌리고 싶다는 뜻, (노하라 군이 이미 파기했다면, 그것도 상관없음) 그렇게 노하라 군에게 전해주시기 바랍니다.

1. <여시아문>에 관한 것, 저는 28, 9일에 이곳을 떠나 있을 생각이니, (19일부터 20일 사이에, 도쿄에 잠깐 용무가 있는데, 그것을 마치는 대로 다시 여기서 일을 계속할 생각) 30일 아침에, 저희 집이나 작업실로 와주시기 바랍니다. 이번에도, 둘이서 합시다.

사이토 선생님*께도 안부를. 이상.

저는, 여기에 와서 절주節酒하여, 굉장히 품위 있어졌습니다.

그럼, 위의 일 잘 처리해 주기 바랍니다.

1948년 3월 15일.

다자이 오사무

노하라 겐이치 님.

(이 편지, 위임장이기도 하니, 보존 요망)

* ≪신초≫의 편집장 사이토 주이치(齋藤十一)

201

3월 16일
아타미 시 사키미초 하야시가쿠보 기운각 별관에서
도쿄 시모미타카마치 시모렌자쿠 113번지 쓰시마 미치코에게 (엽서)

(에이지 씨로부터의 전보 봤소.)

그쪽으로도 전보를 보냈듯, 19일 밤, 돌아가겠소. 일은 순조롭게 진행되었습니다. 상당히 좋은 것일지도 모르겠구려. 쓰노다角田의 건, 20일 오후 2시에 이이다바시(가구라자카神樂坂 방면) 입구에서, 무라마쓰村松 군과 만나기로 되어 있는데, 쓰노다 씨가 거기로 직접 간다면, 그것으로 됐소. 만약, 이이다바시에서의 일이 불안하다면, 당신이, 전보라도 쳐서, 20일 오전 중에 미타카의 집으로 오라고 해 두세요. 어쨌든, 이번 일, 굉장히 우울. 수첩 도착했소. 19일에 돌아갔다가, 21일에는, 다시 아타미에서 일을 계속할 생각이오.

불일

202

5월 4일
오미야 시 다이몬초(大門町) 3번가 9번지 후지나와 씨 댁에서
도쿄 시모미타카마치 시모렌자쿠 113번지 쓰시마 미치코에게 (엽서)

무사, 잘 먹고, 일도 순조.

대략 10일쯤에 돌아갈 예정. 내가 없는 동안, 모든 일을 잘 처리해 주세요.

이 주소, **누구에게**도 알려주지 말 것, '지쿠마에 물어 보세요'라고 하세요.

203

5월 7일
오미야 시 다이몬초 3번가 9번지 후지나와 씨 댁에서
도쿄 시모미타카마치 시모렌자쿠 113번지 쓰시마 미치코에게 (엽서)

무사한 듯하여, 안심. 만사 잘 부탁합니다. 짐, 이시이 군*에게서 받았음. 사과는, 이제 필요 없음. 이곳의 환경 상당히 좋아서, 일은 쾌조, 몸 상태도 매우 좋아, 하루하루 살이 찌는 느낌. 그래서, 요시다 군에게 부탁해서, 5일 더, 그러니까 15일에 귀경하기로 했소. 15일까지 <인간실격> 전부 완성할 예정. 15일 저녁에, 신초의 노히라가 작업실에서 기다렸다가, 밤새도록 구술 필기, 때문에 귀가는 16일 저녁이 됨. 그리고, 드디어 아사히신문의 일을 하게 되었소. 몸 상태가 좋기 때문에, 굉장히 기분이 좋음. 일이 생기면, **지쿠마** 출판사로 전화할 것.

●이 편지를 마지막으로 남기고, 다자이는 그해 6월 자전적 소설 <인간실격>을 발표한 뒤, 6월 13일 야마자키 도미에와 함께 다마가와 상수에 몸을 던졌다.

* 지쿠마 출판사 편집부원 이시이 다쓰(石井立)

다자이 오사무 연보

1909년

6월 19일에 아오모리 현 쓰가루에서 출생. 본명은 쓰시마 슈지. 당시 집안은 아오모리 현의 대지주였으며 아버지는 지방의 명사로 활약했다. 11남매 중 열 번째이자 존재감 없는 여섯째 아들로 태어난 까닭에 부모는 돌볼 여유가 없어 유모의 손에 자랐다.

1916년(7세)

4월에 가나기 심상소학교에 입학. 병약했지만 성적은 우수해 6년 내내 수석을 차지했다.

1922년(13세)

가나기 소학교를 졸업하고 학력 보충을 위해 메이지 고등소학교에 1년 동안 다녔다.

1923년(14세)

3월에 아버지 사망. 4월에 아오모리 중학교에 입학, 도요다 다자에몬 씨 댁에서 통학했다.

1925년(16세)

여름에 급우들과 동인지 ≪성좌星座≫를 펴냈다. 겨울에는 동생 및 급우들과 동인지 ≪신기루≫를 창간, 수십 편의 소설과 수필을 발표했다. 이때부터 남몰래 작가에의 꿈을 꾸기 시작했다.

1927년(18세)

4월에 중학 4년을 수료(당시는 5년제)하고, 히로사키 고등학교 문과에 입학. 7월에 예전부터 심취해 있던 아쿠타가와 류노스케의 자살에 커다란 충격을 받는다. 고등학교 시절 요릿집을 드나들다가 9월에 아오모리의 게이샤 오야마 하쓰요를 알게 된다.(훗날 하쓰요는 다자이의 첫 아내가 된다.)

1928년(19세)

5월에 동인지 ≪세포문예≫를 창간. 이 잡지는 8월에 4호를 마지막으로 폐간되었지만 예전부터 흠모하고 있던 이부세 마스지 등의 기고를 얻었다. 12월에 학교의 신문잡지부 위원이 된다.

1929년(20세)

10월에 <지주일대地主一代>의 집필을 시작했지만 사상적 번뇌로 12월 10일 밤에 칼모틴으로 자살을 시도했다.

1930년(21세)

3월에 히로사키 고등학교를 졸업. 4월에 도쿄 제국대학 불문과에 입학. 이부세 마스지를 처음으로 만났다. 이 무렵부터 공산당의 비합법 운동에 관여했다. 가을에 고등학교 시절의 애인 오야마 하쓰요가 가출하여 상경했지만 큰형인 분지가 장래의 결혼을 약속하고 하쓰요를 일단 귀향시켰다. 11월 19일에 분가. 11월 26일 밤에 긴자의 카페 여급 다나베 아쓰미(남편은 무명 화가)를 알게 되었고 29일에 에노시마 소데가우라에서 함께 투신했지만 여자만 목숨을 잃었다. 이 때문에 자살방조 혐의를 받았지만 기소유예로 풀려났다.

1931년(22세)

2월에 상경한 오야마 하쓰요와 고탄다五反田에 집을 빌려 살기 시작. 학교의 반제국주의 학생연맹에 가담하여 비합법운동을 계속했다. 등교는 거의 하지 않았다.

1932년(23세)

비합법운동 때문에 거처를 여러 번 옮겼다. 6월에 동거하기 전 하쓰요가 범한 과실을 알고 강한 충격을 받았다. 7월에 아오모리 경찰서에 자진출두, 비합법 운동에서 떠났다. 8월에 하쓰요와 함께 누마즈 시로 가서 약 1개월 동안 체재. 12월에 아오모리 검사국의 호출에 응해 출두했다.

1933년(24세)

2월 동인지 ≪물범≫에 가입.

1935년(26세)

3월에 미야코 신문사 입사시험에 응했지만 불합격. 15일에 집을 나와 16일 밤에 가마쿠라의 산속에서 자살을 시도했지만 실패하고 17일 밤에 귀가. 4월에 맹장염에 의한 복막염 발병, 입원 후 지바 후나바시로 주거를 옮겼다. 입원 중에 진통제로 사용했던 파비날에 중독. 8월에 제1회 아쿠타가와상 후보에 올랐으나 차석에 그쳤다. 사토 하루오, 다나카 히데미쓰와 알게 되었다.

1936년(27세)

파비날 중독이 심해져 병원에 입원했지만 완치하지 못한 채로 퇴원. 파비날 중독과 결핵을 치료하기 위해 홀로 온천지에 머물던 중, 제3회 아쿠타가와상에서 떨어졌다는 소식을 접하고 강한 충격을 받는다. 다시 병원에 입원하여 파비날 중독을 완치하고 퇴원한다. 퇴원 후 아마누마에 거처를 정했다.

1937년(28세)

고교시절부터 사랑하여 게이샤를 그만두게 하고 결혼한 오야마 하쓰요가 다른 사람과 정을 통한 것을 알게 되고 온천지로 가서 칼모틴으로 동반자살을 꾀했지만 실패. 귀경 후, 하쓰요와 이별.

1938년(29세)

9월에 이부세 마스지가 머물고 있던 미사카토우게의 천하다실로 들어갔다. 이부세 마스지를 통해서 혼담이 오갔던 이시하라 미치코와 맞선, 11월 6일에 약혼했다.

1939년(30세)

이부세의 집에서 결혼식을 올리고 고후 시에 신혼살림을 차렸다. 4월 국민신문 단편 콩쿠르에 당선, 상금 50엔을 받았다. 5월에 미치코와 함께 여행. 가을에 단행본 ≪여학생≫이 제4회 기타무라 도코쿠 상을 수상.

1940년(31세)

미치코와 함께 은어낚시를 떠난 이부세 마스지를 찾아갔다가 수해를 만났다. 10월에 도쿄 상업대학에서 '근대의 병'이라는 제목으로 강연. 6월에 장녀 소노코 출생. 8월 10년 만에 고향 가나기를 찾아 생가를 방문 육친과 재회했다.

1942년(33세)

<불꽃놀이>를 ≪문예≫ 10월호에 발표했지만 시국에 맞지 않는다는 이유로 전문 삭제. 10월에 어머니 중태라는 소식을 받고 처자와 함께 귀향.

1944년(35세)

<가일>의 영화화 제의를 받고 1월 8일부터 13일까지 아타미의 호텔에서 각색. 5월 12일부터 6월 5일까지 <쓰가루>를 쓰기 위해 쓰가루 지방을 여행했다. 8월에 장남 마사키 출생. 오야마 하쓰요가 칭다오에서 사망.

1945년(36세)

4월에 도쿄의 집이 공습을 받았다. 이후 고후로 옮겼다가 7월에 처자를 데리고 가나기의 생가로 갔다.

1946년(37세)

저널리즘, 문단의 시국 편승에 분개, 친구 등에게 스스로 자유사상가적 입장을 밝히며 '무뢰파'임을 선언했다. 2월에 모교인 아오모리 중학에서 강연. 11월 도쿄의 미타카로 약 1년 6개월 만에 돌아옴. <겨울의 불꽃놀이>가 신생신파에 의해 상연될 예정이었지만 맥아더 사령부의 의향에 따라 중지되었다.

1947년(38세)

3월에 차녀 사토코 출생. 봄에 야마자키 도미에를 알게 된다. 5월에 <봄의 고엽>이 이마 하루베의 각색, 연출로 NHK에서 방송되었다. 가을에 전집 간행이 결정되었다. 11월에 오타 시즈코가 하루코治子를 낳았다.

1948년(39세)

2월에 <봄의 고엽>이 연극으로 상연되었다. 자전적 장편소설 <인간실격>을 발표한 뒤, 5월쯤부터 극도의 피로에 시달렸다. 불면증도 더욱 깊어졌고 종종 각혈을 하기에 이르렀다. 6월 13일 밤, <굿 바이> 10회분의 교정쇄와 11회부터 13회까지의 초고, 미치코에게 남기는 유서, 아이들의 장난감, 이마 하루에게 남기는 노래 등을 남겨 놓고 야마자키 도미에와 함께 다마가와 상수에 입수했다. 19일 새벽에 사체 발견. 21일 자택에서 고별식이 행해졌다.

주요 작품 연보

1928년 <무간나락>(습작, 미완)

1934년 <로마네스크><역행>

1935년 <가와바타 야스나리에게>

1936년 <만년><허구의 봄>

1937년 <허구의 방황><다스 게마이네>

1939년 <사랑과 미에 대하여><여학생><불새>

1940년 <피부와 마음><추억><달려라 메로스><여자의 결투><요즘>

1941년 <도쿄팔경><신 햄릿><치요조><직소>

1942년 <바람의 소식><알토 하이델베르크><정의와 미소>

1943년 <후가쿠 백경><우다이진 사네토모>

1944년 <가일><쓰가루>

1945년 <신석 제국 이야기><석별>

1946년 <판도라의 상자><박명><고뇌의 연감>

1947년 <겨울의 불꽃놀이><비용의 아내><사양><봄의 고엽>

1948년 <인간실격><굿바이><여시아문>

옮긴이 박현석
대학에서 국문학을 전공하고, 일본에 유학하여 동경일본어학교를
졸업했다. 동경 요미우리 이공전문학교에서 수학한 후, 일본기업들에서
직장생활을 했다. 현재는 전문 번역가로 활동중이다.
저서로 〈일어회화+가이드북 단숨에 휘어잡기〉가 있고,
번역서로 〈일과 인생의 균형감각〉 〈일본 대표작가 대표 작품선〉
〈동행이인〉 〈지루한 남자와 밥먹지 마라〉 〈효율의 법칙〉등이 있다.

청춘의 착란

초판 1쇄 인쇄 2010년 5월 10일
초판 1쇄 발행 2010년 5월 15일

지은이 다자이 오사무
옮긴이 박현석
펴낸곳 도서출판 사과나무
펴낸이 권정자
등 록 제11-123
주 소 경기도 고양시 행신동 샘터마을 301-1208

전 화 (031) 978-3436
팩 스 (031) 978-2835
e-메일 bookpd@hanmail.net

값 12,000원

ISBN 89-87162-91-1 03830